Irmin Burdekat
Jukelnack

tpk

Irmin Burdekat

Jukelnack

© tpk-Verlag, Bielefeld 2023
www.tpk-verlag.de
www.jukelnack.de

1. Auflage 2023

Einband: Nicolina Unland
Satz: Christian Andreas
Lektorat: Michael Lenkeit
Korrektorat: Thomas Kiper

Druck: Finidr s.r.o., Tschechische Republik
Schrift: Rufina
Papier: Munken Print Cream 100 g/m²

ISBN: 978-3-910490-00-0

als eBook: ISBN 978-3-910490-01-7
als Hörbuch: ISBN 978-3-910490-02-4

Für
Anne-Marie & Walter

Karl-Friedrich Jukelnack ist bereits zweiundfünfzig Jahre alt, als er mithilfe einiger Gläser Weihnachtspunsch sowie der Zielstrebigkeit von Else Bödicker erstmals zum Vater gemacht wird. Ein Vorgang, der im Jahr 1955 Aufsehen erregt.

JUKELNACK TEIL I

Jukelnack, 1902 geboren, war als Kanonenfutter für den Ersten Weltkrieg zu jung. Gerade so. Sein Abiturzeugnis spiegelte wider, was andere über ihn dachten: Er war aus Prinzip mittelmäßig, unauffällig und ohne erkennbaren Ehrgeiz. Dumm war er nicht. Er speicherte eingetrichterte Bildung ab, ohne allerdings im Alltag häufig darauf zurückzugreifen. Der Weg des geringsten Widerstands wurde sein Lebenspfad. Nicht anecken, auffallen oder sich einmischen. Für die Rolle des Einzelgängers war Karl-Friedrich zeitlebens eine Idealbesetzung.

Nur bei der Entscheidung zwischen einem Leben mit Hunger im Bauch oder einem gefüllten Teller kam selbst er nicht umhin, sich etwas zu bemühen. Er wollte nicht hungern, dennoch möglichst anstrengungslos sein täglich Brot verdienen. Wie ließ sich das organisieren? Sein Vater, ein glühender Kommunist, gab 1920 den entscheidenden Tipp: »Du musst Lehrer werden. Volksschullehrer. Pädagogisches Seminar, gleich hier in der Stadt. Nach drei Jahren bist du schon fertig. Mit gleichem Zeitaufwand werden andere Bäcker oder Porzellan-Fachverkäufer, arbeiten mehr und verdienen weniger. Überleg es dir.«

1924 saß Karl-Friedrich Jukelnack im Schulamt. Den besser bezahlten Posten als Dorfschullehrer – sieben Jahrgänge in einer

Klasse – lehnte er ab. »Viel zu anstrengend!«, glaubte der Beamtenanwärter. Außerdem wollte er die Stadt nicht verlassen und aufs Land ziehen. Daher war Jukelnack ein Mal pfiffig, zumindest schien es so. Tatsächlich war aber seine Bequemlichkeit die Triebfeder, als er sich erkundigte: »An der Graf-Luckner-Schule ist nicht zufällig eine Stelle zu besetzen?« Eine fast monoton vorgetragene Frage, auf die die Sekretärin des Schulrats gereizt, aber zielorientiert reagierte. Ein anderer Karteikasten musste auf den Schreibtisch gewuchtet werden, bei dessen Durchsicht sie in diesem Moment für einen eben verstorbenen Lehrer Ersatz fand. Jukelnack bekam die Stelle und fühlte sich versorgt, weshalb er umgehend einen Gang runterschaltete. Von der Last, Ehrgeiz zu zeigen, befreit. Ein paar Gehminuten von der Graf-Luckner-Schule entfernt lag sein Elternhaus, sein Kinder-, Jugend- und Studentenzimmer. Hier war die Fensterbank, die Zeit seines Lebens eine wichtige Rolle für ihn spielte, auf der seine Arme lagen, wenn er sich hinaus in die Welt träumte, grübelte, nachdachte oder vielleicht sogar meditierte. Worüber?

Diese Frage wird bis zur letzten Seite dieses Buches unbeantwortet bleiben. Leider.

Das kleine Häuschen in der Reichsbahnersiedlung, in dem Karl-Friedrich mit seiner älteren Schwester und seinen Eltern aufwuchs, war mittlerweile geräumiger. Die Schwester hatte geheiratet und war ins Ruhrgebiet gezogen. Vom Siedlerhausleben mit arbeitsintensivem Gemüsegarten hatte sie die Nase voll. Auch Vater Jukelnack hatte früh die Nase voll, sowohl von seiner Frau, als auch von bürgerlicher Idylle mit regelmäßig zu leerendem Plumpsklo und streitbeladenen Besuchen der Schwiegermutter. Vater Jukelnack war Rangiermeister, aber er pfiff auf den Meister. Titel dieser Art waren ihm suspekt. Er fühlte sich als Arbeiter, forderte seine Kollegen auf, die Reihen »eng geschlossen zu halten«, argumentierte aufrührerisch und beschwor die Macht der proletarischen Solidarität. Er träumte von der Weltrevolution. Vom Aufstand der Massen. Von der Herrschaft der Arbeiterklasse. Träume, die sich mit einer blutjungen Genossin im Arm viel euphorischer und radikaler träumen ließen. Grund genug für ihn, sich zu verdrücken, um so den erwünschten Umsturz zu beschleunigen.

Mutter Jukelnack fühlte sich zur Lebensberaterin berufen und warnte bei jeder Gelegenheit vor dem weiblichen Unwesen im Allgemeinen und der zerstörerischen Kraft durch eine Frau im Leben ihres Sohnes. »Eine Frau, die sich für dich interessiert, will nur dein Geld und unser Haus. So ein Flittchen bringt nichts als Unglück – schau dir deinen Vater an!«

Da widersprach ihr Sohn nie. Hinweise dieser Art wurden Karl-Friedrich in den nächsten zwanzig Jahren ständig eingebläut. Dennoch spürte der junge Mann die Unruhe, die ihn befiel, wenn er sich gedanklich dem anderen Geschlecht näherte. Die Frauen hinterm Bahnhof, die Jukelnack hin und wieder aufsuchte, schienen die Warnungen der Mutter zu bestätigen, nahmen ihm allerdings – für viel zu viel Geld – einigen Druck aus den Lenden. Nebenbei: Vor Begegnungen mit diesen Damen musste er mindestens fünf große Biere trinken, um in die passende Stimmung zu kommen.

Über seinen Lebensweg und -wandel in den nachfolgenden Jahren lässt sich nur wenig berichten. Er war kein engagierter Lehrer und die Balance zwischen Abstand und Nähe zu seinen Schülern – weder gehasst noch geliebt – gelang ihm eher beiläufig. Sein Lebensmotto lautete: »Konflikte sind dazu da, um ihnen aus dem Weg zu gehen.« Jukelnack war nie unfreundlich, insistierte nicht, zeigte keine Erregungen, lachte mit, wenn alle lachten, oder zog die Stirn kraus, wenn es ratsam schien. Er griff die Stimmungen in seinem Umfeld auf und achtete darauf, dem jeweiligen Schwarm zu folgen.

Ab 1933 wurde Jukelnack ein berechnender Mitläufer. Gelangweilt, aber unauffällig. Sein Vater, der Kommunist, war ein schwerer Ballast, den er durch eine frühe Parteimitgliedschaft ausglich. Das Parteibuch der NSDAP wurde ihm ein regenfester Schutzschirm. Wer sich so ein Büchlein nicht besorgte, stand im Regen. Jukelnack hatte es lieber trocken. Zumal von ihm nichts verlangt wurde, was nicht ohnehin tief in seinen Genen verwurzelt war: Mitlaufen, sich nicht einmischen und keinerlei Mühe für die Entwicklung einer eigenen Meinung aufbringen. Die Partei war meinungsstark genug, da musste ein Jukelnack nicht noch seinen Senf hinzufügen. Erst recht keine Widerworte, die nichts als Energieverschwendung gewesen wären. Eine Ideologie mit Defiziten bei der Menschlichkeit – da halfen sowieso keine Argumente. Augen zu und durch! Für Karl-Friedrich die auf den Leib geschnittene Methode.

Jukelnack war weder gesellig noch ungesellig. Wenn man ihn einlud, erschien er. Ansonsten blieb er daheim. Ihn völlig emotionslos zu nennen, würde die Wirkung seiner Trinkgewohnheiten unberücksichtigt lassen. Ab dem dritten Bier begannen seine sonst eher faden Augen ein wenig zu leuchten. Eine Karriere als Alkoholiker wäre ihm sicher gewesen, sofern ihm nach dem zehnten Bier nicht regelmäßig schlecht geworden wäre. Dann musste er sich erbrechen und den nächsten Tag mit einem brummenden Schädel überstehen.

Beim Nachbarschaftsstammtisch im GOLDENEN SPATEN war Jukelnack gern gesehen. Als kopfnickender Zuhörer wurde er von niemandem übertroffen. Er gab einen aus, wenn er dazu aufgefordert wurde, fing keinen Streit an, erzählte schon mal einen Witz, den er im Lehrerzimmer aufgeschnappt hatte, und kicherte mit jedem weiteren Bier lauter und höher. Irgendwann kicherte die Runde über Jukelnacks Eunuchen-Gekicher, kurze Zeit später erlöste ihn sein Würgereiz. Meist verließ er als Erster die Runde und machte den Weg frei für Tratsch und Klatsch auf seine Kosten. Manchmal musste sich Jukelnack direkt vorm GOLDENEN SPATEN übergeben. Besser war es, unterwegs in einen der Gräben zu kotzen, die die Siedlungshäuser von der Schotterstraße trennten. Mit Glück reiherte er erst im heimischen Garten. Eine griffbereite Schaufel brachte das Gewölle unter die Erde, wo es düngte und der Mutter nicht auffiel.

Bis 1942 lief alles rund und ruhig nach Jukelnacks intuitivem Plan für ein unaufgeregtes Leben, denn er blieb an die Heimatfront abkommandiert und machte sich keine Sorgen um gar nichts. Doch dann brauchte der Führer die tatkräftige Mithilfe des Volksgenossen Karl-Friedrich Jukelnack. In Russland galt es den Bolschewismus auszumerzen und Land und Boden für ein wachsendes, allen überlegenes Volk zu arrondieren. Dazu musste wohl oder übel Krieg geführt werden. Kriege benötigen Krieger, am besten gut ausgebildete, unerschrockene und siegessichere Soldaten. Aber Jukelnack war nie Soldat gewesen. Als er es hätte werden können, in den Zwanzigern, durfte Deutschland nur hunderttausend Mann unter Waffen haben. Versailler Diktat, gar nicht so schlecht! Eine Wehrpflicht gab es nicht. Männer, die sich freiwillig meldeten, um entweder der Arbeitslosigkeit zu entgehen oder ihre Rauflust zu befriedigen, mussten mindestens einen Meter achtzig groß sein. Da hätten Jukelnack neben der Rauflust schon mal drei Zentimeter gefehlt.

Mit neununddreißig Jahren steckte man ihn in eine mausgraue Uniform, verordnete ihm drei Monate Landsknechts-Einmaleins und prüfte seine soldatischen Tugenden. Jukelnack konnte marschieren, parieren und salutieren, aber nicht kanonieren. Er schoss höchstens aus Versehen Spatzen von Bäumen, meist aber Löcher in die Luft. Ohne jegliche Aufsässigkeit. Er konnte einfach nicht schießen, weil ihm das Zielen nicht gelang. So einer kam zur Etappe, schleppte sich für den Nachschub den Buckel krumm, fuhr schlingernd durch russischen Matsch und blieb, wie alle, irgendwann darin stecken.

* * *

Else Bödicker hätte im Dezember 1917 das Licht der Welt erblicken können, wenn es denn bei ihrer Geburt hell genug gewesen wäre. Aber die einzige Vierzig-Watt-Glühbirne in der Wohnküche ihres Elternhauses blieb in jener Nacht dunkel, weil die Stromversorgung auf dem Lande noch unzuverlässiger war als in der Stadt. Lediglich drei Talgkerzen flackerten und rußten bei ihrer Geburt vor sich hin.

Die kleine Bauernkate ihrer Eltern beherbergte bereits acht Kühe, einundzwanzig Schweine und drei Schwestern. So gesellte sich zu der relativen Dunkelheit noch die Enttäuschung, wieder keinen Hoferben geboren zu haben. Die Mutter stöhnte vor Anstrengung, der Vater vor Hoffnungslosigkeit. Erst drei Jahre später würde Else einen Bruder bekommen und der Vater seinen Glauben an die Gerechtigkeit der Welt sowie die Güte des alles lenkenden, himmlischen Herrn zurückerhalten.

Als Vierjährige fing sich Else den Spitznamen ein, der ihren Lebensweg lange kennzeichnen sollte: Der Vater nannte sie »Primelpöttchen«. Sie schien oft in sich gekehrt, wirkte vertrottelt, stieß sich häufig und kam ständig als Letzte, wenn die Bödicker-Kinder gerufen wurden. Ein paar weitere Attribute warteten bereits auf sie: faul, schlafmützig, ungelenkig, doof. »Die doofe Else«. So beschrieb sie der alte Dorfschullehrer seinem jungen Nachfolger, dem er 1925 zu Ostern die Klasse übergab.

Der neue Lehrer war experimentierfreudiger. Er hielt die Prügelstrafe zwar ebenfalls für ein probates Mittel, Kindern zu einer besseren Bildung zu verhelfen, war aber pädagogisch moderner geschult. Bevor er mit dem Lineal auf Finger haute oder mit dem Rohrstock Hinterteile bearbeitete, fragte er die »Bauerntölpel« nach dem Grund ihrer Leistungsverweigerung.

Die doofe Else hatte mal wieder nicht kapiert, was klar und deutlich an der Tafel stand: Eine simple Rechenaufgabe, die sie trotz scharfer Fragetechnik nicht lösen konnte. Der junge Lehrer machte sich auf den Weg in die letzte Reihe, schlug das Lineal schon mal zum Training seiner Treffsicherheit in die eigene, linke Hand und sagte dann bemüht sachlich: »Else, warum bist du nur so doof? Was ist so schwer daran, 31 weniger 15 auszurechnen?« »Ich wusste nicht, wie die Aufgabe lautet. Sie haben es ja nicht gesagt. Nur an die Tafel geschrieben. Aber da kann ich es nicht lesen!« Else begann zu weinen. Ihr Lehrer stutzte. Ein interessanter Fall. Davon hatte er gehört. Nicht alle Kinder konnten gleich gut sehen. Da halfen Experimente. Das war spannend. Sofort vergaß er das Lineal. Da probierte man und ging auf Erkenntnissuche. »Komm mal her!«, befahl er. »So, hier, komm zu mir!« Else stand auf und ging schniefend, verängstigt und langsam auf den Lehrer zu. Der stellte sich hinter sie, griff in ihren Nacken und lief auf die Tafel zu. »Was steht da?« fragte er ein Mal, zwei Mal, drei Mal.

»Ich kann es nicht lesen, ich sehe es wirklich nicht«, schluchzte Else, ihr Kopf starr auf die Tafel gerichtet von einer festen Hand an ihrem Hals. Dann endlich, einen Meter vor der Tafel die Erlösung:»Jetzt sehe ich die Zahlen. 31 weniger 15, das sind 16. Und darüber steht 25 und 7, also 32, jetzt sehe ich alles!« Else wischte sich mit ihrer blau-weiß-karierten Schürze, die sie wie alle anderen Mädchen ständig trug, die Tränen von ihren schamroten Wangen. Ihr rohes Wollkleid unter der Schürze staute die Körperwärme und sorgte für eine feuchte Stirn und einen unangenehmen Körpergeruch.

Ein paar Wochen später hatte Else jene Glasbausteine auf ihrer Nase, die aus ihr *Brillenschlange, Glubschauge, Wanderlupe* oder schlicht *die blinde Else* machten. Immer wieder fragten kichernde Kinder, ob ihr Vater Glaser sei oder sie bei Regen Scheibenwischer benutze. Die Neckereien der Kinder, auch ihrer Geschwister, verstärkten ihr introvertiertes Wesen noch mehr. Ein Kind mit Sehschwäche und Brille war auf einem Bauernhof nur begrenzt einsetzbar. Kartoffeln schälen, Schweine füttern, Geschirr abwaschen ging, aber bei Gartenarbeiten, beim Eiersuchen im Hühnerstall oder in der Ernte auf dem Feld war Else eher ein Hindernis. Dabei schien sie keineswegs einfältig zu sein. »Ich glaub sie ist doof, aber nicht dumm.« Genau so sagte es der Vater eines Tages und machte sich seine Gedanken. Gedanken, die Else ein wenig Anerkennung in Aussicht stellten.

Ein paar Jahre später legte die Landwirtschaftskammer ein neues Programm auf. Sie vermittelte lernwillige arme Kinder vom Lande in die Haushalte älterer Stadtbewohner. Meist waren dies ehemalige Großbauern, die sich mit guter finanzieller Ausstattung aufs Altenteil zurückgezogen hatten, dorthin, wo es Ärzte, ein Theater, ein paar Kinos, Cafés und ordentliche Restaurants gab. Diese Edel-Pensionäre nahmen nur zu gerne ein junges Mädchen im Hause auf. Sie waren es gewohnt, Mägde zu beschäftigen und wussten anfallende Arbeiten zu verteilen. Nun gut, die jungen Dinger sollten morgens in die Schule gehen, aber ab Mittag waren sie für allerlei Handreichungen bestens zu gebrauchen. Und am Sonntag standen sie von früh bis spät zur Verfügung.

Else Bödicker wurde zu den Poggenpohls vermittelt, beide noch keine siebzig Jahre alt. Der resoluten Berta Poggenpohl kam es darauf an, anzukommen. Nicht leicht für eine Großbäuerin im neuen, bürgerlichen Milieu. Aber mithilfe der besten Schneiderin am Platze sowie der wöchentlichen Renovierungsleistungen im Salon Blume sah sie inzwischen recht passabel aus und fiel im Foyer des Residenztheaters nicht mehr auf. Jedenfalls solange sie nicht den Mund aufmachte. Ihr Gatte hingegen lehnte Eingriffe an seiner äußeren Erscheinung rundum ab. Für ihn waren Äußerlichkeiten reine Optik, und Optik bezeichnete er schlicht als die Lehre vom Licht. »Mehr is dat nich!«

Frau Poggenpohl war penibel, kontrollsüchtig, besserwisserisch und stolz auf ihre Schulbildung. Nach sieben Jahren Volksschule hatte sie zwei Jahre die Hauswirtschaftsschule besucht und fast mit »gut« abgeschlossen. »Sey wär jo up de Pudding-Akademie« {Sie war ja auf der Pudding-Akademie}, machte sich ihr Mann hinter ihrem Rücken lustig, wenn Berta stolz davon berichtete. Vorteilhafterweise hatte sie aber über dreißig Hektar Land mit in die Ehe gebracht, was sie – nach ihrem Gefühl – ihrem Gatten ebenbürtig machte. Frau Poggenpohl brauchte man nichts von Emanzipation oder Gleichberechtigung erzählen. Die war bei ihr eingebaut und musste nicht erst von außen erweckt werden. Genau genommen fühlte sie sich ihrem Mann überlegen und war damit auf demselben Holzweg wie er, der dasselbe von sich dachte. Berta Poggenpohl wäre unausstehlich gewesen, hätte sie nicht ab Mittag zur Likörflasche gegriffen. Bis siebzehn Uhr stündlich, danach im Dreißigminutentakt. Der Likör förderte eine sanfte Milde in Bertas Wesen, weshalb ihr Gatte den Nachschub im Auge behielt. Im Weinhaus Hoyer bestellte er wöchentlich zu seinen zwölf Flaschen Rheingau Riesling die gleiche Menge an süßem Kräuterlikör. Das Alkoholverhältnis der Flüssigkeiten war eins zu zwei und diente schließlich einem guten Zweck: dem Frieden in der Welt und besonders dem in der Ehe der Poggenpohls.

Heinrich Poggenpohls Fürsorglichkeit zeigte sich nicht nur im Weinhaus Hoyer. Er mochte die Menschen in seiner vertrauten Umgebung und zeigte es ihnen. Man hätte ihn sensibel nennen können, wäre diese Beschreibung für einen Mann im Jahre 1929 schon als positives Attribut in Umlauf gewesen. Er war gemütlich, freundlich, ohne jede Eitelkeit, großzügig und belesen. Man würde ihm seine Herkunft kaum angesehen haben, hätte er nicht die großen, runden, roten und rot geäderten Pausbacken gehabt, die ihn als Landmann kennzeichneten. Außerdem pflegte er sehr zum Ärger seiner Frau die plattdeutsche Sprache und gab sich keinerlei Mühe, Hochdeutsch zu sprechen, wenn die Poggenpohls in gesellschaftlichen Angelegenheiten auf die besseren Kreise der Stadt trafen.

Else Bödicker hätte es schlechter treffen können. Die Poggenpohls sorgten für das Schulgeld, hatten eine nette Kammer auf dem Dachboden und boten geordnete Verhältnisse. Elses Eltern waren gleichfalls sehr einverstanden mit dieser Entwicklung. Als Hilfe auf dem Hof oder im Haushalt blieb sie hinter den Erwartungen zurück und ihre seltenen Wortbeiträge waren der Mutter oft zu kompliziert. Außerdem wusste ihre Familie mit Humor oder gar Ironie nichts anzufangen, denn Else gelang es nicht immer, komische Situationen unkommentiert zu lassen. Blieb nur, in sich hinein zu kichern, was den Nachteil hatte, dass humorvolle Menschen sie nicht auf Anhieb als gleichgesinnt erkennen konnten.

Berta Poggenpohl schrieb täglich vor elf Uhr in die Küchenkladde, was Else »gefälligst« erledigen sollte. Danach benötigte die Hausherrin ihre Konzentration für Wichtigeres und kümmerte sich nicht mehr um »die Deern«. Gut für Else, so blieb genug Zeit zum Lernen, später sogar, um sich in der Stadt umzuschauen. Heinrich Poggenpohl hingegen entwickelte väterliche Gefühle für die »lütte Deern«, freute sich, mit ihr Platt *snacken* zu können und zeigte seine Sympathie für die Mittelschülerin.

Wenn Else aus der Schule kam, hatten die Poggenpohls bereits gegessen und hielten Mittagsschlaf. Ihr Essen stand – meist lauwarm – auf der holzbefeuerten Küchenhexe. Ein tiefer Teller, von Berta portioniert und abgedeckt mit einem weiteren, umgedrehten tiefen Teller. Essen musste sie im Stehen. Auf den zwei Küchenhockern standen meist schmutzige Töpfe. Else kannte es von zu Hause nicht anders. Alle Bödicker-Kinder standen um den Küchentisch, an dem nur für die Eltern zwei Schemel zum Sitzen einluden. Während dieser Mahlzeiten hatten die Kinder Sprechverbot, lauschten den problemgeladenen Ausführungen des Vaters – von der Mutter häufig mit einem doppelten »jo« bestätigt – und konnten sich so schon mal ein Bild von ihrer düsteren Zukunft machen. Tagtäglich vorgelebte Ausweglosigkeit.

In der Poggenpohlschen Küche gab es kein Sprechverbot, allerdings war auch nie jemand da, mit dem Else hätte sprechen können. Dennoch empfand sie die Atmosphäre als zwanglos und angenehm. Mit sich allein war Else nicht verstockt, nicht auf der Hut, fühlte sich weder beobachtet noch begutachtet. Sie nahm ihren Teller und wanderte zur Balkontür, von wo aus sie in den Garten schauen konnte. Ohne Hast zu essen, ohne die Angst, nicht genug abzubekommen, war eine komfortable

Situation, die Else als Glück empfand. Später, mutiger, schlich sie sich schon mal in die Speisekammer und gönnte sich ein wenig Nachschlag. Danach musste sie das Geschirr abwaschen. Frau Poggenpohl türmte alle sonstigen von ihr beim Kochen benutzten Utensilien in eine Zement-Spüle. Neben dem Frühstücksgeschirr standen dort die benutzten Teller und Platten. Das Besteck lag eingeweicht in einem der Töpfe. Eine Stunde dauerte es, bis alles abgewaschen, abgetrocknet und sauber verräumt war. Danach musste sie noch schnell den Fliesenboden in der Küche feucht wischen, »feudeln« nannte es die Dame des Hauses, und Wasser aufsetzen.

Auf ein Tablett stellte sie zwei Teetassen, den Zuckertopf, Löffel und die leere Biskuitschale, die erst später von Frau Poggenpohl aufgefüllt wurde – ohne dass Else auch nur ein Stück davon abbekommen hätte. Wenn sie die aufwendig bemalte Kanne gefüllt hatte, musste der Tee fünf Minuten ziehen, um dann auf einem Stövchen heiß gehalten zu werden. Mit voller Konzentration bugsiert – immer die Stolperkante des dicken Teppichs im Blick – ging es nun ins Wohnzimmer, vorbei an zwei ausladenden, mit Cordstoff bezogenen Sesseln. Danach war sie frei. Frei, um ihre Hausaufgaben zu erledigen. Und ihre Schuhe zu putzen. Und ihre Kammer zu fegen. Und um wöchentlich das Treppenhaus zu wischen, nachdem sie es vorher mit Handfeger und Schippe vorgereinigt hatte. Und um im Garten Unkraut zu jäten, wenn es ihr von Frau Poggenpohl aufgetragen worden war. Und um Wäsche mit der Hand zu waschen. Und um einzukaufen, sofern das gewünscht wurde. Und um zu träumen ...

Träumen konnte sie auch bei der befohlenen Gartenarbeit. Für Else keine Arbeit, sondern ein sinnliches Vergnügen. Sie liebte den Geruch der verschiedenen Pflanzen, besonders den der Küchenkräuter. Mit den Händen in der Erde zu wühlen machte ihr Spaß – Regenwürmer herauszuziehen, sie auf den festen Boden der schmalen Wege zu legen und zu beobachten, wie sich Vögel darauf stürzten. Hier roch es wie zu Hause. Und ohne die ständigen Kommandos der Mutter oder von Frau Poggenpohl war die Beschäftigung geradezu ein Steckenpferd – wie man Hobbys damals nannte.

* * *

Die Jahre bis zum Eintritt in die Armee vergingen für Karl-Friedrich Jukelnack in paradiesischer Langeweile. Keinerlei Aufregungen waren zu verdauen, das Leben verlief gleichförmig. Politik war ein Monster hinter den sieben Bergen. Natürlich passierte was! Man hätte sich aufregen können, streiten, parteiisch werden oder in Unruhe verfallen. Aber wozu? Überall gab es Versammlungen, Aufmärsche, Schreiereien und Schlägereien. Gerne nahm er angebotene Flugblätter entgegen, fragte sogar nach einem zweiten oder dritten Exemplar und steckte sie sanft zustimmend nickend ein. Er las kaum je ein Wort dieser Pamphlete, aber sie eigneten sich hervorragend zum Feuer anmachen. Mit etwas Glück waren die Rückseiten unbedruckt. Schreibpapier konnte man immer gebrauchen. Und irgendwann würde ja auch alles wieder besser werden. Darauf hoffte jeder Zeitgenosse. Das Geld war zwar Ende der Zwanziger Jahre täglich weniger wert, doch der Jukelnacksche Garten mit seiner ergiebigen Gemüseernte nahm davon keine Notiz. Das kleine Beamtengehalt reichte immer für Bier im GOLDENEN SPATEN, Kernseife, Mehl, loses Sauerkraut und sonntags ein Stück Kasseler. Kathreiner Kaffee schmeckte auch ohne Zucker und die Heimatzeitung wurde abbestellt, wenn das Haushaltsgeld knapp wurde. Mutter Jukelnack war ein Spargenie und stopfte Strümpfe noch, wenn vom ursprünglichen Material kaum ein Faden übriggeblieben war. Alle Lehrer in der Schule trugen ausgebeulte Klamotten mit glänzenden Stellen an Ärmeln, Knien und am Revers. Dass Jukelnack noch etwas ärmlicher daherkam, fiel niemandem auf. Den Kindern schon gleich gar nicht. Modefragen waren in jenen Zeiten weder unter Schülern noch im Kollegium ein Gesprächsthema.

1933 war der konträre Rabatz zwischen Roten und Braunen in den Städten vorbei. Der überbordende, gleichgeschaltete Rabatz, der nun auf Straßen und Plätzen vorbeimarschierte oder aus dem Volksempfänger tönte, war immer mit Musik verbunden. Wagner- oder Marschmusik, Volkslieder oder schwülstige Schlager – Jukelnack sortierte nicht. Er mochte Musik. Egal welche. Hauptsache, er hörte Melodien, die sich mitsummen ließen und ablenkten. Wovon? Darüber machte sich Jukelnack keine Gedanken.

Der Kosmos in seinem Kopf blieb lebenslänglich abgeschirmt und undurchlässig. Nie drang auch nur ein winziger Gedankenfetzen heraus. Überlegungen, die er allein in seinem Zimmer spann. Auf einer Fußbank, darauf ein Kissen, kniend, die Arme aufs Fensterbrett gestützt, den Kopf in die Hände gelegt und den Blick scheinbar nach draußen gerichtet. Fantasien in schmutzige Abgründe? Wenn, dann blieben die neuronalen Impulse auf verschlungenen Bahnen in seinem Hirn gefangen. Nie handlungsbestimmend und stets sauber von jeder Realität abgeschottet. Auf eine unbestimmbare Art blieb Jukelnack immer ein Innenmensch. Jedenfalls bis zum zehnten Bier. Und dieses war oft schneller wieder heraus, als es hinuntergespült worden war.

Menschen sind das Produkt ihrer Erziehung. Und Mutter Jukelnack erzog ihren Sohn bis kurz vor ihrem Tod, auf den sie und

Karl-Friedrich bis 1952 warten mussten. Ihr Erziehungsprogramm lautete:»Gemacht wird, was ich sage!«

Seine Lebensmaxime »Konflikte sind dazu da, um ihnen aus dem Weg zu gehen« passte sich perfekt dieser Vorgabe an. Mit einem angenehmen Nebeneffekt: Jukelnack war der einzige Lehrer, der seine Schüler nie verhaute. Er kam ohne Prügel genauso gut oder schlecht klar wie mit. Prügelnde Lehrer benötigten zur Ausführung ihrer Tat eine Portion Wut, Aggressivität oder Hinterhältigkeit. Keine dieser Anforderungen war Jukelnack bereit sich abzuringen. Falscher Ehrgeiz ist Energieverschwendung. Ehrgeiz an sich schon mal anstrengend. Aber *keinen* Ehrgeiz zu haben wird mit Gleichgültigkeit belohnt. Jukelnacks Schüler schätzten das. Sie mochten ihn zwar nicht, waren aber froh, dass er sie mit Schlägen und Anstrengungen verschonte. Bei ihm konnte man sich durchlavieren. Und was wollen Schüler mehr?

Das Siedlerhaus im Dornbuschweg blieb bis ins Jahr 1955 nahezu unverändert. Weder Mutter Jukelnack noch ihr Sohn hatten Ambitionen, ihre Umgebung zu gestalten. Die Wände waren getüncht, ursprünglich weiß. Ein Stück unter der Decke verlief ein brauner Konturstreifen. Fachmännisch mit einer Rolle aufgebracht. Das Muster? Ein Mix aus ostfriesisch-griechischer Simpelgrafik.

Im Haus – nicht in der Küche, aber ansonsten überall wahrnehmbar – ein zarter Hauch Toilettenduft, der sich in seiner Intensität nie veränderte. Egal ob Karl-Friedrich die Jauchegrube frisch entleert hatte oder die träge Masse knapp unter dem Abort-Loch stand. Bis Mitte der Sechzigerjahre, als das Haus an die Kanalisation angeschlossen wurde, blieb dieser spezifische Duft eine Spezialität der Jukelnacks.

Ab Ende 1964 war der Geruch, jedenfalls außerhalb der Toilette, verschwunden. Gelästert wurde trotzdem weiter:»Die

Jukies sind zu geizig für den Torf im Klo – die lassen es lieber stinken«, höhnten die Nachbarn. Und lachten.

Wie komfortabel so ein schickes Plumpsklo in Wirklichkeit war, ließ sich erst ermessen, wenn man als Soldat nur noch einen Donnerbalken zur Verfügung hatte. Und wenig später nicht einmal mehr den. Natürlich konnte man darüber klagen, aber die Kameraden, die ihren Frust zu dem Thema schimpfend zum Besten gaben, wurden nur veralbert. »Schisskojenno!«, hieß es dann. Oder:»Scheiß doch mit Gebello in die Hosen von Flanello!« Das Soldatenleben war rau. Selbst für einen geübten Drückeberger wie Jukelnack. Die brutalen Märsche in die Kriegsgefangenenlager überstanden nur Stoiker. Männer, die sich nicht selbst leidtaten, die ihren Kopf im Griff hatten. Wer sich empörte, lebte nicht lange. Wer klagte, verzweifelte oder aufbegehrte, bekam entweder einen Schuss ins Genick oder starb an innerem Unfrieden. Wer überleben wollte, musste sich anpassen. Nicht leicht in einer Atmosphäre der Entmenschlichung. Nur völliges Abstumpfen bis zur Emotionslosigkeit sicherte das Überleben.

Das Lager bei Minsk war lediglich als Zwischenstation gedacht. Für kurze Zeit, um den Straßenbau voranzubringen. Von hier fuhren später Güterzugladungen verfrorener Gefangener in die sibirischen Kohlegruben, sofern sie noch transportfähig waren. Vorher wurde noch eine Auslese getroffen.

Der sowjetische Politoffizier sprach Deutsch und war auf der Suche. Zunächst nach Nazi-Politoffizieren, denn er wusste um die Gefährlichkeit dieser Spezies. Jeder, den er herausfilterte, bekam seine gerechte oder ungerechte Strafe. Immerhin ein schneller Tod.

Genauso wichtig war die Suche nach Spezialisten, die man in der eigenen Kriegswirtschaft gebrauchen konnte, die sich umdrehen ließen, um nützlich zu sein. Hinter mancher ausgemergelten Visage versteckte sich vielleicht ein Ballistiker, ein Ingenieur oder ein Mathematiker mit heiß begehrten Kenntnissen. Zum Beispiel in der Raketentechnik.

Besonders gesucht waren in diesen Tagen jedoch Männer mit der richtigen Gesinnung. In der sowjetischen Besatzungszone sollte ein sozialistischer Bruderstaat entstehen. Ein treuer Satellit als Vorposten gegen den zum Untergang bestimmten Kapitalismus und seine willfährigen, Amerika-hörigen Vasallen.

Im Interview mit dem Mann an der »Rampe« – wo es entweder um Sibirien, russische Waffenschmiede oder Aufbau des Kommunismus in Ostdeutschland ging – erkannte Jukelnack seine Chance. Er bezeichnete sich und seine Familie als glühende Kommunisten, denn er wusste von seinem Vater, wie diese glühten. Er verwies auf seine Vornamen – *Karl* wie Marx, *Friedrich* wie Engels – und gab ein paar Stichworte zum Besten, die sein rotes Herz beschrieben. Der Polit-Kommissar kannte Gesinnungssimulanten und bohrte fragend nach. Doch Jukelnack war faktensicher. Er beschrieb einen Teil des Lebenslaufs seines Vaters und gab ihn als den eigenen aus. Zuerst Mitgliedschaft im Spartakusbund, danach Eintritt in die VKPD, Beiträge für die Parteizeitung ROTE FAHNE und Erlebnisse im revolutionären Kampf, sowohl blutig auf Straßen als auch agitatorisch vor und hinter Fabriktoren. Nach 1933 dann die Konspiration im *Kampfbund gegen den Faschismus*. Das stete Versteckspiel und die Verhöre bei der Gestapo. Jukelnack redete wie stets fast monoton und ohne zu überzeichnen. Er sah in die Augen seines Gegenübers, sah, wie gut er damit ankam, sah, wie dieser aufsprang und ihn »Genosse Jukelnakow« nannte, die geballte Faust zum Gruß hochreckte, um ihn dann zu umarmen. Jukelnack kam nur ein laues »Freundschaft« über die Lippen, aber immerhin schlug er die Hacken in seinen zerfledderten Filzstiefeln zusammen. Ähnlich wie seinerzeit im Schulamt schaltete er sofort ein paar Gänge zurück, als er den Marschbefehl bekam, denn er war in den Augen des sowjetischen Parteisoldaten genau der richtige Mann, um in Ostberlin Kader zu schmieden. Da war sich der Apparatschik sicher. Er stempelte dessen Papiere und schon einen Monat später betrat Karl-Friedrich Jukelnack wieder deutschen Boden.

Wenige Wochen später – der Staub, aus dem er sich gemacht hatte, hing noch in seinen Kleidern – saß er wieder bei der Mutter im Siedlerhaus und schlürfte eine dünne Steckrübensuppe. Fast so dünn wie im Lager.

$$* * *$$

Die Abendmahlzeit bei den Poggenpohls wurde pünktlich um achtzehn Uhr dreißig eingenommen. Zu dritt. Else kochte Hagebuttentee und deckte im Esszimmer den Tisch. Drei Holzbrettchen, Messer und Gabeln, Teetassen mit kleinen Löffeln und zwei Gläser. Für das »Dessert« der alten Leute noch Weinglas und Likörkelch. Frau Poggenpohl machte schon am Vormittag zwei Aufschnittplatten zurecht, eine mit Käse, die andere mit Wurst und Schinken. Die standen in der Speisekammer parat. Herr Poggenpohl ging in die Küche, nahm das große, gezackte Brotmesser aus einer Schublade, klemmte sich ein kiloschweres Schwarzbrot unter einen Arm, unter den anderen einen Laib Graubrot und schlurfte, mit dem Messer in der Hand, zu Tisch. Ein Schneidebrett brauchte er nicht. Er schnitt die Brote vor dem ausladenden Bauch. So wie es schon sein Großvater getan hatte. Der linke Arm wurde zur Schraubzwinge, die rechte Hand säbelte auf Wunsch halbe oder ganze Scheiben, die er mit breitem Grinsen den Damen auf die Brettchen schmiss. Landete eine Scheibe neben dem Ziel, lachte Poggenpohl und sagte:»Oh, dat givt Schietweer. Use Brod flegt man leeg!« {Oh, das gibt schlechtes Wetter. Unser Brot fliegt so tie!}

An so einem Abend, Else war schon mehr als ein Jahr im Haus, musste Frau Poggenpohl noch schnell auf den Dachboden. Vormittags hatte sie dort Wäsche aufgehängt, unter anderem ein paar Blusen von sich und zwei Hemden ihres Mannes.

Die Flickschneiderin wollte vorbeikommen, und Blusen und Hemden sollten mit. Die hatten Stellen, an denen das Leinen angerissen war. Schuldig war natürlich Else:»Zu viel Stärke, die dösige Deern ...« Ein funkelnder, strafender Blick traf das Mädchen. Sie war es inzwischen gewohnt, an allem die Schuld zu haben.

»Zwei Blusen und ein Hemd soll die Gloysteinsche stopfen, auch wenn sie noch nicht ganz trocken sind«, sagte Frau Poggenpohl im Hinausgehen. Nur sie wusste, wo sie die kleinen Löcher entdeckt hatte. Die Flickschneiderin verstand sich aufs Kunststopfen und würde ihr Bestes geben. Frau Poggenpohl war immer auf schnellen Füßen unterwegs, egal, wie viel Likör sie intus hatte. Ihre sechsundsechzig Lebensjahre erahnte man nicht. Ihre flotten Bewegungen ließen sie jünger erscheinen. Schnell war sie im Treppenhaus. Von der ersten Etage, wo Familie Brunken wohnte, führte eine schmale, steile Treppe zur Bodenluke. Die schwere Holzklappe drückte man am besten mit zwei Händen hoch, dann ging es leichter. Else machte das mehrmals täglich – immer, wenn sie in ihre Kammer hochstieg. Die ausgetretenen und manchmal rutschigen Stufen waren für Else kein Problem. Frau Brunken hatte ausgerechnet an diesem Abend frisch gebohnert und das Bohnerwachs mit einem Lappen nachpoliert, damit es hübsch glänzte. Beide Hände über sich an der Luke, keinen Halt am Geländer und nur Pantoffeln an den Füßen – Berta Poggenpohl rutschte aus, verlor den Halt, stürzte die Treppe hinunter und gab noch einen lauten, inhaltlich aber unverständlichen Schrei von sich.

Frau Brunken hörte ihn, Else Bödicker auch. Sie sprang auf und wollte durch die offene Wohnungstür in den Hausflur rennen. Aber Herr Poggenpohl beruhigte das junge Ding. »Set di man wedder dohl. Use Moder krakeelt gern, seij is n beten nervös.« {Setz dich man wieder hin. Unsere Mutter schreit gern, sie ist ein bisschen nervös.}

Der zweite Schrei kam von Frau Brunken. Markerschütternd. Als Amtmannsfrau war sie eigentlich nie nervös, weil man sich schließlich zusammenreißen musste, wie Herr Brunken zu sagen pflegte. Nun rannte Else los, Herr Poggenpohl folgte ihr mit ruhigen Schritten. Frau Brunken und Else erstarrten schockiert, hielten die Hände vor den Mund und schluchzten im Duett. Herr Poggenpohl blieb ohne besondere Aufregung. Vor ihm lag seine Frau, den Hals verdreht, die Augen weit aufgerissen. Bauer Poggenpohl hatte in seinem Leben schon genug Hühnern den Hals umgedreht, um die Situation richtig einzuschätzen. »Nu is sej dod. God erbarme sich ihrer armen Seele. Löp man gau ton Doktor hän. Hej will ja ok wat to don häppen« {Nun ist sie tot. Gott erbarme sich ihrer armen Seele. Lauf man schnell zum Doktor hin. Er will ja auch was zu tun haben}, beauftragte er Else und kniete sich hinunter zu seiner Frau. Seine Hand befühlte den Hals, dann tätschelte er ihre Wange und sagte: »Mog good, Moder. Häs din Läven lebt. Nu is dat ut. Wenn usen Herrgod in sin unergründlichen Radschlog dat so wull, könnt wi nix moken.« {Mach's gut, Mutter. Hast dein Leben gelebt. Nun ist's vorbei. Wenn unser Herrgott es in seinem unergründlichen Willen so bestimmt, können wir nichts machen.}

Frau Brunken weinte laut, Else liefen die Tränen still übers Gesicht. »Nu löp tau!« {Lauf zu!}, brummte Herr Poggenpohl nochmal, bevor er sich umdrehte und gemächlich die Treppe hinunterstieg, um sein angefangenes Schinkenbrot zu Ende zu essen.

Nachdenklich! Ganz langsam begann er zu trauern. So wie er es von seinem Hof kannte, wenn er einem alten, geliebten, treuen Hund den Gnadenschuss geben musste, weil er von ständigen Schmerzen geplagt wurde.

Die Wohnungstür blieb offenstehen. Frau Gloystein klingelte und war bereits im Flur, als sie rief: »Ich bin's!« Herr Poggenpohl stand am Fenster des Esszimmers. Sein Blick wanderte schon seit Minuten hinaus, hinüber in den Burggarten-Park. Er mochte den Park, die großen Bäume, die schön angelegten Blumenbeete. Aber er hatte es stets gehasst, dort mit seiner Frau zu promenieren und pausenlos den Hut zu ziehen, wenn von Berta der Knuff in die Seite kam, weil er gefälligst auch einen Gruß erbieten sollte. Zu Menschen, die er meist gar nicht kannte. Herrschaften, die er gefälligst nicht mit *Moin-Moin* grüßen sollte, sondern ordentlich – »wie es sich gehört!« – mit *Guten Tag.* »Neumodschen Kroam«, brummelte er dann und tat wie befohlen.

»Ich sollte doch Stopfwäsche abholen, oder?«, fragte die kleine Frau und sah sich unsicher um, auf der Suche nach der Hausherrin.

»Vondage ward dat nix mehr. Mine Froh is nicht good to paas. Kummt sej man nexte Weeke woller.« {Heute wird's nichts mehr. Meine Frau ist unpässlich. Kommen Sie man in der nächsten Woche wieder.}

Else führte den Doktor sofort hoch in den ersten Stock. Frau Brunken hatte inzwischen eine Wolldecke über die Tote gelegt, die der Arzt nun unwirsch zur Seite zog. Ein Blick genügte auch ihm. Trotzdem ging er auf die Knie und griff nach Bertas Hand. Kein Puls. Kein Glanz mehr in den Augen. »Kein Honorar«, zuckte es kurz durch seinen Kopf, und er begann, die frische Leiche noch ein wenig wiederzubeleben. Freilich erfolglos. Dennoch: Frau Brunken und Else, die ihm dabei zusahen, beruhigten seine Bemühungen sichtlich.

An diesem Abend trank Else Bödicker zum ersten Mal offiziell Alkohol. Vorher hatte sie nur heimlich an den Likörflaschen von Frau Poggenpohl genippt. Süßes Zeugs, das im Hals brannte. Der Wein von Herrn Poggenpohl war dagegen lieblich und kratzte kein bisschen. Dafür tröstete er ungemein. Sie saßen in der guten Stube der Eheleute. Hier war Else bisher nur gewesen, wenn sie den Nachmittagstee auf das kleine Tischchen neben den beiden sperrigen Sesseln gestellt hatte. Jetzt saß sie auf dem dunkelgrünen Feincordstoff, zunächst ganz vorne auf der Kante. Angespannt schaute sie auf das große Ölgemälde an der Wand. Es zeigte einen Mann am Pflug hinter einem Pferd. Im Hintergrund war mit feinen Pinselstrichen eine Bauernkate mit Reetdach und rauchendem Schornstein gemalt. Die Welt auf dem Bild erschien ihr jedenfalls heiler als die Wirklichkeit der Gegenwart. Elses Finger strichen unauffällig über den weichen Stoff mit den kleinen, festen Rillen. Ein schönes Gefühl an den Händen.

»Dat Leven mut jo wieter goan!« {Das Leben muss ja weitergehen!}, meinte Herr Poggenpohl nach einer Weile. Nicht nur ein Mal. Sein Tonfall wirkte gedämpfter als normal. Else war inzwischen fast vierzehn Jahre alt. Dieser Tag würde sich bei ihr einbrennen, würde eine Gabelung im Leben bedeuten. Weg vom Primelpöttchen-Dasein, ganz langsam hin zu einer selbstbestimmten Frau, auch wenn es noch Jahre dauern würde.

Zum ersten Mal in ihrem Leben hatte sie einen toten Menschen gesehen, eine Tragödie miterlebt, die ihr immer wieder die Tränen in die Augen trieb. Sie weinte nicht um Frau Poggenpohl, sie weinte, weil sich Ungewissheit und Unsicherheit ihrer bemächtigten.

»Us Leven ward schon wieter goan!« Herr Poggenpohl, ernster als sonst, lächelte kürzer, wenn er sie anschaute. Auch sprach er bedächtiger, schaute zwischendurch immer wieder aus dem Fenster und hing seinen Gedanken nach. Ihm war schon jetzt klar, dass sich nun auch sein Leben verändern würde. Zum Besseren? »Mog di kiene Sörgen. Wi blevt tusomen. Dat Hus is nich to grot for us tweij« {Mach dir keine Sorgen. Wir bleiben zusammen. Das Haus ist nicht zu groß für uns zwei}, sprach er plötzlich, hob sein Glas und zeigte Else, wie man Kristallkelche vorsichtig anstieß, sie zum Klingen brachte, sich in die Augen schaute und nach dem Zuprosten abwartete, bis der Ältere mit seinem Trinkspruch fertig war. »Pack man diene Backbeern und slöp in Moders Tüch-Stuv« {Pack man deine Sachen und schlaf in Mutters Wäschezimmer} lautete sein Vorschlag. Also Umzug vom Boden in die Wohnung im Erdgeschoss. Das sogenannte Wäschezimmer hieß nur so, war aber in Wirklichkeit Berta Poggenpohls KLEINE KNEIPE und Lesezimmer für Schundromane, die sie vor ihrem Mann versteckte. Da stand eine Chaiselongue, auf der Else prima schlafen würde, und es gab einen Tisch, an dem sie lernen konnte. Der Wäscheschrank würde ihr Kleiderschrank werden. Das Beste an diesem Vorschlag ließ Steine vom Herzen fallen: Sie musste nicht mehr auf den Boden, nicht mehr über die steile Treppe, nicht mehr vorbei an der Stelle, wo Berta Poggenpohls verdrehter Hals die Augen zum Erlöschen gebracht hatte. All diese Neuigkeiten wanderten durch ihren Kopf, während sie gebannt in das gefasste Gesicht ihres Gegenübers blickte. Der Altbauer schien bereits alles durchdacht zu haben. »Morgen bruckst du nich nach School hängoan. Ek pinsel di een Entschuldigungsschrieven. Dese Weeke möt wi good tusomen holten! Da kummt wat up us to. Oaber dat Leven mut jo wieter goan!« {Morgen brauchst du nicht zur Schule gehen. Ich pinsele dir ein Entschuldigungsschreiben. Diese Woche müssen wir gut zusammenhalten! Da kommt was auf uns zu. Aber das Leben muss ja weitergehen!}

Am nächsten Morgen brachte Else schon vor Beginn der ersten Stunde die Entschuldigung ins Schulbüro. In den nächsten vier Tagen wurde sie die »lüttje Fru« {kleine Frau} an der Seite von Heinrich Poggenpohl. Der konnte Beistand gebrauchen. Zum zweiten Frühstück am Tag nach Bertas Tod erschien Gernot, das einzige Kind der Poggenpohls und somit der Hoferbe. Das Verhältnis zwischen Vater und Sohn war schon lange angespannt und verbesserte sich durch die Todesnachricht keineswegs. Im Gegenteil. Else hatte im Esszimmer den Tisch für die beiden Männer gedeckt und brachte nur noch den frisch aufgegossenen Tee herein. Das Gespräch verstummte kurz, dann, als Else die Tür hinter sich schloss, polterte Gernot weiter:»Ich bin mitten in der Ernte. Da können wir uns nicht mit einer Beerdigung belasten. Warum suchst du ihr nicht eine Grabstelle in der Stadt? Mudder war doch viel lieber hier als im Dorf!«

»Verdammie nomol – Moder is in Bullenstedt op de Weld kummen un dor weid se ok begroben. Basta!« {Verdammt nochmal - Mutter ist in Bullenstedt zur Welt gekommen und da wird sie auch begraben. Basta!}

Auch beim Thema Leibrente kamen Vater und Sohn sich nicht näher. Den Vorschlag, nun wenigstens die Zahlungen zu kürzen, lehnte Vater Poggenpohl ohne jegliches Entgegenkommen ab. »Nu is sei man noch keenen Dag dod un du wullst mit mie over Finanzen spekoleern? Schäm di wat!« {Nun ist sie noch keinen Tag tot und du willst mit mir über Finanzen spekulieren? Schäm dich!}

Der einzige gemeinsame Nenner von Vater und Sohn waren zwei dicke Zigarren und für jeden ein doppelter Cognac zum Tee. Ansonsten blieben sie sich fremd.

Wenig später düste der mürrische Jungbauer mit seinem Hansa Typ C aus regionaler Produktion davon, in Gedanken mit dem Problem belastet, wie er seiner noch mürrischeren Frau die Sonderbelastung der Beerdigungszeremonie erklären sollte. Sein Vater hatte den üblichen Kaffeeumtrunk nach dem Kirchgang auf der Diele befohlen. So, wie es Sitte war und sich gehörte. Mindestens achtzig Trauernde oder zur Trauer Verpflichtete würden kommen. Kaffee, Butterkuchen und belegte Brote waren der Standard, Korn und Likör ebenfalls. Und das alles während der Ernte!

* * *

Der »Republikflüchtling« Jukelnack, der sich schon kurz vor der Gründung jener geplanten *Deutschen Demokratischen Republik* aus dem Staub gemacht hatte und damit den Aufbau des ersten Arbeiter- und Bauernstaates auf deutschem Boden konterkarierte, nutzte wie viele die Wirren der Nachkriegszeit. Verschleierung war an der Tagesordnung. Braunste Nazis färbten sich hellbraun, bekamen eine weiße Weste übergehängt und bemächtigten sich wieder der Schaltstellen des Staatsapparates. Sich entnazifizieren zu lassen war Volkssport geworden. Anders erging es da einem einzelnen, aus sowjetischer Kriegsgefangenschaft entlassenen Mann.

In der kurz vor der Entstehung befindlichen *Bundesrepublik Deutschland* wollte man möglichst keine Nazis dabeihaben. Wenn überhaupt, dann auf dem Papier geläuterte. Aber das rote Gesindel, Alt- oder Jungkommunisten, sollte auf keinen Fall mitmischen. Da waren die Vorgaben der westlichen Alliierten eindeutig. Entsprechend vorsichtig ging man zu Werke. Zum Beispiel im Schulamt. »Warum hat man Sie aus der Gefangenschaft entlassen?« Jukelnack musste improvisieren. Die Wahrheit sagen? Wahrheit ist zwar ein kostbares Gut, wird aber häufig unter Wert gehandelt. Modifizierte Wahrheiten werden schon eher honoriert, zumal, wenn die Modifikationen den tagesaktuellen Bedürfnissen entsprechen.

So tischte Karl-Friedrich Jukelnack eine perfekte Verwechslungskomödie auf. Er sei im Lager angesprochen worden, ob er Karl Jukelnack sei. Also sein Vater. Dieser würde in Ostberlin gebraucht, stünde auf den konspirativen Mitgliederlisten der später verbotenen KPD und wäre ein hochangesehener Genosse. Daher sei er zum Schein darauf eingegangen und dann quasi Erster Klasse nach Ostberlin gebracht worden. Von dort sei er umgehend geflüchtet, weil er nun mal kein Roter sei.

Ein daraufhin angeordnetes Interview mit einem mittelmäßig Deutsch sprechenden englischen Offizier ergab für jenen ein klares Bild: Jukelnack habe keinerlei Qualitäten, schon gar nicht als Spion. Er sei ein charakterschwacher Dummkopf, den man besser auch nicht auf Schulkinder loslassen sollte.

Immerhin sei er politisch unverdächtig und damit für deutsche Stellen zur weiteren Verwendung freigegeben.

Der so Beschriebene, hätte er denn Kenntnis davon gehabt, würde sich über diese Beschreibung nicht beschwert haben. So verwunderte es nicht, dass der Lehrkörper der Graf-Luckner-Schule jetzt um einen ehemaligen Kollegen erweitert wurde. Jukelnack war wieder in Amt und würdig, Kindern Bildung einzutrichtern. Daher konnte er wie gewohnt einen Gang runterschalten.

Einzig Othilie Jukelnack ging mit der plötzlichen Rückkehr ihres Sohnes ins Gericht. Als der unvermittelt vor ihr stand, an einem Sonntagnachmittag beim Beet mit den dicken Bohnen – also bei schwerster Gartenarbeit –, und nur ein schlaffes »Da bin ich, Mutter« hervorbrachte, schimpfte sie los: »Das wird aber auch Zeit, der Herr. Lässt mich hier jahrelang alleine schuften. Was hast du dir dabei gedacht?« In solchen Familienkonstellationen ziehen sich Menschen schon mal in ihr Inneres zurück und zeigen eine teilnahmslose Hülle, weshalb der Sohn erklärte: »Man hat mich nicht eher gehen lassen. Ich war doch im Krieg.

Und dann in Gefangenschaft.«»Geh rein, setz Teewasser auf. Aber zieh deine Schuhe aus, hörst du. Ich komme gleich.« Mutter Jukelnack wie stets mit der Herzlichkeit eines Reibeisens. Später zeigte sie dann doch noch ihre emotionale, sanfte Seite:»Na, schön, dass du wieder da bist. Die Jauchegrube ist randvoll. Da kannst du dich morgen gleich mal dranmachen. Heute Abend gibt's Reste. Morgen koche ich uns was Ordentliches. Und, erzähl mal, wie war's denn so im Krieg?«

Das Kollegium der Graf-Luckner-Schule, die schon bald in Graf-von-Stauffenberg-Schule umbenannt werden sollte, war durch den Krieg sehr ausgedünnt. Es gab nur noch zwei andere männliche Lehrer, beide über das Pensionsalter hinaus. Jukelnack mit seinen sechsundvierzig Jahren wirkte gegen sie wie Siegfried aus der Nibelungensage. Aufgestockt um ein paar Hilfslehrerinnen hatte man den Notunterricht begonnen, aber inzwischen waren diese den regulären Kräften gleichgestellt. Die ungewohnt quirligen, jungen Kolleginnen veränderten die früher so gediegene Ruhe im Lehrerzimmer. Der Kriegsheimkehrer nahm es mit Unbehagen zur Kenntnis. Es wäre ihm lieber gewesen, alles unverändert vorzufinden. Jedoch gab es auch Angenehmes. So musste er sich nicht um eine eigene Klasse kümmern. Jedenfalls nicht in den ersten paar Monaten bis zu den Sommerferien.

Am 20. Juni 1948, Jukelnack war noch keine drei Monate zurück, feierte man in Westdeutschland die Währungsreform. Schwarzmarkthändler wurden über Nacht zu ehrbaren Kaufleuten, boten gehamsterte Waren nun zu regulären Preisen an und beteiligten sich damit ungewollt an der Etablierung einer neuen Ordnung. Jedenfalls fühlte sich die Bevölkerung ab diesem Zeitpunkt wieder in geordneten Verhältnissen. Ein lange vermisstes Sicherheitsgefühl machte sich breit. Eine Ordnungsmacht übernahm wieder die Überwachung der Ordnung. In Stadt, Land,

Staat, in Behörden und Dienststellen wurden neue Hierarchien installiert. Denn der sich nach Ordnung sehnende Bürger will festgefügte Instanzenwege. Folglich schaffte die Obrigkeit Instanzen. Überall. Auch im Schulwesen. Einfache Volksschulen, die sich in der chaotischen Nachkriegszeit lediglich auf die Wissensvermittlung konzentriert und ohne ständig neue Erlasse gearbeitet hatten – wie man hörte mit gutem Erfolg – sollten nun wieder Strukturen erhalten. Und das ging nicht ohne Karl-Friedrich Jukelnack, den man mangels geeigneter männlicher Bewerber – denn nur die kamen infrage – zum Konrektor beförderte. Stellvertretender Schulleiter, ein Titel, der mit zwanzig Mark zusätzlich honoriert wurde. Othilie Jukelnack jubilierte und bestellte umgehend per Ratenkauf eine Singer-Nähmaschine. Der Versandhandel blühte auf, denn *Otto*, *Neckermann* und *Quelle* verstanden sich auf das Inkassogeschäft. Jeder konnte bestellen so viel er wollte. Nicht pünktlich gezahlte Raten wurden später mit Techniken psychologischer Kriegsführung eingetrieben. Also mit Drohbriefen, Angsteinjagen, Schuldnerlisten und unangenehmen Hausbesuchen. Das Wirtschaftswunder begann. Nicht jedoch für den neuen Konrektor, der eine Auszeichnung als Konsumverweigerer verdient gehabt hätte. Lediglich eine lokale Brauerei steigerte durch ihn ihren Ausstoß.

Das Schönste an seiner Heimkehr war für Jukelnack, die geliebte Fensterbank wieder in Besitz zu nehmen. Sich hinaus zu träumen in Welten, in denen er allein war. Der Ankerplatz seines Innenlebens. So einen Ruhepol für die innere Einkehr hatte er im Krieg und danach im Lager schmerzlich vermisst. Einen Platz, an dem Körper und Geist miteinander verschmolzen und das ungestörte Alleinsein zu großer Befriedigung führte. Einen Ort, von dem sich die Herrschaft seiner Fantasie auf ein unendliches Imperium ausdehnen konnte. Ein Reich ohne Gesetze, um sich von allem und jedem loszulösen. Klingt inhaltslos? Nicht für Jukelnack!

* * *

Ganz Bullenstedt war »up de Patten« {auf den Beinen}, denn die Beerdigung von Berta Poggenpohl war im Dorfleben ein Großereignis. Kein Landwirt der Gegend hatte mehr Morgen – ein Morgen war in der Marsch fast ein Hektar – unterm Pflug. Das Land reichte von Poggenpohls Moor bis in die Düster-Marsch. Auf Poggenpohls Hof fuhren schon Traktoren, als im Dorf das Benzin noch von der Apotheke geholt wurde. Jedenfalls behauptete das der Volksmund. Jeder freute sich auf das anschließende »Fell versuupen« {Fell versaufen}, dafür ertrug man Predigt und Orgelgebraus, leierte »Ein feste Burg ist unser Gott« und »Lobet den Herren« mit und lief dann in trauerndem Gang zum Grab. Danach gings zu Poggenpohls auf die Diele. Die hatten sich nie lumpen lassen. Heinrich Poggenpohl, ein angesehener Mann, war viele Jahre auch Bürgermeister gewesen – da sollten sich wohl die Tische biegen.

Neu fürs Dorf und damit ein Grund zu tuscheln, war das Mädchen an der Seite des frischgebackenen Witwers. »Häpt deij inne Stadt noch ne Dochter kreegen?« {Haben die in der Stadt noch eine Tochter bekommen?}, kicherten die Bullenstedter hinter vorgehaltener Hand. Else versteckte sich so gut es ging hinter ihren Brillengläsern. Für sie war alles fremd und ungewohnt. Dazu ihr neues schwarzes Kleid und der schicke dunkelblaue Sommermantel, ein seidener Schal in Schwarz und erst die weiße Bluse mit den Rüschen am Kragen. Unter dem knöchellangen Rock ein Paar schwarze Schuhe mit Schnallen und der Andeutung eines Absatzes.

Was hätte sie darum gegeben, sich so ihren Geschwistern zu zeigen! Aber Bullenstedt war weit weg von Klein Streeken, wo die Bödickers lebten.

Als sich Gernot nach dem Frühstück verabschiedet hatte, war Heinrich Poggenpohl in die Küche gekommen und leistete Else Gesellschaft. »So, nu mookt wi beeden us mol n beeten manierlich. Treck di an, wi goot tu Plünnen Bruns, mol kieken, wat wi di övern Steert hängen kunt.« {So, jetzt machen wir beide uns mal ein bisschen manierlich. Zieh dich an, wir gehen zu Klamotten-Bruns, mal sehen, was wir dir über den Hintern hängen können.}

Das ungleiche Paar marschierte in die Kurze Straße, wo Else zuvor häufig die mit Waren überladenen Schaufenster bewundert hatte, um sie neu einzukleiden. Zum ersten Mal hörte sie den Begriff »chic«, den die Verkäuferinnen in jedem Satz ein bis zwei Mal fallen ließen. Für Else war es erschreckend, sich im Spiegel in gutbürgerlichen Gewändern zu sehen. Sie war sich selbst fremd und man sah es ihren roten Wangen an. Einzig ihr dickes, blondes Haar, wie immer zu zwei Zöpfen geflochten, und die große Brille kamen ihr bekannt vor. Als es danach auch noch zu Schuh-Schütte ging und dort ebenfalls Verkäuferinnen um sie herumschwänzelten, kullerten plötzlich ein paar Tränen. Was war bloß auf einmal los? Else überwältigte der spendable Aktionismus von Poggenpohl. Der behielt die Ruhe, freute sich, zahlte alles mit den Worten: »Is ja man n beeten dür!« {Ist ja ein bisschen teuer!}, und nahm gerne die daraufhin geflissentlich angebotenen Freigaben. Bei Schütte eine Dose Schuhcreme, bei Bruns sogar eine Dreier-Packung Herrentaschentücher. Beste Leinenqualität!

Am Ende des Beerdigungskaffees auf der Poggenpohlschen Diele kam es noch zu einem kleinen Spaß mit Heinrichs bestem

Freund Hinnerk Bramstedt, der dann im Laufe der Zeit eine sonderbare, fast möchte man sagen, wunderbare Wendung nahm. Hinnerk scherzte: »Du, säch mol, is diene neege Fründin nech een beeten jung?« {Du, sag mal, ist deine neue Freundin nicht noch ein bisschen jung?}

Heinrich kicherte und entgegnete: »Nu, wo Berta dod is, kann ik jau miene uneheliche Dochter ant Licht holln. Nu kann de Olsch mi nich mehr ton Düvel jogen.« {Nun, wo Berta tot ist, kann ich ja meine uneheliche Tochter ans Licht holen. Nun kann die Alte mich nicht mehr zum Teufel jagen.}

Ein Gerücht war geboren. Noch dazu eines, dem Heinrich Poggenpohl nie widersprach, denn er fand Spaß an der Idee, mit Else eine Tochter zu haben, die er immer gerne gehabt hätte, mit der er »komodich« {gemütlich} unter einem Dach lebte, die er verwöhnen durfte und mit der er so herrlich »op Platt snacken« konnte. Er nannte sie manchmal spaßig-liebevoll »miene lütje Fru«, aber seine Gefühle waren ähnlich jenen, die man einer Tochter, besser noch einer Enkelin entgegenbrachte.

In den ersten Wochen nach Berta Poggenpohls Tod bildete sich ein Schema des Zusammenlebens heraus und wurde für die nächsten Jahre zum Ritual. Else ging nach dem Aufstehen in die Küche, trank etwas Milch, schmierte sich ein Butterbrot, ein zweites wickelte sie für die Schule in Pergamentpapier, kochte Tee und ging wenig später zum Unterricht. Herr Poggenpohl schien noch zu schlafen. Jedenfalls blieb er im Bett. Lange bevor Else aufgestanden war, hatte er bereits die Zeitung aus dem Briefkasten geholt, einen Blick hineingeworfen, um dann noch ein Weilchen zu dämmern. Zwischen Dämmern und Lesen verging die Zeit wie im Fluge, sodass es meist schon neun Uhr war, bis er aufstand. Im Nachthemd, das fast die Hausschlappen berührte, schlurfte er in die Küche, wo Else ihm ein Kännchen Tee aufgebrüht und auf ein Stövchen gestellt hatte. Er schnitt sich eine daumendicke Weißbrotschnitte und eine kräftige Scheibe

Schwarzbrot ab, strich sehr viel Butter auf das Schwarzbrot, schnitt vier fingerdicke Scheiben von der Mettwurst und presste alles zusammen. Heutzutage würde man es ein Sandwich nennen. Dann nahm er seinen wuchtigen Porzellanbecher, schmiss drei Stück Kandiszucker hinein und goss den Becher mit Tee voll, sodass die Kanne schon halb leer war. Er lauschte kurz dem Knistern des Zuckers, dann zog er sich einen der neuen Küchenstühle an den Tisch und nahm Platz. Meist brummte er dann:»Denn wullt wi mol kieken, wat de lütje Fru opschrieven hät.« {Dann wollen wir mal sehen, was die kleine Frau aufgeschrieben hat.}

Auf dem Tisch lag immer ein Einkaufszettel von Else, die von einer»dösigen Deern« zur Frau des Hauses aufgestiegen war. Pünktlich um halb elf verließ Poggenpohl das Haus, frisch rasiert, gekämmt und»mit Jack un Büx«, wie er zu sagen pflegte. Er steuerte den Bauernmarkt am Kasernenhof an, wo er zwischen den Reihen der Marktbeschicker hin- und herlief, Klönschnack hielt und zum Beispiel fachmännisch Kartoffeln angrabbelte, um lachend zu fragen:»Häs kiene bäteren?« {Hast du keine Besseren?}

Alles, was er nicht direkt von den Bauern kaufen konnte, besorgte er anschließend in der kleinen Markthalle hinter dem Kasernenhof. Mit einem Netz voller Einkäufe machte er sich dann auf den Weg zum STEDINGER HOF, wo vor der Theke oder am Stammtisch schon einige Herren seines Alters in gesprächiger Runde versammelt waren.

Poggenpohl bekam seine tägliche Zigarre, ein Glas Bier mit Bierwärmer und ein Gläschen Korn. Jedes Mal fragte er den Wirt:»Rudi, is dat Korn oder Doppelkorn?«»Wenn Du n Doppelkorn wullst, denn schenk ik di noch een Lütjen eijn!«

Ein gute Laune produzierendes Ritual.

Um Punkt vierzehn Uhr war Poggenpohl wieder zu Hause. Else hatte bereits den am Vortag gekochten Eintopf aufgewärmt und zwei tiefe Teller samt großer Löffel auf den Küchentisch gestellt. Mittag gegessen wurde wochentags nur noch in der Küche, und zwar immer Eintöpfe. Herr Poggenpohl liebte sie und Else konnte nichts anderes kochen. »Insett-Bohnen, givt dat wat beijteres op Arden?« {Eingelegte Bohnen, gibt es was Besseres auf Erden?}

Insett-Bohnen, auch Schnibbelbohnen genannt, waren Poggenpohls Leibgericht. In Salzlake eingelegte, klein geschnittene grüne Bohnen, gekocht mit gestreiftem Speck, Kartoffeln und einer Backbirne. Auch Else schaffte davon zwei große Teller. Dass beide stets gut satt wurden, sah man ihnen mit den Jahren immer deutlicher an. Aber Optik war ja nur die Lehre vom Licht und Gedanken über Körpersilhouetten kamen ihnen nicht in den Sinn.

Mittwochs und sonntags besuchten Else und Heinrich HEITMANNS HOTEL. Für achtzehn Uhr dreißig war für sie ein Tisch reserviert und Oberkellner Walljes stand mit der Tageskarte in Habachtstellung. Die Karte hielt er mit verschränkten Armen vor dem Bauch, ohne sie den Gästen vorzulegen. Präzise führte er die aktuellen Köstlichkeiten der Küchenbrigade auf. Gab es ein Gericht mit Rotkohl, schlug Poggenpohl zu. Else liebte Koteletts, dazu trank sie Malzbier. Den Wein für den Herrn hatte der Chef des Hauses hinter der Theke schon in eine Karaffe gefüllt. Poggenpohl war ein treuer Rheinwein-Trinker. Tischgespräch war zunächst immer die Frage: »Wat häst denn van Doge in School leernt?« {Was hast du denn heute in der Schule gelernt?}

Else berichtete gerne und ausführlich, denn in dieser Gesellschaft war ihre Schüchternheit wie weggeblasen. Poggenpohl interessierte sich für Biologie und amüsierte sich über Elses Berichte vom Englischunterricht. Er prustete los vor Lachen, wenn Else anfing, Englisch zu sprechen. Dann nahm Poggenpohl die gehörten Wörter auseinander, sortierte sie nach deutschen, französischen oder plattdeutschen Ursprüngen und machte sich über die Engländer lustig. Plötzlich halb Hochdeutsch sprechend meinte er:»Das soll eine eigene Sprache sein? Dat sünd Spooß-moker. {Das sind Spaßmacher.} Die haben unser schönes Platt verdreht, jawoll, dat sünd Plattverdreier!«

* * *

Der Konrektor war in der Regel für die Erstellung der Stunden-pläne zuständig. Eine undankbare Aufgabe, weil man dafür schon einen Tag vor dem offiziellen Ferienende in der Schule sein musste. Denn mit Beginn des Schulbetriebes hatte der Stun-denplan jeder Klasse vorzuliegen. Jukelnack hasste diese Arbeit und redete sie sich nur damit schön, für sich die Rosinen her-auspicken zu können.

Da nur noch drei männliche Lehrer an der Graf-von-Stauf-fenberg-Schule unterrichteten, sollten diese möglichst in allen fünften bis achten Klassen eingesetzt werden. So wurde Karl-Friedrich Jukelnack zum Haupt-Erdkundelehrer der Schule. Mit dem Finger über Landkarten zu fahren machte ihm sogar ein bisschen Spaß und die Kinder spürten es. Leider reichte es nicht allein aus, nur Erdkunde zu unterrichten. Sport wäre schön gewesen, weil es in dem Fach nichts zu korrigieren gab. Aber Sportlehrer unterrichteten im Sommer in kurzen Hosen – für Jukelnack ein Ausschlusskriterium. Da genierte er sich. Rechen-arbeiten – damals hieß es noch Rechnen und nicht Mathematik – ließen sich schnell korrigieren. Richtig oder falsch, Haken dran oder ein kleines »f«, fertig war man. Ein gutes Verpisserfach war auch Religion. Nicht nur für die Schüler. War ein Lehrer zum Beispiel für acht Wochenstunden zum Religionsunterricht ein-geteilt, bestand die begründete Hoffnung, davon mindestens die

Hälfte nicht selbst in die Klassen zu müssen. Die mit Kirchensteuer gefütterten Religionsgemeinschaften sendeten regelmäßig ihre örtlichen Abteilungsleiter in die Schulen, um dort zu unterrichten. Kündigte sich so ein Pfarrer oder Priester an, war Jukelnack kooperativ und stellte bereitwillig eine weitere Lehreinheit zur Verfügung. Lächelnd sagte er: »Sie sind der Fachmann des Glaubens, ich bin ja nur ein Hilfsarbeiter auf dem Gebiet.« Die Abgesandten der Kirchen hörten das gern und versuchten, jeder auf seine Weise, die Werbetrommel zu rühren – natürlich streng nach Lehrplan und offiziell völlig neutral.

Später sollte der Kultusminister noch den Begriff der »Freiwilligen Arbeitsgemeinschaft« in einem der unzähligen Erlasse prägen. Darauf reagierten die Schulen individuell, je nach Neigung und Eignung des Lehrkörpers. Mal mit Laienspielgruppen, andere Schulen gründeten Chöre oder Orchester. Da die Graf-von-Stauffenberg-Schule seit jeher einen Schulgarten betrieb, war es naheliegend, um dieses Thema herum ein Angebot zu entwickeln, damit die Kinder eine Ahnung von essbarem Grünzeug bekamen. Das führte zu einem in Jukelnacks Karriere einmaligen Engagement: Er meldete sich freiwillig zur Betreuung des Gartens und der damit verbundenen Lehrtätigkeit in der »Arbeitsgemeinschaft Garten«. Das blieb so bis zu seiner Pensionierung und führte zu seinem Spitznamen, der, aus Schülermund kommend, die Runde machte und ihn ebenfalls bis zum Ende begleitete. Jukelnack war aus dem Krieg heimgekommen wie alle Männer: klapperdürr und schlecht ernährt. Während bei den anderen Heimkehrern das Wirtschaftswunder nach und nach auch um die Taille herum sichtbar wurde, blieb er figürlich immer hart an der Grenze zur Unterernährung. Jukelnack sollte bis zu seinem Tod nie wieder sein Vorkriegsgewicht erreichen.

Der Volksmund hätte ihn »schlank wie ein Hering« genannt, aber die Schüler fanden einen besseren Namen: Jukelnack wurde

»Porree«. Doch ein Porree zu sein, erwies sich als gar nicht mal so nachteilig, wie man noch sehen wird.

Zu den neumodischen Methoden, die sich in der aufblühenden Bundesrepublik breitmachten, gehörte der Begriff »Diskussion«. Dahinter verbarg sich im Fach Gemeinschaftskunde die Vorgabe des Ministeriums, mit den Kindern der Abschlussklasse, also in den Fünfzigerjahren der achten Klasse, das Diskutieren zu üben oder Diskussionen zu veranstalten. Welcher vom *Dritten Reich* geprägte Lehrer hatte dazu schon Lust und Laune? Jukelnack auf jeden Fall nicht. Aber gerade seine ehrgeizfreie Herangehensweise führte hier zu erstaunlichen Ergebnissen. Einmal hieß das Thema: Der Zweite Weltkrieg. Erwartet wurde ein positiv gelenktes Diskussionsgeschehen, um den Kindern die deutsche Schuld und Verantwortung für den Ausbruch des Krieges vor Augen zu führen. Diskussionen, also das muntere Sich-ins-Wort-Fallen, begeisterte die jungen Leute mehr als den Lehrer. Ein vorlauter Bengel fragte recht am Anfang der Stunde: »Herr Jukelnack, wie war's denn so im Krieg, also an der Front? Sie waren doch Soldat!« Da es Jukelnack von jeher zuwider war, Persönliches preiszugeben, lächelte er den Jungen an, um dann die Frage an die gesamte Klasse zu richten: »Na, wie stellt ihr euch eigentlich so ein Schlachtfeld vor?« Daraus entstand eine bunte Mischung aus Vermutungen, Besserwisserei, Wiedergabe von Gehörtem und Fantasien. Und natürlich gab es auch noch die persönlichen Eindrücke der Kinder von der Heimatfront. Die Achtklässler redeten dermaßen aufgedreht mit-, über- und durcheinander, dass es dieses Mal Jukelnack war, der die Schüler daran erinnern musste, dass die Schulglocke bereits geläutet hatte. Eine Stunde, die wie im Flug vergangen war, mit einer hochzufriedenen Klasse. Das Ganze vorbereitungsfrei und anstrengungslos. Also genau nach dem Geschmack von *Porree*. Und dass sich die Diskussion auf dem Schulhof fortsetzte, war doch nun wirklich ganz im Sinne des Kultusministers. Die sich daraus entwickelnde Prügelei wohl eher nicht.

Wahrheiten – also die eigenen – wollen eben verteidigt werden.

Der heimische Garten hinterm Siedlerhäuschen der Jukelnacks wechselte die ihn bearbeitenden Hände im Handumdrehen. Kaum war Karl-Friedrich zurück, reduzierte Othilie ihre Arbeitseinsätze auf ein Minimum. Sie behielt lediglich die Oberaufsicht, bestimmte, was wo und vor allem wie angebaut werden sollte, und gab Anweisungen zu Ernte und Düngung. Eimer für Eimer brachte der Sohn die Jauche aus dem Plumpsklo in die Beete und harkte Erde darüber, um das kostbare Gut in den Boden einzuarbeiten und so die Nasen zu schonen. Man konnte also von einem gelungenen Kreislauf sprechen. Voll ökologisch, wenngleich mit diesem Attribut noch nicht geadelt. Doppelt ökologisch wurde Jukelnacks Einsatz an der Jauchefront durch die Hilfestellung für seinen Nachbarn Heinz Bärwald, genannt Heinzi Bär. Heinzi hatte im Krieg einen Arm verloren und war nun nicht mehr alleine in der Lage, den Kreislauf zwischen Gemüsebeeten und Jauchegrube in Gang zu bringen. Denn die Arbeit erforderte fast schon akrobatisches Geschick. Zunächst öffnete man mit aller Kraft einen schweren Betondeckel, der hintem Haus auf der Speichergrube lag, damit niemand hineinstürzte. Sofort machten sich fette Maden auf den Weg in die Freiheit und kamen dem Leerer entgegen.

War der Deckel endlich zur Seite geschoben – wie gesagt, mit enormer Anstrengung – holte man den, in diesen Kreisen so genannten, Schöpflöffel. Ein simpler Zinkeimer mit einer Art Muffe, in der ein circa zwei Meter langer Holzstiel steckte. Mit diesem tauchte man in die von den Pflanzen begehrte Masse hinein, zu Beginn nicht sehr tief, dann immer tiefer, und entnahm so das Füllgut, um es in einen bereitstehenden zweiten Eimer zu kippen. Dieser Vorgang erforderte, um möglichst wenig zu verschütten, neben Konzentration auch Kraft. Für einen Einarmigen nicht zu bewerkstelligen. Aber dann, auf dem Weg mit dem Transporteimer zum Beet, kam Heinzi Bär zum Einsatz, während Jukelnack rauchen durfte. Jauchegruben leerte man nicht nur traditionell immer samstagnachmittags, sondern stets auch rauchend. Ansonsten wäre der Job nur mit starkem Schnupfen möglich gewesen.

Während Jukelnack einmal qualmend auf die Rückkehr von Heinzi Bär wartete, stellte sich Betti Bär, ebenfalls rauchend, neben ihn, griente und meinte:»Ich arbeite jetzt in der Haifischbar. Besuch mich da doch mal!« In der Haifischbar waren die Haie weiblich, so viel wusste Jukelnack. Er kannte sie von gelegentlichen Besuchen in den Gassen hinterm Bahnhof. Leicht errötend sagte der hilfsbereite Nachbar:»Mal sehen, vielleicht.« Dann war auch Heinzi wieder da und forderte Nachschub aus dem Schöpflöffel.

Es sei der Hinweis gestattet, dass diese»Geschäftsanbahnung« direkt neben der Jauchegrube begann, wo sie dann später wahrscheinlich auch endete.

* * *

Außenseiterin zu sein war für Else Bödicker inzwischen eine trainierte Position, ein Grundrauschen ihrer Selbstwahrnehmung. Was nicht heißen soll, dass es ihr nichts mehr ausmachte, nur ging die gefühlte Enttäuschung über das Alleinsein auf dem Schulhof oder in der Klasse nicht mehr tief unter die Haut. Es war allein ihr Fehler, die Schulkameradinnen nicht anzusprechen, sich nicht einzumischen. Sie blieb im Hintergrund, und die Klassengemeinschaft sah keinen Grund, sie in ihrer Mitte aufzunehmen. Dabei sah Else, das Primelpöttchen, nach Berta Poggenpohls Tod gar nicht mehr so mauerblümchenhaft aus – kleidungstechnisch zumindest. Sie war ordentlich und bürgerlich gekleidet und konnte sogar Abwechslung in ihrer Garderobe vorzeigen, denn Heinrich Poggenpohl fand Gefallen daran, ihr was »über den Hintern« zu hängen. Als sie in die Klasse kam, war sie pummelig. Inzwischen passte der Begriff dick besser. Ein solches Mädchen ist besonders im Turnunterricht benachteiligt. Ihre ungelenk vorgetragenen Übungen führten zwangsläufig zu Kicheralarm. Zwar hatte sie inzwischen ein neues, man könnte sagen, schickeres Brillengestell, aber die Turnlehrerin bestand darauf, dass Else sich die Brille mit einem Weckgummi am Kopf befestigte. Angeblich aus Sicherheitsgründen. So verziert war die Brille nicht direkt ein modisches Highlight.

In der achten Klasse blieb Else sitzen und musste das Jahr wiederholen. Das Lernen war ihr zwar leichtgefallen, aber nun bockte sie wie ein wildes Pferd beim Einreiten. Intuitiv. Wahrscheinlich, um dieser Klassengemeinschaft zu entkommen.

Diese »Flucht« war zunächst frustrierend, danach eher ein Glücksfall. Erstens wurde sie nun wieder eine begeisterte Schülerin, die am Ende sogar ein sehr gutes Zeugnis der Mittleren Reife nach Hause brachte. Zweitens lernte sie in der neuen Klasse Grete Schweers kennen, eine Freundin fürs Leben. Grete war ebenfalls Bauerntochter und kam von einem Hof vor den Toren der Stadt. Dort musste sie kräftig mit anpacken und vor allem beim täglichen Melken helfen. Wohl aus diesem Grunde umwehte sie ein dezenter Stallgeruch, der von den Stadtmädchen nicht nur errochen, sondern auch aufs Korn genommen wurde. Man nannte sie »Grete Schweins« und grenzte sie aus. Als eine Mitschülerin Grete in der siebten Klasse fragte:»Sach ma, schlaft ihr eigentlich aufm Misthaufen?«, wurde es ihr zu bunt. Sie kratzte dem Mädchen die Euter-warmen Fingernägel über die Wange, sodass vier blutige Striemen zurückblieben. Seitdem machten alle einen Bogen um sie, ohne allerdings die Neckereien einzustellen. Erst am Ende der achten Klasse und der beginnenden Freundschaft mit Else ging bei beiden das Einzelgänger-Dasein zu Ende.

Übrigens, nur zur Klarstellung: Das Odeur eines Kuhstalls ist leicht süßlich und unaufdringlich, ganz anders als der Gestank eines Schweinestalls. Und Grete roch nach Kuhstall!

Der siebzigste Geburtstag von Heinrich Poggenpohl warf seine Schatten voraus. Er hatte dieses Mal keine Lust, auf dem heimatlichen Hof zu feiern, sondern wollte die Menschen, die ihm wichtig waren, ins Stadthaus einladen.

Über Wochen sprach er immer wieder davon, rätselte, wie ein standesgemäßer Geburtstag ablaufen könnte, und beschwerte sich darüber, dass seine Frau ihn zu früh verlassen habe. »Seij hätt ja man ok noch n beeten warten kün!« {Sie hätte ja man auch noch ein bisschen warten können!}

Er vermisste seine Lebensgefährtin. Sogar ihre Meckereien. Ihr Genörgel an seinen Schrullen hatte einen gewissen Sound ins Leben gebracht, der nun fehlte. Da war plötzlich zu viel Stille um ihn herum. Außerdem war seine Gattin stets für die Organisation bei gesellschaftlichen Anlässen zuständig gewesen. Er grantelte ein wenig gegen ihre Pläne und Verabredungen und machte dann, was sie wollte. Ein vermisstes Ritual. Und wer wärmte jetzt seine kalten Füße? Mit Wärmflasche ins Bett zu gehen war – allein wegen der Vorbereitungen – umständlich.

Eines Abends war Grete Schweers zu Besuch. Sie durfte bei Else übernachten, um zum Wandertag der Klasse am nächsten Tag frühmorgens näher an der Schule zu sein. Poggenpohl genoss das Abendbrot mit den »lütjen Ladys« und war in aufgeräumter Stimmung. Als er dann das Thema auf seinen anstehenden Geburtstag brachte, sagte Grete:»Ich kann backen, häb ik von min Moder leernt.« So ergab es sich, dass mit einem Mal die komplette Planungsabteilung für den Geburtstag am Tisch versammelt war. Für alle überraschend. Else war strukturiert, lief in ihr Zimmer und holte Papier und Bleistift.

Jetzt entstanden nicht nur der Ablaufplan für Onkel Heinrichs Ehrentag, die Einladungsliste und die Tischordnung, sondern auch das Cateringkonzept. Damals nicht so benannt, aber im Wesentlichen so gemeint. Die Mädchen überboten sich mit Vorschlägen für kulinarische Angebote, alle auf der Basis ihrer bis dahin erworbenen Fähigkeiten. Heinrich Poggenpohl wurde immer euphorischer, so viel Spaß machte ihm die Sache.»Mui, mui« {Schön, schön} rief er andauernd. Und:»Wat is dat scheun!« Grete würde Topfkuchen in zwei Varianten backen, sowohl mit als auch ohne Rosinen. Und sie traute sich einen Apfelkuchen zu. Beide Mädchen wollten Schnittchen belegen und mit den verrücktesten Sachen garnieren. Heinrich wünschte sich Insett-Bohnen von Else, was beide Mädchen für falsch hielten. »Auf einem Geburtstag muss es Hühnerbrühe geben. Und zwar mit Eierstich!«, waren sie sich einig. Also kam die mit auf den Plan. »Tee oder Kaffee?«, wollte Else wissen. »Beides muss!«, wusste Grete, und damit war es gebongt. Herr Poggenpohl übernahm die Getränkeabteilung. Else schrieb ihm seine Bestellliste, die er lachend in die Westentasche steckte, direkt zu seiner Taschenuhr. Dann tauchte doch noch ein Problem auf. Grete stockte plötzlich und meinte:»Oh Gott, wat säch ik nu blot miene Üllerns?« {Oh Gott, was sage ich jetzt nur meinen Eltern?}

Aber da kam Heinrich Poggenpohl zum Zuge. Er versprach, den Eltern einen Brief zu schreiben und um die Freigabe der Tochter für den 30. April zu bitten, denn sein Geburtstag war der 1. Mai. Und natürlich sollte Grete auch an diesem Festtag dabei sein. Schließlich wurden neben den Küchenfeen auch noch Bedienungen benötigt.

Die Geburtstagsparty von Heinrich Poggenpohl wurde ein großer Erfolg. Fast dreißig Gäste, alle in guter Stimmung, und Ess- und Wohnzimmer getaucht in eine dunkelblaue Wolke aus herrlichem Zigarrenrauch. Leider kam es zu einer unschönen Szene am Rande der Feier. In einem ruhigen Moment kam Gernot Poggenpohl in die Küche, in der Else gerade allein am Herd stand. Er blickte sie schroff an und bellte unerwartet: »Du kannst ja wohl Mein und Dein unterscheiden, oder? Wäre besser!« Dann drehte er sich abrupt um und ging zurück in die Stube. Else stockte der Atem. Was gemeint war, verstand sie nicht recht, nur der vorwurfsvolle Ton kam bei ihr an. Sie unterdrückte ihre Tränen und versuchte, sich nichts anmerken zu lassen, was ihr schwerfiel.

Nachdem die letzten Gäste gegangen waren, trommelte Heinrich Poggenpohl seine Service- und Küchenbrigade zusammen und lobte die beiden Mädchen überschwänglich. Der Überschwang durch etliche Gläser Piesporter Michelsberg – ausnahmsweise ein Mosel – befördert. Er schob jedem der Mädchen zehn Mark zu und wunderte sich über Elses »bedröppeltes« Gesicht. »Was häs du denn?«, wollte er wissen und nun gab es für die Tränen kein Halten mehr. Nach etlichem Hin und Her gab Else die Begegnung mit Gernot wieder, Worte, die sie überhaupt nicht einordnen konnte. Heinrich Poggenpohl wechselte binnen Sekunden seine Gesichtsfarbe, fing an zu schimpfen und stob wie von Sinnen in sein Schlafzimmer, wo auch sein Schreibtisch stand. Die irritierten Freundinnen flüsterten sich leise Mut zu und räumten weiter die Küche auf. Allein der Abwasch dauerte ewig. Dreißig Minuten später kam Poggenpohl zurück, in der Hand einen Brief. »Den olen Schietkeerl, dem will ek wat wiesen!« {Dem alten Scheißkerl, dem will ich es zeigen!}, schimpfte er und hielt Else den Brief hin. »Hier, mien Deern, den bringst du morgen ton Notar hän. Min un dien – wär ja woll gelacht. So, und nu fiert wi tusomen noch n lütjet beeten!« {So, und nun feiern wir noch ein wenig!}

Und auf Hochdeutsch sagte er fröhlich: »Darf ich den Damen noch ein Gläschen kredenzen?« Sie zogen in die Wohnstube um, wo es immer noch wie in einer Räucherhöhle stank. Poggenpohl verstand es, Else zu beruhigen und seinen Sohn als kompletten Vollidioten darzustellen. Der habe zu viel von seiner Mutter geerbt und als Strafe eine Furie zur Frau bekommen. Poggenpohls Welt war wieder in bester Ordnung. Er genoss den ausklingenden Abend mit seinen zwei Lieblingsgästen.

Dass Else gerade Erbin des Stadthauses geworden war, sollte sie erst viele Jahre später erfahren.

Ein knappes Jahr darauf änderten sich der Wind, die Windrichtung und das Klima. Im Januar 1933 zogen Fackelläufer durch die Straßen und sangen ein Lied von einem gewissen Horst Wessel. Einem Vollhorst! Blank gewienerte SA-Stiefel brachten das Kopfsteinpflaster zum Dröhnen. Poggenpohl, Mitglied in der Zentrumspartei, war unangenehm berührt. »Wenn dat man good geit!?« {Wenn das man gut geht!?} war sein politisch weitsichtiger Kommentar. Else wurde in diesem Jahr zwar sechzehn, ihr Horizont reichte jedoch weder für Euphorie noch Bedenken. Sie fühlte sich, wie die meisten in ihrem Alter, prima unterhalten. Es war was los, und was wollen Teenager mehr? Änderungen im Lehrplan waren eben Änderungen. Was soll's? Eine Klassenkameradin, Ruth Ehrlich, verließ die Klasse, worüber getuschelt wurde. Aber nicht mit Grete und Else. Lehrer – einige jedenfalls – sprachen auf einmal mit mehr Pathos, waren stolz und forderten dazu auf, auch stolz zu sein. Worauf? Irgendwie auf Deutschland, aber Genaueres kam bei Else und Grete nicht an. Sie interessierten sich für andere Themen, Sachen, die man nur mit zusammengesteckten Köpfen besprechen konnte.

* * *

Betti Szymoniak, von Othilie Jukelnack nur »das Miststück« genannt, war im Spätsommer 1947 bei Heinz Bärwald eingezogen. Der war ja nur mit einem Arm aus dem Krieg zurückgekommen, galt bei seiner ersten Frau – die Ehe blieb kinderlos – als zeugungsunfähig und gab ihr damit den letzten Anstoß, ihn zu verlassen. Ein Arm, kein Kind – gleich keine Ehe mehr. So einfach sind manchmal die Formeln des Lebens. Nun kam auf Heinz Bärwald das Problem der Einquartierung zu. Überall wimmelte es von Flüchtlingen aus dem Osten, die behördlich mit Wohnraum versorgt wurden. »Flüchtlinge? Oje, die sprechen doch so komisch. Versteht kein Schwein!« Diesen Satz sprach Heinzi Bär sorgenvoll an der Theke des GOLDENEN SPATEN, womit er auf allgemeine Zustimmung stieß. Ostpreußen, Schlesier, Sudeten, Vorder- und Hinterpommern – all diese Landsleute brachten Dialekte in Umlauf, die norddeutsche Holzköpfe beim besten Willen nicht kapieren konnten. Vor allem schon mal gar nicht wollten. Und dann erst die Vorurteile. »Die haben Läuse! Die fressen Katzen! Die grabschen unsere Hühner!«
Dass Heinzi die Frau weggelaufen war, tangierte ihn kaum. Im Gegenteil. Die Beziehung war schon vor dem Krieg zerrüttet, die Wertschätzung der Eheleute füreinander im Frostbereich. Kopfzerbrechen und ungute Vorahnungen befielen Herrn Bärwald

jedoch beim Gedanken an die drohende Einquartierung. Wie konnte man die verhindern? Da kam Betti ins Spiel. Sie hatte Heinzis Satz von den komisch sprechenden Flüchtlingen gehört. Und vor allem das aus tiefstem Herzen gekommene »Oje«. Sie musterte ihn. Er war etwas kleiner als sie, ihm fehlte ein Arm, seine Schultern waren eher schmal und er war bereits fünfzig. Die Haare auf seinem Kopf hatten sich gelichtet. Maximal die Hälfte war noch da. Sein Gesicht? Unscheinbar, da war nichts Auffälliges. Heinz war bei der Bahn, wie die meisten hier. Früher Rangierer, heute, als Invalide, saß er in einem Holz-Glas-Kasten in der Halle des Hauptbahnhofs, kontrollierte Fahr- und knipste Bahnsteigkarten ab. Auskünfte zum Fahplan gab er meist auswendig von sich.

Immerhin: »Bei der Bahn sind sie alle Beamte, haben ein festes Gehalt. Und später sogar eine Pension. Heinzi Bär ist keine gute Partie, aber auch keine schlechte«, dachte Betti. Sie hatte drei Kinder von drei verschiedenen Männern, da war ein zeugungsunfähiger, vielleicht ja sogar impotenter Mann genau das Richtige. Sie lebte mit ihren Kindern in einem einzigen Zimmer zur Untermiete. Genervt von einer launischen Vermieterin. Betti, gerade erst achtunddreißig geworden, fasste ihren Entschluss noch an der Theke. Beim nächsten Bier wollte sie es ihm sagen. »Heinzi – hier, 'n frisches Bier. Und sach ma, was hältst du davon, wenn ich bei dir einziehe. Mit den Kindern. Dann bist du vor Flüchtlingen sicher. Wenn du mir die Miete erlässt, mach ich den Haushalt. Was meinste dazu?« Betti grinste über die Theke und beugte sich vor, sodass man ein bisschen von dem sah, was Männer gerne sehen.

Schon ein halbes Jahr später gingen Betti und Heinzi zum Standesamt und machten ihre Zweckgemeinschaft zu einer Ehe, sodass das Gerede in der Siedlung leiser wurde. Betti war endlich zum ersten Mal verheiratet, und Heinzi hatte eine Frau im Bett, um deren junges Bindegewebe ihn mancher Siedlungsgenosse beneidete. Was wiederum Heinzi durchaus gefiel, auch wenn es höchst selten zu einem Bindegewebstest kam.

Jukelnacks zunehmender Einsatz in der häuslichen Pflege kostete Überwindung und Zeit. Othilie Jukelnack hatte Wasser in den Beinen und wollte sie gewickelt haben. Verbände mit essigsaurer Tonerde. Ihr Arzt hatte ganz andere Therapievorschläge, auf die Othilie jedoch pfiff. Ihr tat die kühlende Wirkung der Umschläge gut, und das reichte. Wenn Karl-Friedrich vor seiner Mutter kniete, um die gewünschte Anwendung zu liefern, musste er sich die neuesten Neuigkeiten aus der Nachbarschaft anhören. Immer wieder kam dabei die Rede auf »das Miststück«, in Variationen auch das »ewig rauchende Miststück«. Dadurch war Jukelnack auch über den Rausschmiss von Betti Bär im GOLDENEN SPATEN im Bilde. Heute würde man sagen: Unregelmäßigkeiten bei der Abrechnung. Damals sagte man platt: »Die hat geklaut.« Nur, eine Frau, die drei Mäuler stopfen musste, war mit ihren Gedanken vielleicht nicht immer ganz bei der Sache. Oder doch?

In seinem Zimmer im ersten Stock kniete Karl-Friedrich Jukelnack wie gewohnt auf seiner Fußbank, Arme auf das Fensterbrett gestützt, Kopf in den Händen. Während seine Gedanken für gewöhnlich in die Ferne schweiften, folgten sie nun seinem Blick hinüber ins Nachbarhaus. Neugierig! Waren da schattenhafte Bewegungen zu sehen, die ab und zu eine weibliche Silhouette erahnen ließen? Die Rollos waren stets heruntergezogen. Sogar tagsüber. Aber am Abend, wenn wahrscheinlich eine Nachttischlampe zum Fenster strahlte, konnte es passieren. Dann wurden Umrisse sichtbar, die ihn erregten. Schattentheater in der Bahnsiedlung im Dornbuschweg.

Als Jukelnack ein paar Wochen nach der Szene an der Jauche-grube mal wieder *unterwegs* war – ein paar Biere im Bauch, aber noch halbwegs bei Verstand – ließ er seinen Schritten freien Lauf. Die führten ihn geradewegs in die Haifischbar. Der Gedanke kreiste schon lange in seinem Kopf herum und wollte endlich ernst genommen werden. Beim Eintreten in die Bar kam ihm eine kompetente Tabakwolke entgegen, gemixt mit einem her-ben Geruch nach abgestandenem Bier. Das Ganze aufgewertet durch fesche Musik. Für damalige Verhältnisse sogar scheppernd laut. Es sang gerade Peter Igelhoff: »Der Onkel Doktor hat gesagt, ich darf nicht küssen, ich hab dazu ein viel zu schwaches Herz …« An drei oder vier Tischen der Kellerbar saßen Gäste in bunter Reihe. Gut gelaunte Damen und mehr oder weniger beschwipste Herren. Kaum war Jukelnack die zwei Stufen hinabgestiegen, die zu einem kleinen Plateau führten, auf dem ein eiserner Kleider-ständer dienstbereit wartete, kam ihm auch schon Betti Bär entgegen. Sie war von einem der Tische aufgesprungen und die zwei Stufen zum Garderobenpodest hochgehüpft. »Das wurde ja auch mal Zeit, mein Lieber. Ich freue mich schon lange auf dich. Komm, wir gehen an die Bar. Ich gebe einen aus!«

Betti wusste: »Wer ernten will, muss säen!« Falls sie es nicht wusste, war sie eben ein Naturtalent. Jukelnack brauchte nur zu grinsen, ab und zu »ja, ja« zu sagen und nicht gerade vom Hocker zu fallen. Den Rest erledigte Betti. Sie schnatterte in einer Tour, lachte wie eine Hafenmöwe, rutschte immer wieder unglücklich aus, sodass sie sich auf seinem Schenkel abstützen musste, und bestellte schnell ein zweites Bier. Und für sich einen Piccolo. Die Barfrau schrieb beide Bestellungen korrekt auf einen Bierdeckel und schob ihn Jukelnack zu. Betti hatte genug gesät, ab jetzt wurde geerntet. Plötzlich sprang sie von ihrem Hocker, griff die Hand ihres Nachbarn und sagte: »Komm, ich zeig dir mal mein Zimmer!« Ob Jukelnack überrascht war, dass Betti hier auch ein

Zimmer hatte? »Wie findest du es?«, strahlte sie ihren Gast an, der nur: »Schön, schön« sagen konnte. »Na siehst du! Geht doch. Setz dich mal, ich bin gleich wieder da!« Zwei Minuten vergingen, die für eine Flucht gereicht hätten. Er ahnte, was kommen würde. Eigentlich war er ja auch deswegen hier. Aber mit der Nachbarin? Die Tür flog auf, Betti schnurrte was von Spaß haben, das Leben genießen und begann kichernd ihr Oberteil auszuziehen. Ein BH in Altrosa, darunter kleine Speckröllchen und ein knapper Rock – alles nicht direkt eine Augenweide. Als der Rock fiel, sah Jukelnack eine große weiße Unterhose, wie er sie von seiner Mutter kannte. Darüber ein Strumpfhalter in Schwarz. »Fünfundzwanzig, weil du's bist. Ich bin schon ewig scharf auf dich. Komm, gib der Mutti mal ein Küsschen.« Sie beugte sich zu ihrem Kunden, küsste seinen Haaransatz und begann, ihn von seinen Kleidern zu befreien. »Konflikte sind dazu da, um ihnen aus dem Weg zu gehen« – sein Wahlspruch im Leben. Auch in dieser Sekunde. Fünfundzwanzig Mark war viel Geld, dazu die Getränke an der Bar. Darüber hätte man kontrovers diskutieren können. Sollen! Aber Jukelnack ließ es geschehen. Alles. Und es war gut!

* * *

Ostern 1934 hatte Else Bödicker nicht nur das Zeugnis der Mittleren Reife in der Tasche, sondern auch eine Lehrstelle zur Köchin in HEITMANNS HOTEL. Klar, Heinrich Poggenpohls Finger waren im Spiel, wenngleich Protektion kaum vonnöten gewesen wäre. Else war siebzehn, praktisch veranlagt und bescheiden, was Lehrherren generell zu schätzen wissen. Sie führte einen Zweipersonenhaushalt, wusste mit Lebensmitteln umzugehen und kannte den Restaurantbetrieb aus den Augen des Gastes.

Wenn sie zum Beispiel eine heiße Suppe auf den Pass stellte, konnte sie in Gedanken den Weg zum Gast nachvollziehen. Sie erinnerte sich, wie Poggenpohl böse geworden war, weil ihm eine Suppe nicht heiß genug war.

Interessant war die Begegnung mit dem Servicepersonal, das sie von den regelmäßigen Besuchen mit Poggenpohl persönlich kannte. Diese Menschen, vor allem Oberkellner Walljes, verwandelten sich auf der anderen Seite des Vorhangs, also hinter der Pendeltür, plötzlich in völlig veränderte Wesen. Im Gastraum devot, aufmerksam und freundlich bis in die weichen Knie, mutierten sie nach dem Durchschreiten der Office-Tür zu arroganten Kackbratzen. Jedenfalls nannte sie der Küchenchef so. Zwischen Schwarz, gleich Kellner, und Weiß, gleich Köchen, herrschte eine gut gepflegte Feindschaft. Die Schwarzen waren überheblich, die Weißen ordinär. Kein besonders produktives Spannungsfeld, aber üblich.

Gleich am ersten Tag wurde Else von einem ausgelernten Kollegen gefragt, ob sie wüsste, was aus den Kindern von Nutten würde. Sie wusste es natürlich nicht, nicht einmal, was Nutten waren. Die Küchenbrigade lachte, denn die Frage war ein ständig wiederholter Gag. »Kellner!«, hieß die Antwort, über die man sich kollektiv schieflachte. Ja, das Klima in der Restaurantküche war rau, die Arbeit hart, der Teildienst erschöpfend und der Herd in der Mitte ein Glutofen. Da lief schon der Schweiß, bevor man den ersten Handgriff tat. Das Befeuern des Herdes, also das Nachlegen von Koks und Briketts, war Sache der Lehrlinge. Vornehmlich jener im ersten Lehrjahr. Wenn die Temperatur nicht den Vorstellungen des Chefs entsprach, brüllte er: »Sind wir hier im Eiskeller? Ich will kochen und braten und nicht köcheln und schmoren.« Dann flitzte Else oder ein anderer Lehrlingssklave in den Kohlenkeller, schaufelte zwei Zehn-Liter-Zinkeimer voll und rannte zurück in die Küche. Wer sich nach so einer Aktion nicht sofort die Hände wusch, bekam einen Satz heiße Ohren. Obwohl, die weiblichen Lehrlinge wurden nur geknufft, die männlichen fingen sich Backpfeifen ein. Jedenfalls im ersten und zweiten Lehrjahr.

Sauberkeit war oberstes Gebot! Alle Lehrlinge mussten zu Dienstbeginn dem Küchenchef oder seinem Stellvertreter ihre »Flossen« vorzeigen, bevor sie über die Tageskarte ausgefragt wurden. Wer die nicht auswendig aufsagen konnte, bekam ebenfalls heiße Ohren. Das ging zehn Stunden am Tag so, sechs Mal die Woche. Dienstags hatten Lokal wie Personal Ruhetag. Dienstbeginn war morgens um zehn Uhr. Ab fünfzehn Uhr gab es zwei Freistunden. Um siebzehn Uhr begann die zweite Schicht. Abends um zehn war Feierabend, wenn nicht gerade eine Hochzeit oder ein anderes Fest gefeiert wurde. Dann waren unbezahlte Überstunden selbstverständlich. Wenn Else zur Berufsschule musste, kam sie nur zum Spätdienst ins Hotel. Harte Zeiten. Aber scheinbar üblich. Keiner lehnte sich dagegen auf. Und Else schon gar nicht. Die Restaurantküche war die erste Station in ihrem Leben, an der sie nicht veralbert, getriezt oder geneckt wurde. Hier war sie keine Außenseiterin, weil vom ersten Tag an akzeptiert. Ausgerechnet das lag an Berta Poggenpohl. Die hatte gleich am Anfang, als Else zu ihr ins Haus gekommen war, der »dösigen Deern« gezeigt, wie man fachmännisch mit Messern hantierte. Wie man schnell und sicher schnitt, ein Messer richtig zur Hand nahm. Der Küchenchef, Herr Skeide, sah aus dem Augenwinkel, wie Else zu Werke ging, und staunte. Seine Anerkennung übertrug sich auf die übrige Brigade. Und wer Anerkennung genießt, wird nicht gemobbt!

Im Hause Poggenpohl änderte sich nun der Tagesrhythmus. Morgens wurde ausgiebig gefrühstückt, nachmittags war Kaffeestunde und an so manchem Abend wartete Onkel Heinrich, um mit der heimkehrenden Else noch ein Gläschen Wein zu trinken. Es gab immerhin viel zu berichten. So still und konzentriert Else in der Küche ihren Dienst versah, abends wurde sie ein sprudelndes Plappermäulchen, das begeistert von seiner Arbeit erzählte. Aber die Kommunikation war keine Einbahnstraße. Auch er erzählte von seinem Tag, aus seinem Leben und von seinen Zukunftsängsten. Alles, was um ihn herum geschah, bedrückte ihn mehr und mehr. Er verstand die Mechanik der neuen deutschen Politik nicht. Die Absolutheit und der Anspruch der Regierungspartei auf eine einzig wahre Wahrheit ließ sich nicht mit seiner Lebenserfahrung in Übereinstimmung bringen. Der sogenannte deutsche Gruß war für ihn eher ein österreichischer. Wurde von ihm in der Öffentlichkeit ein »Heil Hitler« erwartet, fügte er in sich hinein brummend hinzu: »De ole Mutkopp!« {Der alte Schweinekopf!}

Klammheimlich wünschte er sich den Kaiser zurück, hoffte, dieser möge sein Exil in Holland aufgeben, einmarschieren und das Steuer wieder herumreißen, um die braune Welle zu brechen. Poggenpohl sprach beim Politisieren halb Hochdeutsch: »Wilhelm der Zweite hatte zwar einen kurzen Arm, aber einen langen Atem. Der ließ die richtigen Männer ans Regieren! So watt wie den Alpen-Gefreiten hätte bi em kiene Chance har!« Nein, Heinrich Poggenpohl war kein Freund von Adolf. Dafür gab es schon mal einen sehr triftigen Grund: »Wo kann een Vegetarier in Dütschland wat to säggen häbben?« {Wie kann ein Vegetarier in Deutschland was zu sagen haben?}

Vielleicht wäre Deutschland ja mit einem Kotelett-Test Schlimmeres erspart geblieben, sofern Reichspräsident Hindenburg – bevor er Hitler zum Reichskanzler ernannte – daran gedacht hätte?!

Grete Schweers besuchte jeden Dienstagnachmittag, nach der Schule und vor dem Melken, ihre Freundin Else. Sie hatte inzwischen ein schickes Fahrrad aus holländischer Produktion und ging auf eine Schule für landwirtschaftliche Hauswirtschaft. Ein Meilenstein auf dem Weg zu ihrem Traumberuf: Sie wollte Lehrerin werden. Ihr war das Lernen stets leichtgefallen und sie glaubte, es Kindern vermitteln zu können.

Vor der gemeinsamen Kaffeestunde mit Poggenpohl steckten die Fräuleins ihre Köpfe zusammen und tauschten Schwärmereien aus für irgendeinen unerreichbaren Jüngling aus dem jeweiligen Umfeld.

* * *

Der körperliche Verfall von Othilie Jukelnack wurde immer offensichtlicher. Die Beine machten sie unbeweglich und der Kopf folgte den Beinen. Wenigstens blieb sie bis zuletzt grantig, unzufrieden und herrschsüchtig. Ihr Sohn ertrug die Situation mit unveränderter Gleichgültigkeit, blieb ruhig, zustimmend und ohne erkennbare Gefühlsregungen. Sein »Ist gut, Mutter« kam ebenso monoton wie stets, nun allerdings häufiger. Auch als Othilie bettlägerig wurde, blieb er unverändert und übernahm Aufgaben, die man eher von einer Pflegerin erwartet hätte. Als ihr Einnässen zur Regel wurde, wechselte Jukelnack die Matratzen mit stoischer Gelassenheit. Die nasse Seite umgedreht nach unten zu den Füßen, die immer noch leicht feuchte von den Füßen zum Kopf – da lag ja das Kissen als Puffer – und dann die inzwischen trockene vom Kopf wieder in die Mitte. Das altbackene System mit den drei Federkernmatratzen hatte also durchaus Vorteile.

Die Bettlägerigkeit seiner Mutter wirkte sich zumindest in wirtschaftlicher Hinsicht vorteilhaft aus. Statt fünfundzwanzig in der Haifischbar zahlte der Stammkunde – obwohl es ein Hausbesuch mit Pantoffeln war – nunmehr nur noch fünfzehn an Betti. Wahrscheinlich wegen des verminderten Aufwands. Also in Kittelschürze, ohne Nylons und ungeschminkt, was im Dunklen nicht auffiel. Jukelnack wartete, wenn ein Termin anstand, auf der Betonplatte der Jauchegrube. Sah er auf dem Nachbargrundstück Bettis Kippe aufleuchten, hätte ihm der Vergleich mit einem Glühwürmchen in den Sinn kommen müssen. Diese leuchten ja auch nur, um sich zu begatten. Um nichts anderes ging es. Ihm! Betti fand inzwischen Gefallen an diesem Arrangement. Jukelnack war nicht unangenehm. Er roch sauber nach Kernseife, war nicht grob, redete kaum, kam nicht mit ungewöhnlichen Wünschen daher und behandelte sie respektvoll. Mit anderen Worten: eher gar nicht. »Ein Studierter!«, so erklärte sich Betti diesen für sie ungewöhnlichen Mann. Mit der Zeit vermutete sie gar, es sei in seinem Inneren sehr viel mehr Aktivität, als es sein Körper ausdrückte. »Interessant!«, dachte sie, wenn er ihr in den Sinn kam. Und irgendwann auch: »Angenehm!« Ein Akt ohne Heckmeck, dazu mit sehr geringem Zeitaufwand.

Wenn Heinzi Bär Spätdienst hatte, kam er nicht vor dreiundzwanzig Uhr nach Hause, meist nach einem Umweg über den GOLDENEN SPATEN. Da war Jukelnack schon gekommen und Betti von ihrem Nachbarschaftseinsatz mit aufgefüllter Haushaltskasse zurück.

Tatsächlich gab es noch andere Frauen, die Jukelnack beobachteten, weil er sie mit seiner Unverbindlichkeit, seiner permanent zur Schau getragenen Emotionslosigkeit neugierig machte. Frauen, die glaubten, da wäre eine Fassade, hinter der sich lohnende Entdeckungen versteckten. Hohlräume sind ja nicht zwangsläufig vakuumiert! Angenehm anzusehen war auch seine schlanke Figur. Ein Mann, der sich offenbar nicht gehen ließ und keinen Wohlstandsbauch vor sich hertrug. Der durch seine Gartenarbeit elastisch und durchtrainiert wirkte.

In den keuschen Nachkriegsjahren blieben diese Beobachterinnen jedoch unauffällig, wagten sich nicht aus der Deckung, warteten darauf, dass ihre Signale aufgefangen wurden. Aber Karl-Friedrich Jukelnack hatte keine Empfangsantennen für beziehungsstiftende Signale. In den Meditationszeiten an seiner Fensterbank verarbeitete er bestenfalls Eindrücke, aber ohne je Reaktionen darauf zu zeigen. (Erstaunlicherweise gehen ja auch durchs Vakuum magnetische Wellen.)

* * *

Zum Frühtanz, Pfingsten 1936, bekam Else eine Einladung. Ausgerechnet von Emil Neunager. Er war ausgelernter Koch, schon im dritten Gesellenjahr und ein Frauenschwarm. Dunkelblonde, leicht wellige Haare, blaue Augen, große Hände mit schönen, langen Fingern. Mindestens einen Kopf größer als Else und seine Schultern gefühlt doppelt so breit. Zu jener Zeit nannte man so jemanden einen arischen Typ. Er verkörperte das Ideal der neuen deutschen Rassenlehre perfekt. Wie von Leni Riefenstahl gecastet. Jedenfalls äußerlich. Innerlich war er schwul, wusste es Pfingsten 1936 aber noch nicht. Jedenfalls nicht genau. Drei Mal hatte sie ungläubig nachgefragt: »Ich? Meinst du mich?«, und immer hatte Emil lachend gesagt: »Klar meine ich dich, oder hast du keine Lust zu tanzen?« Keine Lust? Und ob! Leider jedoch keinerlei Erfahrungen! Zwei Nachmittage mit Grete wurden zu Tanzstunden umfunktioniert. Grete konnte tanzen, jedenfalls behauptete sie es und verwies auf den bildenden Einfluss ihrer Brüder. Beide älter, wilder und immer dabei, wenn es irgendwo »Danz op de Deel« gab. Irgendwann klappten im ehemaligen Wäschezimmer Polka und Walzer. Nur tanzte Elses Trainerin mit einem schweren Manko: Sie blieb die Dame und zeigte Else, welche Schritte der Herr beizusteuern hatte. Das war gefährlich. Heinrich Poggenpohl ahnte es und machte sich besorgte Gedanken. In Elses Zimmer wollte er nicht hineinplatzen, wenn er die Hopserei mit Gesang der jungen Damen auf dem Flur hörte. Darum nahm er sich an einem Abend kurz vor Pfingsten ein Herz und sprach Else auf ihre Fortschritte an. Else wurde kurz rot, doch dann gab sie sich einen Ruck, stand auf und drehte die erlernten Pirouetten auf dem stumpfen Perserteppich im Wohnzimmer. »Oh nee, mien Deern, dat geit scheep!«, sagte er und eilte zum Radio. Er zog den Stecker und schleppte den schweren Holzkasten von Schaub (Jahre später Schaub-Lorenz), in die Küche, wo es einen glatten Fliesenboden im Schachbrettmuster gab. Dann lief er zurück in sein Zimmer, zog sich Lederschuhe und ein Jackett an, schmierte sich schnell noch etwas Brillantine ins Haar und erschien als galanter Eintänzer zurück in der Küche. Else hatte währenddessen so lange am Senderrad gedreht, bis von Radio Hilversum endlich flotte Musik aus dem Äther schallte.

Und dann war »Danz op de Deel, immer noch een mol ...«, aber nicht quer so durch den Saal, sondern durch die Küche. Tisch und Stühle waren quietschend zur Seite geschoben worden. Poggenpohl zählte laut mit und drückte die Takte in Elses Rücken. »Dat weer een Spoß!«, meinte der Eintänzer prustend. Bis beide schweißnass auf die Stühle sanken, verging wohl eine gute Stunde.

Frau Brunken von oben beschwerte sich am nächsten Tag und behauptete, die Randale hätte stundenlang gedauert. Poggenpohl war es so was von egal. »De kÖÖnt ja uittrecken!« {Die können ja ausziehen!}, meinte er salopp, womit der Fall für ihn erledigt war. Viel wichtiger war ihm, dass Else nun eine passable Tänzerin sein würde.

»Häs denn ok wat Flottes in dien Plünnen-Schapp?« {Hast du denn auch was Flottes im Kleiderschrank?}, fragte er und ergänzte singend: »To Pingsten, oh wie scheun, da föhrt wi ol ins Greun, mit de witte Mejbüx övern Mors, dat ward een Spoß!« {Zu Pfingsten, oh wie schön, da fahr'n wir alle ins Grün', mit der weißen Mai-Hose überm Hintern, das wird ein Spaß.}

Natürlich hatte Else nicht die passende Garderobe. Jedenfalls nicht in den Augen von Onkel Heinrich. So wurde am nächsten Tag in Elses Freistunde die Damenoberbekleidung von Plünnen-Bruns heimgesucht, und ein luftiges dunkelblaues Kleidchen mit großen weißen Punkten, halblangen Ärmeln und weit ausfallendem Faltenrock ging schnurstracks in die Änderungsschneiderei, damit es am Samstag vor Pfingsten auf die üppige Taille von Else angepasst war. Ja, Else war nicht direkt eine Augenweide. Sie überzeugte eher mit ihrer Art. Ungekünstelt, zurückhaltend, wenn es sein musste direkt, ab und zu sogar schlagfertig und oft humorvoll. Immer bereit zu lachen.

Mit dieser Persönlichkeitsstruktur punktete sie allerdings nicht in ihrem Elternhaus. Die Abstände zwischen ihren Besuchen waren mit den Jahren immer größer geworden, so wie der Grad der Entfremdung. Mutter Bödicker, ähnlich kurzsichtig wie ihre Tochter, aber ohne Brille, erkannte ihr Kind erst im letzten Moment und das eher schreckhaft. »Oh Gott, wo süchst du denn ut?« {Oh Gott, wie siehst du denn aus?}, kam es spontan aus ihr heraus, wodurch auf jeden Fall schon mal keine Nähe entstand. Für ihre jüngeren Geschwister war Else verständlicherweise eine Fremde. Jedenfalls so fremd, dass sie mit ihren Erinnerungen an Else nicht in Einklang zu bringen war. Vater Bödicker, ein erfolgloser Kleinbauer, durch Kummer, Gram und zu viel Arbeit gezeichnet, betätigte sich auch nicht gerade als Mitglied eines freundlichen Empfangskomitees. Mürrisch kam er schnell auf die aktuelle Situation der Familie zu sprechen. Zwei ältere Schwestern seien in Stellung, hätten gute Arbeit als Mägde auf großen Höfen, und ihre Chancen, dort einen ordentlichen Mann zu finden, seien aussichtsreich. Außerdem lieferten sie von ihrem Lohn regelmäßig etwas zu Hause ab. Die andere ältere Schwester gehe der Mutter zur Hand, schufte sieben Tage in der Woche auf dem elterlichen Hof und ein Knecht vom Nachbarhof mache ihr schöne Augen. Alles wohlgeratene Kinder – und dann Else. Diese Else, gekleidet wie ein Stadtmensch mit sauberen Fingern und eigenem Fahrrad! »Wann kummst du denn wedder nach Hus?« {Wann kommst du denn wieder nach Hause?}, wollte ihr Vater schließlich wissen, aber es klang wie eine Drohung. Gemeint war wohl eher: »Bleib, wo du bist!«

Inzwischen kannte Else diese negativen Schwingungen. Darum hatte sie hundert Reichsmark von ihrem Lehrlingsgehalt abgeknapst und legte nun den Schein auf den Küchentisch. Da staunte der alte Bödicker nicht schlecht und seine Frau, die nicht nah genug stand, um den Wert des Scheins zu erkennen, fragte misstrauisch: »Wat hätt sej denn?« »Anstand hätt sej!« erklärte der Landmann, steckte den Schein ein und grinste seine Tochter an. »Denn bedankt wie us ok fein!«, schob er hinterher und bot Else eine Tasse Tee an. Sogar mit Rosinenstuten. Erkaufte Harmonie, aber kein Grund, allzu oft den weiten Weg auf sich zu nehmen. Das Familienband war eindeutig gerissen, was Else nicht traurig stimmte. Die gefühlte Geborgenheit bei Heinrich Poggenpohl war ein vollwertiger, viel besserer Ersatz.

Im Frühherbst 1936 waren die Olympischen Spiele in Berlin zu Ende und die Besucher aus aller Welt wieder abgereist. Der völkische Geist im Lande, besser der völkische Ungeist, fühlte sich gestärkt und die Feigenblätter der Toleranz wehte der Herbstwind davon. Das Regime hatte es allen gezeigt. Die nationalsozialistische Idee brachte Rekorde in Rekordzeit zustande. Die Wirtschaft blühte, Arbeitslosigkeit gehörte der Vergangenheit an, deutsche Sportler errangen Siege und die deutsche Kultur stand fest auf den Sockeln von Wagner, Goethe und Co. Sie wurden als Wegbereiter für den eingeschlagenen Weg missbraucht, da war man auf keine Mendelssohns oder Feuchtwangers angewiesen. »Die Fahne hoch, die Reihen fest geschlossen«, wie es im Vollhorst-Wessel Lied hieß, war nun die Parole. Um die Reihen kümmerte sich die Geheime Staatspolizei, Gestapo genannt. Denen ging es darum, wie fest denn die Reihen geschlossen waren, und vor allem, wo nicht. Wo tanzte jemand aus der Reihe und machte sich verdächtig?

Als es am frühen Morgen klingelte, öffnete Else im Nachthemd die Tür. Zwei Herren, nicht freundlich, nicht unfreundlich, verlangten mit Herrn Poggenpohl zu sprechen. Der erschien ebenfalls im Nachthemd. »Anziehen!« und »Mitkommen!«, hießen die Befehle. Eine mulmige Situation. Poggenpohl blieb locker, veränderte nicht seinen Ton und gab sich gelassen. Doch zwei Stunden später war seine Gelassenheit in neudeutscher Luft davongeweht.

Die Herren *begleiteten* Heinrich Poggenpohl zu einem Gespräch mit ihrem Chef, mehr war nicht aus ihnen herauszubekommen. Irgendwann sagte Poggenpohl im Auto: »Ach klei mi doch an de Föt!«, was die nette Variante von »Klei mi doch an Moors« war. Berlichingen auf Platt.

Der Chef eröffnete das Gespräch mit: »Genosse Poggenpohl, wir ...« »Dat dat een vorn anner Mool klor is, ek bün kien Genosse!« {Dass das ein für alle Mal klar ist – ich bin kein Genosse!} »Volksgenosse

Poggenpohl, Schluss jetzt mit den Sperenzchen. Reden Sie gefälligst Hochdeutsch mit uns und reißen Sie sich am Riemen!« Die Litanei, die nun folgte, war nicht neu und erst recht nicht originell, aber Poggenpohl kannte sie so vorgetragen noch nicht. Er sei auffällig geworden mit zersetzenden Äußerungen in der Öffentlichkeit. Er verweigere, wie soeben wieder festgestellt, den deutschen Gruß und mache sich über den Führer lustig. Alles, was danach kam, war nicht mehr lustig. Heinrich Poggenpohl musste erkennen, dass diese Bewegung unaufhaltsam in alle Bereiche des Lebens, seines Lebens, vorgedrungen war. Offenbar wimmelte es nur so von gleichgeschalteten Ohren, die Gehörtes verstärkten und vermeldeten. Der Flur, der Bürgersteig, Geschäfte, Restaurants, Arztpraxen, Verwandte, Bekannte, Freunde, besondes aber sein geliebter Stammtisch, hatten solche Ohren. »Darf man denn nicht mal mehr einen kleinen Spaß machen? Dat is doch gräjsich!« {Das ist doch grauslich!} »Machen Sie Späße, so viel Sie wollen. Unser Führer lacht auch gerne. Aber beleidigen Sie nicht den Reichskanzler, die Partei und das deutsche Volk. Wir wissen, wo der Spaß aufhört. Reihen Sie sich gefälligst ein in die Volksgemeinschaft. Wir dulden keine Spalter. Haben Sie das verstanden!« »Akustisch schon, ober, äh, dat möt ik noch sacken loten.« {... das muss ich noch sacken lassen.} Poggenpohl schaute nachdenklich zu seinem Gegenüber. Weiter ging's: »Der Führer ist kein *österreichischer Gefreiter,* unterlassen Sie solche Beleidigungen unseres Staatsoberhauptes!« »Ober he weer doch een Gefreiten ...« {Aber er war doch ein Gefreiter ...}, zuckte es aus Poggenpohl. »Schnauze!«, brüllte der Gestapo-Vasall jetzt und schlug die Faust auf den Schreibtisch. Das war unangenehm. Noch unangenehmer wurde es, als der Schreibtischschläger auf Else Bödicker zu sprechen kam. Dieses *Verhältnis* würde in der Nachbarschaft mit Argwohn verfolgt. »Was wollen Sie von dem Mädchen?« Und es kam noch schlimmer. »Sie veranstalten Tanzabende mit ihr.

Was hat das zu bedeuten?« Poggenpohl begann zu schwitzen. Vor Wut und Empörung. Jedes Wort würde nun eines zu viel sein, das spürte er. Eine Weile schauten sich die Herren in ihre auf Bodenfrost heruntergekühlten Augen. Ein stechender Blick traf auf einen vernichtenden. Endlich sprach Poggenpohl langsam und leise: »Hinterhältigkeiten! Dazu sage ich nichts! Jedes Wort wäre eine Perle vor den Eber geworfen. Jau, de Tünbüdel heb dat Seggen!« {Die Dummschwätzer haben das Sagen!} Dann stand er unaufgefordert auf, nickte dem Menschen hinter seinem Schreibtisch zu und sagte: »Ihre Spielregeln sind mi nu klarworn. Ek bün ool, ich erfinde keine neuen mehr. Ich halt mich dran!« Er schleppte sich aus dem Verhörzimmer und ging. Niedergeschlagen, aber nicht besiegt.

* * *

Auf Zehenspitzen schlich Jukelnack aus dem Zimmer der Mutter, hoffend, dass sie ihn in Ruhe lassen möge. Ein Sterbebett kennt keine Halbwertzeit. Manche Menschen schaffen es in Stunden, andere benötigen Jahre. Der Todeskampf von Othilie Jukelnack ging von einer Runde in die nächste. Nachdem der Arzt dem Sohn der Patientin gesagt hatte: »Sie wird bald sterben«, vergingen noch fast vierzehn Monate. Eine Qual. Natürlich nicht für Jukelnack. Er ging Konflikten nun mal grundsätzlich aus dem Weg. Und den hinausgezögerten Abgang seiner Mutter betrachtete er als eingetretene Schwierigkeiten, als das Aufeinanderprallen unterschiedlicher Interessen. So definierte man schon damals Konflikte.

Dennoch löste die Situation bei ihm etwas Unerwartetes aus. Im Angesicht des nahenden Todes kamen ihm auf einmal Erinnerungen an den Russlandfeldzug in den Sinn. Tief vergrabene

Sequenzen von Soldaten im Todeskampf, seinerzeit emotionslos abgespeichert, sah er, an seiner Fensterbank sinnierend, wieder vor sich. Männer, von denen man damals sagte, es seien Kameraden. Zuckende Leiber, an denen man vorbeilaufen musste. Immer wieder. An Jukelnacks Armen waren nie helfende Hände gewesen. In seinem Wortschatz gab es keine tröstenden Worte. Natürlich hatte er Mitleid. Aber mehr mit sich. »Warum muss ausgerechnet ich jetzt hier sein?« Diese Frage verfolgte ihn wie ein Ohrwurm. Eine Frage, die nach einem Ausweg suchte, den es nicht gab. Fluchtgedanken durchkreisten die Hirne aller Frontsoldaten. Vorne wie hinten, überall lauerte der Tod. Die Kameraden kämpften. Jukelnack schleppte. Munition, Ersatzteile, kalte Suppen, Verbandszeug. Ab und zu sogar Post. Sein Bataillon sollte die Versorgung sicherstellen. Manchmal lagen sie fünfzehn Kilometer hinter der Front. Niemand fragte, wie lange man für die Strecke brauchte. Ankommen war wichtig. Und zurückkommen. Bilder aus dieser Zeit tauchten nun unerwartet wieder in ihm auf. Erinnerungen, die er nicht unter Kontrolle hatte. Ein Film in Endlosschleife. »Woher kommen auf einmal diese Horrorszenen?«, fragte er sich gequält und wollte sie abschütteln. Aber sie hingen wie Kletten in seinen Gehirnwindungen. Sein intimer Ort träumerischer Abwesenheit, seine Fensterbank, wo er die schönsten Stunden seines Lebens verbracht hatte, die Abschussrampe für Reisen in einen geheimnisvollen Kosmos. Dieser Ort war auf einmal blockiert. Ließ ihn nicht aussteigen, hielt ihn mit Rückblicken gefangen. Wenn die Schwere der Gedanken zu viel wurde, sprach er sich Trost zu und gab der Mutter die Schuld: »Wenn sie erst weg ist ...«

Ablenkung fand er durch Alkohol und Betti. Wenn die Heimsuchung durch das grausame Kino in seinem Kopf zu groß wurde, stapfte er zum GOLDENEN SPATEN. Alkohol im Haus wäre billiger gewesen, aber Othilie hatte den nie in ihren vier Wänden geduldet. Ein paar Biere, und sein Zustand besserte sich. Aber kaum hatte er was getrunken, gingen seine Gedanken zu Betti. Eine Zwickmühle zwischen Befriedigung und Geiz. Betti war teuer. Aber gut. Nach ihren Besuchen fühlte er sich entspannt.

Porree unterrichtete Erdkunde, in den unteren Klassen noch Heimatkunde genannt. Zuerst das Steinhuder Meer, dann die Weltmeere! Als einmal in der achten Klasse der Kartenordner die Europakarte ausrollte und aufhängte, flogen Jukelnacks Augen, ohne dass er ihnen den Befehl dazu gegeben hätte, nach rechts oben. »Die Sowjetunion, äh, nein, Russland«, sagte er plötzlich, ging mit langsamen Schritten auf die Karte zu und blieb davor stehen. Regungslos stierte er auf das grün gemalte Land, sah Minsk, und dann begann wieder der unheimliche Film anzulaufen. Als die ersten Schüler anfingen zu kichern, sich zu räuspern und dann sogar Faxen zu machen, bemerkte er es nicht. Wie zementiert blieb er vor der Karte stehen.

Ein Filmriss? Nein! Ihm wurde ein Film gezeigt, gegen den er sich nicht wehren konnte. Nach ein paar Minuten fragte ein mutiges Mädchen leise: »Herr Jukelnack, ist Ihnen nicht wohl?« Sie wiederholte die Frage, nun lauter. Ein frecher Bengel rief: »Hey Porree, verreisen können Sie in den Ferien!«, was großes Gelächter hervorrief. Erst da kam Jukelnack das Bewusstsein zurück. Wie aus dem Schlaf gerissen fragte er hektisch: »Wo waren wir?«, was weiteres Gejohle zur Folge hatte. »Wo waren Sie denn?«, rief der Vorlaute, aber sein Lehrer ging nicht darauf ein.

Diese Stunde war historisch. Von nun an bezeichnete man Jukelnack in der Schule als »komisch«, wenngleich er nie anders als komisch gewesen war. Jetzt war es jedoch ein neues *komisch*, komischer als bisher. Ein *komisch* als Vorstufe zu: »Der hat 'ne Macke.«

* * *

Der Pfingsttanz mit Emil Neunager entwickelte sich für Else zum
Lottogewinn. Eigentlich auch für ihn. Beide hatten Spaß mit-und
Sympathie füreinander, tanzten gut zusammen und konnten
über vieles intensiv miteinander reden. Klar, der gemeinsame
Arbeitsplatz war eine stabile Basis dafür. Erst recht die Kollegen.
Dabei stellten sie Übereinstimmungen fest und konnten herzlich
lachen. Emil schaffte es im Handumdrehen, Else das Gefühl von
Vertrautheit zu geben. So blieb seine Hand nicht nur auf dem
Tanzboden im Körperkontakt zu ihr. Da war es kein Wunder, dass
kam, was kommen musste: Else verliebte sich in diesen Adonis,
weil er sie offensichtlich umgarnte. Genau das stimmte sogar,
aber anders, als es sich die Lebensborn-Theoretiker der neuen
deutschen Rassenlehre gewünscht hätten. Dieses Paar war nicht
auf dem Weg, dem Führer den Nachwuchs zu schenken, den er
für seine Besiedlungsträume im Osten forderte. Hier waren zwei
Menschen dabei, beste Freunde zu werden. Mit Umwegen für
Else. Fast ein Jahr musste vergehen, bis sie ihr sexuelles Verlangen in den Griff bekam. Bis dahin schwärmte sie im Verborgenen.
Sie schaffte es tatsächlich, das kultivierte Miteinander mit ihrer
Begierde nicht zu belasten. Emil erregte sie – aber sie wartete,
ohne es zu zeigen, auf ein Zeichen von ihm.

In der Öffentlichkeit konnte man hingegen schon den Eindruck haben, die beiden seien ein Paar. Sie verbrachten Freizeit
miteinander, gingen aus, gingen tanzen, gingen spazieren – aber
sie gingen nicht miteinander. Wenn man Emil Böses unterstellen
wollte, konnte man sagen, er würde sie als Feigenblatt benutzen.
War es so? Seine Freundschaft, ja sogar seine Zuneigung für Else

war echt. Ihre Gespräche wurden immer tiefgründiger. Ring für Ring schälte sich die Zwiebel der Intimität und kam langsam zum Kern. Und dann kam die Kernschmelze.

Emil wohnte im Hotel auf der Personaletage. Da waren Damenbesuche schon mal kategorisch untersagt. Aber Kollegen untereinander? Das ging.

Sein Zimmer war keine zwölf Quadratmeter groß. Dachschräge, kleines Fenster und kein Waschbecken. Ein weißer Kleiderschrank, ein Metallbett, ein ursprünglich vierbeiniger Tisch, der, weil er gewackelt hatte, ein Bein hergeben musste, um nun nicht mehr zu wackeln. Eine Amputation im Rausch. Auf dem Fußboden ein Wirrwarr von Wäsche, Büchern und einem Geigenkasten. Auf dem Tisch ein Berg Kleingeld, aufgeschlagen DORIAN GRAY von Oscar Wilde, daneben ein Rezeptbuch, aus dem einige Bleistifte hervorlugten. An den Wänden ein paar Schwarz-Weiß-Fotos klassischer Motive. Rodins DENKER, Michelangelos DAVID, Portraits einiger Komponisten und handschriftlich abgeschriebene Gedichte von Rilke. Die weiße Porzellanschirmlampe hatte Emil stimmungsfördernd mit einem roten Handtuch behängt. Else kannte das Zimmer schon von früheren Besuchen. Es war für sie chaotisch, aber spannend.

Und nun Else und Emil beschwipst in diesem Zimmer, ausgelassen, fast schon hemmungslos. Von einer wilden Laune gepackt, zog Emil sein Hemd aus, schwang es wie ein Lasso durch die Luft und forderte Else zum Tanz auf. Ohne Musik, aber mit rhythmischer Gestik. Else lachte lauthals, gleichwohl fasziniert von dem schönen Körper und seiner weichen Haut. Ihre Hände auf seinem warmen, muskulösen Rücken ließen ihre Schwellkörper anschwellen. Und dann küsste er sie. Auch wild und hemmungslos. Reflexmäßig nahm sie ihre Brille ab und schleuderte sie auf sein Bett, wo beide wenig später das Brillengestell zu Bruch gehen ließen.

Else, immer noch kräftig gebaut, hatte seit Pfingsten fast zwanzig Kilo abgenommen. Genau für diesen Moment. Doch um die Brille zu retten, waren die zwanzig zu wenig. Das körperliche Miteinander blieb beim nackten männlichen Oberkörper und dem Züngeln beider Zungen. Irgendwann ließ Emil Else los, setzte sich und vergrub sein Gesicht in seinen Händen. Sie kam zu ihm, streichelte seinen Hals, fuhr langsam mit ihren Fingern durch sein Haar, behielt aber ansonsten etwas Abstand. Emils Tränen verliehen dem Ernst und der Tragweite seiner Worte Nachdruck.

Und eine dramatische Endgültigkeit. »Ich bin anders. Andersrum, verstehst du? Du bist meine beste Freundin, aber ich kann dir kein Mann sein, nur ein Freund!«

Andersrum? Den Begriff kannte Else von ihrem Vater. In ihrer Kindheit gab es auf dem Hof zwei Kater, die sich nicht für Katzen interessierten. Bauer Bödicker beobachtete die beiden lange, dann sagte er irgendwann lachend zu einem Nachbarn: »Kiek an, de beeden sind andersrum. Nich to glöven. Na lot se, seij brukt jo ehr eegen Geschirr.« {Guck an, die beiden sind andersrum. Nicht zu glauben. Na lass sie, sie gebrauchen ja ihr eigenes Geschirr.}

Der kicherte bloß und meinte: »Pass op, de kreegen den Paragrofen 175. Jau, dat sünd 175er!« {Pass auf, die kriegen den Paragrafen 175. Ja, das sind 175er!«}

Die beiden Männer hatten ihren Spaß und damit war der Fall erledigt. Sowas gab es scheinbar, und es schien ganz natürlich zu sein. Und mit dieser Natürlichkeit wurde Else Bödicker nun als neunzehnjähriges Mädchen, nein, als neunzehnjährige Frau konfrontiert. Von einem Mann, den sie heimlich begehrt und geliebt hatte und den sie jetzt nur noch liebhaben konnte. Der Schmerz hielt eine Weile an, bis ihr Herzblut die ersten Krusten bildete. Sind die Menschen vom Lande der Natur tatsächlich näher? Teils teils. Einerseits neigen sie dazu, bornierter zu sein. Andererseits beobachten sie in der vertrauten Tierwelt Vorgänge, die sie aufgeklärter sein lassen. Wohl darum war es für Else kein langanhaltender Schock. Nicht einmal eine Enttäuschung, und wenn, dann nur im ersten Moment. »Ich mag dich, wie du bist. Wir sind Freunde. Aber Freunde, die sich küssen, oder?« Mit dem Satz zerschlug Else ein Dutzend gordischer Knoten in einer Sekunde. Und wurde mit Umarmungen und Küssen reich belohnt. Die stimulierende Wirkung des Alkohols hielt noch ein Weilchen.

Heinrich Poggenpohl wusste schon länger, dass da was nicht stimmte. Nur konnte er es nicht zum Ausdruck bringen, schon gar nicht vor Else. »De Keerl steit op Mannslüer!« {Der Kerl steht auf Männer!}, war es ihm schon manches Mal in den Sinn gekommen, wenn Emil zu Besuch war. Sein väterliches Herz schlug für Else. Andererseits mochte er den jungen Mann. Der guckte geradeaus, machte einen ordentlichen Diener und schien immer gut gelaunt zu sein. Im Grunde eine ordentliche Partie, für Else von Vorteil – schon rein optisch. Denn dass sie schlanker und attraktiver geworden war, sah jedes Kind.

Poggenpohl war inzwischen darauf trainiert, mehr für sich zu behalten. Eigentlich traute er nur noch Else, aber die wollte er bestenfalls eingeschränkt mit seinen Gedanken beschweren. Vieles war, noch mehr entwickelte sich belastend für ihn. Das Alter nagte an ihm, die Gelenke schmerzten, weil sie, wie das Kreuz, von seinem ausladenden Bauch überstrapaziert wurden. Ärger mit dem Sohn, Ärger mit den Mietern, Ärger über die Verhältnisse – da tröstete nur Rheinwein, der allerdings die Harnsäurewerte hochschießen ließ und damit die Gicht befeuerte.

»Onkel Heinrich, was ist denn so falsch an den Verhältnissen?«, hatte Else eines Abends gefragt. Sie kannte keine anderen »Verhältnisse«, war mit ihrem Leben und den Regeln des Alltags unkritisch zufrieden. Poggenpohl grübelte noch lange Tage über diese Frage nach. Ja, was genau lief schief?

Das Land schien in blühendem Zustand zu sein. Überall ging es voran. Jeden Tag wurde einem eingehämmert, deutsch zu sein sei das Beste, was einem der Herrgott bieten konnte. Die Pfaffen, die Poggenpohl nie leiden konnte, wurden in ihrem Einfluss beschnitten. Nicht schlecht. Und das Verschwinden des jüdischen Viehhändlers bekam er gar nicht mehr mit. Andere Juden kannte er nicht, und die tägliche Hetze gegen sie nahm Poggenpohl als normale menschliche Spielart hin. Früher war gegen die Sozis gehetzt worden, dann gegen die Franzosen, dann gegen die Versailler Verträge. Gehetzt wurde eigentlich immer, so kam es ihm vor. Er würde zu jenen Bürgern gehören, die nach 1945 sagen konnten, *davon* nichts geahnt zu haben. Poggenpohl war nur das politische Klima unangenehm. Er mochte die Sprache der Machthaber nicht. Ihr Auftreten. Das Verbot seiner Partei ließ ihn eher unberührt. Viele seiner alten Parteikollegen hatten sich eingereiht und machten im Kleinen weiter wie bisher. Poggenpohl war nicht mehr hellsichtig. Er grummelte in sich hinein und vermutete kurz, seine Abneigungen hätten etwas mit seinem Alterungsprozess zu tun. »Kien Wunner. Ole Lüt warn wunnerlich mitte Tied!« {Kein Wunder. Alte Leute werden mit der Zeit wunderlich!} beruhigte er sich, hob das Glas und spülte die schlechte Laune weg.

* * *

Ein Freitagabend im GOLDENEN SPATEN. Jukelnack saß in vertrauter Runde, alle aus der Siedlung, die meisten beschäftigt bei der neuen Deutschen Bundesbahn. Man nannte sich Nachbarschaftsstammtisch, ohne eine Festlegung, wie denn Nachbarschaft genau zu verstehen sei. Die Gespräche kreisten um vereiste Weichen, den mühsamen Austausch der Gaskartuschen bei Signalen, minderwertigen Koks, der nur staubte und auf die Lunge ging und, wie überall auf der Welt: um unfähige Vorgesetzte. Jukelnack mochte diese Gespräche. Er war dabei, aber niemand erwartete einen Beitrag von ihm. Doch plötzlich schaute ihn Lothar, der Fahrkartenkontrolleur, heimtückisch an und sagte: »Hey Schulmeister, erzähl uns mal einen Schwank aus deinem Leben. Kann ruhig schmutzig sein!« Alle lachten. Jukelnack umfasste sein Glas mit beiden Händen, schaute vor sich auf den Tisch, und als ob jemand, der er nicht selbst war – eine Sprechplatte auf ein Grammofon gelegt und die Nadel in die erste Rille gesetzt hätte, begann er zu reden. Wie ein Automat. »Die Züge in Russland fahren auf breiteren Gleisen. Nicht so gleichmäßig verlegt wie hier. Es rumpelt, man wird durchgeschaukelt. Die Viehtransporter sind oben offen. Gott sei Dank. Da kommt der Schnee rein und man hat was zu lutschen. Verdurstet nicht. Auch sitzt man weicher. Wenn man Glück hat, ist man in einem der vorderen Wagen. Direkt hinter der Lok. Der warme Dampf – einfach schön. Riecht gut und gibt das Gefühl von Wärme. Wenn man rausspringen musste, gab es keinen Bahnsteig. Man stolperte. Die Knochen waren ja eingefroren. Lange Fahrten. Die Züge fuhren langsamer. Schneckentempo. Und dann die ...« »Hey, keine Kriegsgeschichten. Jammern kannst du zu Hause. Wir gucken hier nicht zurück. Eisernes Stammtischgesetz! Keine Politik, kein Soldatenlatein! Sonst bricht im Spaten noch ein Krieg aus.« Alle stimmten zu und hoben die Gläser. Dann kam: »Wo heet de Leuchtturmwärter von Borkum?« Darauf der Stammtischchor: »Prost heet de!« Ein Prost auf das Vergessen!

Schon kam ein anderes Thema auf. »Was bringt uns denn der neue Fahrplan?« Jukelnack war raus. Keiner sah, wie er den kalten Schweiß von der Stirn wischte. Bier. Er brauchte ein Bier. Besser zwei. Schnell. Die Theke nicht weit, der Wirt auf Zack. »Hier, hab ich für dich vorgezapft. Wo ist dein Deckel?« »Ich muss mal kurz stehen bleiben, geht gleich wieder«, flüsterte Jukelnack. Dann: »Deckel? Ach so, ja, den bring ich sofort. Mir ist gerade etwas schlecht.« »Kotz ja nicht in meine Gaststube!«, lachte der Wirt und kümmerte sich nicht weiter um seinen Stammgast. Jukelnack musste nicht kotzen, obwohl es zum Kotzen war. Der verfluchte Russlandfilm in seinem Kopf zeigte die gleichen Bilder wie seit Wochen. Nur – der Film lief plötzlich schneller.

In dem Moment kam Heinzi Bär zur Tür herein. Voll wie ein sibirischer Schrankenwärter, torkelnd und mit einer Hand gestützt von seiner hinter ihm gehenden, grinsenden Frau. Wie immer eine Zigarette in der anderen Hand. Sie schob ihren Heinzi in Richtung Zapfhahn. Der Mann brauchte die Theke, um sich festzuhalten, den Kopf gebeugt, den Blick starr auf seine Füße gerichtet. »Geh lieber ins Bett, Heinz, für dich ist heute Feierabend!« Ein Wirt mit sozialer Kompetenz. Heinzi Bär konnte noch den Kopf schütteln, mehr war nicht drin. Er blieb einfach stehen, sein Arm schien wie eine Wurzel um das Thekenbrett gewachsen zu sein. Eine Form der Ausnüchterung – für Zuschauer die reinste Belustigung. Ein Trinker, der nicht mehr trinken konnte, aber partout nicht umfallen wollte.

Betti ging einen Schritt auf Jukelnack zu, nachdem sie die Lage geprüft und für sicher befunden hatte. Sie raunte: »Wollen wir? Heute mach ich's umsonst!« Jukelnack wurde rot. Eine direkte Antwort kam ihm nicht über die Lippen. Um überhaupt ins Sprechen zu kommen, leierte er monoton: »Bist du heute nicht in der Bar?« »Nee, wir hatten eine Familienfeier. Seine Sippe. Der Alte wollte mich dabeihaben. Puh, bin auch nicht mehr ganz nüchtern. He, Alfred, mach mir mal 'n Bier!« Betti lachte dreckig und legte ihrem Mann einen Arm auf die Schulter. Alfred wäre ihr am liebsten an die Gurgel gegangen. »So ein Flittchen«, dachte er. »Beklaut mich und wird auch noch frech!« Aber Wirte müssen Kreide fressen. Besonders in einer Stadtteilkneipe. Ohne auf ihre Bestellung zu warten, griff Betti plötzlich ihren Mann, hakte sich bei ihm ein und schleppte ihn in Schlangenlinien zur Tür hinaus. Nicht ohne vorher noch einen kessen Blick in Richtung ihres Stammkunden zu werfen.

In dieser Nacht machte es Betti nicht nur umsonst, sondern auch besonders gut. Französisch. Jukelnack schlief seit langer Zeit mal wieder durch. Für kurze Zeit durch ein Gespenst von seinen Geistern befreit.

Ausgerechnet in dieser Nacht schlich Bettis Jüngster, der sechzehnjährige Konrad, durch die Lücke in der Hecke rüber in Jukelnacks Garten. Kurz vorher war Betti hier auf Schlappen durchgewitscht, nachdem Heinzi ein röhrendes Schnarchkonzert begonnen hatte. Konrad war zeitlebens ein stilles Kind gewesen. Zu seinem Namen war ergekommen, weil Betti glaubte, sein Vater habe so geheißen. Eine Nacht von vielen. Konrad ging den engen Weg zwischen den Beeten bis ans Grundstücksende. Dass er ein Seil dabeihatte, sah niemand.

Wenig später hing der Junge in Jukelnacks Kirschbaum. Sein Leben war nicht lebenswert. Zu keiner Zeit. Kein Vater, eine primitive, verständnisarme Mutter und zwei gemeine, ältere Brüder. Alles um ihn herum war grob und derb. Weil er keine ihm gemäße Ansprache bekam, fühlte er sich entkoppelt. Nie angeschlossen. Für den feinsinnigen Sohn eines Zahnarztes, der Betti einmal vergewaltigt hatte, das falsche Umfeld. Da wurde die Flucht zum traurigen Ausweg.

* * *

Im April 1937 war Else Bödicker eine ausgelernte Köchin. Wegen ihrer guten Leistungen durfte sie die Prüfung ein halbes Jahr früher ablegen. Wenn man sich ihr Zeugnis anschaute, konnte man glauben, sie sei eine gute Köchin. War sie das wirklich? Sie punktete mit Rezepturtreue, akkurater Arbeitsweise und Lebensmittelkunde. Sie nahm Hühner aus, als wären es unorganische Baukästen. Ihr Fleischermesser trennte Rinderhüfte, Filet und Roastbeef absolut sauber, als seien die Stücke nicht miteinander verwachsen. Genau so präzise filetierte sie Fische – da ging kein Schnitt daneben. Die Prüfer staunten. Wenn sie aufmerksam gewesen wären, hätten sie Elses Geheimnis erkennen können: Bevor sie Feinarbeiten erledigte, nahm sie die Brille ab und sah nun alles wie durch ein Vergrößerungsglas. Da glitt die Klinge sauber wie bei einem Chirurgen zwischen Fleisch, Haut und Knochen. Garnituren, Anrichteweisen und Mengenverhältnisse – alles, was man auswendig lernen konnte, hatte sie abgespeichert. Else war als Köchin mit einem Pianisten zu vergleichen, der ohne Notenblatt keinen Ton aus einem Klavier herauskitzeln kann. Eigene Ideen, am Ende sogar Kreativität, waren bei ihr kaum vorhanden. Noch nicht. Zum Glück wurde genau das in der Prüfung aber auch gar nicht verlangt. Dem Zeitgeist geschuldet, wollte man qualifizierte Arbeitskräfte, die ausschließlich nach Vorschrift arbeiteten. Die einfach machten, was der Küchenchef vorgab. Und der machte, was der Patron wollte, weil der wusste, was seine Gäste wollten: erfüllte Erwartungen. Keine Überraschungen!

Emil Neunager wechselte zur gleichen Zeit an die Nordsee. In einem Kdf-Haus *(Kraft durch Freude),* das der »Bildung einer wirklichen Volks- und Leistungsgemeinschaft« gewidmet war, wurde er Küchenchef. Ein Ferienheim unter staatlicher Führung. Zum »durchstrukturierten Freizeitangebot« gehörte auch eine Zufriedenheit stiftende Verpflegung. Nationalsozialistische Arbeiter kamen mit ihren Familien, wurden mit Sport und Unterhaltung eingelullt und sollten mit gefüllten Bäuchen dem Führer für ihr Dasein danken. Gekocht wurde deutsche Hausmannskost. Büfetts benutzte man in diesen Kreisen nicht, denn Selbstbedienung war irgendwie »amerikanisch« und damit verpönt. Dreihundert Feriengäste erwarteten täglich ein Frühstück (Brötchen und Marmelade, Aufschnitt kostete ein paar Groschen extra), ein kompaktes Mittagessen, Kaffee und Kuchen und ein abendliches Dreigängemenü. Suppe, Hauptgang, Pudding.

Doch Emil hatte seine organisatorischen Fähigkeiten überschätzt. Er arbeitete täglich sechzehn Stunden, und das an sieben Tagen in der Woche. Trotzdem lief vieles schief und der zuständige Ortsgruppenleiter, sozusagen der Aufsichtsrat, und der Heimleiter, eine Art Vorstandsvorsitzender mit Parteibuch, waren mit Emil höchst unzufrieden. Die Küchenbrigade tanzte ihm auf der Nase herum und die Planzahlen wurden nicht eingehalten. Manchmal reichten die Portionen nicht und Gäste mussten lange warten, bis Nachschub kam. Bevor Küchenchef Neunager endgültig aus der Kurve flog, bettelte er Else an, ihn als stellvertretende Küchenleiterin zu unterstützen. Erst per Brief, dann rief er sogar zweimal in HEITMANNS HOTEL an. Ein Telefonat für eine Mitarbeiterin, da konnte Herr Heitmann sich nur echauffieren. Wäre es nicht gerade Else gewesen, hätte er Rabatz gemacht.

Poggenpohl war hin- und hergerissen. Er freute sich für Else über diesen möglichen Karrieresprung, fiel aber gleichzeitig in ein tiefes Trauertal bei dem Gedanken, die Wohngemeinschaft mit seiner »lütjen Fru« aufgeben zu müssen. Schließlich siegte die Vernunft. »Mien Deern, da givt dat nix to klamüüstern, pack diene Backbeern, un nex wie hen!« {Da gibt's nichts zu grübeln, pack deine Sachen, und nichts wie hin!}

Er organisierte die Auflösung von Elses Arbeitsverhältnis in HEITMANNS HOTEL, wo man ihre nicht fristgerechte Kündigung keinesfalls akzeptieren wollte. »Nu mok man kiene Fisimatenten, anners sücht jie mie nich wedder!« {Nun mach mal keine Zicken, ansonsten seht ihr mich nicht wieder!}, bedrohte er Herrn Heitmann, der diesen spendablen Stammgast natürlich nicht verlieren wollte. Eine Woche später waren zwei Koffer und Else Bödicker auf einem Schiff, damit der KdF-Organisation bei der Freude nicht die Kraft verloren ging.

Zwei Wochen nach Elses Ankunft lief es rund in der Heimküche. Die Gründe dafür waren recht banal: Else konnte organisieren, planen und strukturieren. Da glich sie Emils Schwächen aus. Wesentlicher war aber wohl der psychologische Aspekt ihres Einsatzes. Irgendeine der Emil auf der Nase herumtanzenden Kolleginnen – es waren ausschließlich Frauen – vermutete, ihr Chef sei »andersrum«. Gerüchteküche in der Heimküche. Auf diese Vermutung stürzten sich alle begeistert, denn Chefs sollten gefälligst stark, vorbildhaft und Respektspersonen sein. Waren sie es nicht, begann der Nasentanz. Emil war einfach zu freund-lich, haute nicht auf den Putz, brüllte nicht herum und zeigte keinerlei Macho-Allüren. So ein Küchenchef, der musste doch »andersrum« sein, oder? Aber dann kam Else. Und noch schnel-ler als das erste Gerücht verbreitete sich: »Der hat was mit ihr!«

Klar hatte er was mit ihr – das bekam man schon beim Feier-abendbier im SEEIGEL mit. Jeder, der sich dafür interessierte und Stoff zum Tratschen suchte, sah Emils Arm oder Hand auf Elses Schulter, um ihre Taille und auf ihrer Hand. Und beim Schwof am Wochenende wurde es ganz offensichtlich: So, wie die miteinander tanzten, da lief doch was! Damit wurde auch dem Letzten klar, warum der Herr Neunager sich so sehr dafür eingesetzt hatte, dass Fräulein Bödicker eingestellt wurde. Nun gut, man musste ihr lassen, dass sie was konnte. Aber ein wenig sonderbar blieb die Sache dennoch. »Wie der aussieht ... Der könnte doch jede haben!« Eine Schönheit war diese Else ja nun wirklich nicht. »Durchschnitt mit Brille«, wurde über sie gelästert. Es gab zwar nichts an ihr auszusetzen und ihr trockener Humor kam an, aber manches Fräulein im Heim und in der Küche fühlte sich ihr überlegen. Äußerlich schon mal sowieso. »Was will der nur mit ihr?«, wurde zu einer Standardfloskel im Haus, denn: »Man wird sich ja wohl noch wundern dürfen.«

Dann kam der Winter. Die Belegung im Heim ging zurück, es kamen nur noch Pensionäre und Rentner. Die Arbeit wurde spürbar weniger, was die Belegschaft durch einen erhöhten Alkoholkonsum ausglich. Ein Ritual auf Inseln! Jeder machte es wie die Eingeborenen und soff. Sonst war es nicht auszuhalten. Die Abende wurden nicht nur dunkler, sondern auch länger. Eigentlich waren sie hohl und leer. Die zusammengewürfelte Gemeinschaft brauchte einen Ausgleich, einen Katalysator, einen Füllstoff, der die Freudlosigkeit des Lebens abmilderte. Was hilft da besser als Bier und Korn? Reichlich genossen, machte er Volksgenossen schon mal zu Bettgenossen, manche sogar zu Freunden. Andere lieferten sich blutige Kämpfe und wussten am nächsten Tag nicht mehr, warum sie sich geprügelt hatten. Alkohol schafft Nähe, weil er Gegensätze überbrückt. Oder schafft. Und die Nähe wurde bei manchen dann eben auch sehr nahe ausgelebt. Sogar bei Else und Emil. Betrunken landeten sie eines Nachts in ihrem Bett und erledigten, was zwischen Mann und Frau von der Natur vorgesehen ist.

Der nächste Morgen? Zunächst ziemlich peinlich! Beide verkatert, verschlafen und dann erst die Sauerei im Bett. Das weiße Laken rot gesprenkelt. Sie waren eng umschlungen eingeschlafen, ihre Kleidung verstreut vor dem Bett.

Nun, im Hellen, waren sie wieder bei Verstand. Aber nackt! Was denkt man da? Was sagt man nur? Wie macht man sich in so einer Lage möglichst unsichtbar?

»Muss ich mich bei dir entschuldigen?« Emil machte den Anfang mit dem gleichen Gedanken, der auch Else plagte. Sie schluckte, tat dann aber so, als ob nichts gewesen wäre. »Nee, wieso? War doch schön, oder? Und – wi bruckt jo use eegen Geschirr!« {... wir gebrauchten ja unser eigenes Geschirr!}

Lachen befreit.

Der Blick aufs Bett aber ließ Emil erschrecken. »Hab' ich dir weh getan?« »Überhaupt nicht!«, log Else. »Da muss wohl irgendwas geplatzt sein, eine Ader oder so!« Nein, keine Ader.

* * *

Warum ausgerechnet bei Jukelnacks im Garten? War es Zufall? Oder ein Zeichen? Wie verkraften Mütter den Tod eines Kindes? Wie überleben sie das? Und dann die quälenden Fragen im Kopf. Wenn das Unglück zuschlägt, sind Mutmaßungen die einzigen Strohhalme, die sich ergreifen lassen, weil es nichts anderes gibt. In der Hoffnung, ein Frage-Strohhalm würde irgendwann zu einem Antwort-Stock, auf den man sich stützen kann.

Jukelnacks hatten schlicht den größten Baum im Garten. Eine etwas in die Höhe geschossene Sauerkirsche. Alle anderen Siedler achteten darauf, dass ihre Apfel-, Birn- oder Kirschbäume klein blieben, um sie besser abernten zu können. Unter keinem der üblichen Obstbäume konnte ein ausgewachsener Mann stehen. Man hätte sich bestenfalls in ihren Schatten legen können. Bäume mit einer Krone waren in der Straße verpönt. Erst recht Bäume, die zu nichts nutze waren, die nur Laub abwarfen, welches dann mühsam zusammengekehrt werden musste. Feuerholz klaute man im Busch am Bahndamm, gleich am Rande der Siedlung. Da gab es Birken ohne Ende. Aber eine Birke ist kein guter Baum, um ihm sein Leben, besser, sein Sterben anzuvertrauen. Es ist schon ein starker Ast nötig, der einem Halt gibt, wenn man den Halt im Leben verloren glaubt. Der starke Ast musste es gewesen sein, den Konrad im Auge gehabt hatte. Eine Erklärung, die Betti sich irgendwann zu eigen machte.

Die Frage »Warum hat er *mir* das angetan?«, ist wohl eher falsch. Richtiger wäre zu fragen: »Warum hat er *sich* das angetan?« Aber für diese Differenzierung reichte weder ihre intellektuelle Ausstattung noch ihr Einfühlungsvermögen. Und schon gar nicht ihre Selbstkritik. Da war sie dreifach gehandicapt.

Wenn man etwas nicht verstehen kann und spürt, keinen Zugriff auf das Problem zu finden, ist Alkohol oft ein Helfer. Zuerst ein kleiner, dann ein hinterhältiger. Er vernebelt das Hirn und in ihm lässt sich Kummer ertränken. Betti wählte diesen Ausweg. Sie war nahezu ständig vollgedröhnt und damit teilsediert. Heinzi unterstützte sie dabei nach Kräften. Am Anfang gab es dafür eine Welle des Verständnisses. »Was soll die arme Frau auch tun? Da hilft nur Schnaps!« Eine gängige Erklärung. »Und *er* hing ja schon immer an der Flasche«, hieß es im Nachsatz. Betti hätte sich zu Tode gesoffen, wäre ihr nicht eine Blinddarmentzündung zu Hilfe gekommen.

Als die Schmerzen unerträglich wurden, brachte man sie ins Krankenhaus. »Fünf Minuten vorm Durchbruch«, wie der Hausarzt meinte. Der Chirurg weigerte sich aber, diese randvoll abgefüllte Frau auf den OP-Tisch zu legen. »Erst ausnüchtern, dann operieren!«, war seine Ansage. »Aber Herr Doktor, was, wenn es dann zu spät ist?« »Wenn wir ihr jetzt eine Narkose geben, dann ist es garantiert zu spät!« Chloroform und Alkohol wären eine unheilige Allianz eingegangen. Bettis Alkoholpegel muss den Durchbruch verhindert haben, und so gelang die Operation am nächsten Morgen. Danach hatte sie tagelang Bauch- und Kopfschmerzen. Immerhin kannte sie sich mit Kopfschmerzen aus. Da half meistens eine Zigarette. Als sie wiederholt beim Rauchen im Bett erwischt wurde, entließ man sie. Wahrscheinlich unehrenhaft oder so. Ohne Blinddarm, aber halbwegs trocken.

Heinzi Bär lebte während des Krankenhausaufenthaltes seiner Gattin in dem Glauben, sich ihre Alkoholmengen mit aufladen zu müssen. Heinzi plagten zudem Schuldgefühle. »Der arme kleine Konrad, dieser liebe Junge«, so fing er immer wieder Sätze an, die er mit dem nächsten Schluck beendete.

Er war mittlerweile ständig sturzbetrunken, und so kam, was kommen musste. Zuerst verlor er seine Arbeit, wenig später sein Haus.

In dieser Zeit hörte Jukelnack immer öfter, er solle sich doch mal um seinen Nachbarn Heinz Bärwald kümmern. Der brauche doch offensichtlich Hilfe. »Und du als Lehrer, du kennst dich doch aus, oder?!« Leichter gesagt als getan. Jukelnack konnte sich nicht einmal selbst helfen. Mutter Othilie lag in den letzten Zügen. Ihr konnte er nicht ausweichen. An sie war er gekettet. Ihre längst verklungenen Befehle wirkten nach.

Zwischen ihm und seinem Nachbarn stand dagegen eine hohe Hecke. Und der kleine Spalt darin war schon fast zugewachsen. Weder für Heinz noch für Betti hätte er die richtigen Worte gefunden. Diese Einsicht war eine banale Selbsterkenntnis. Und Feigheit! Eine Begegnung mit Betti wäre ihm höchst unangenehm gewesen. Sie nicht zu treffen war geradezu ein

Segen. Denn welche Worthülsen hätten so ein Treffen schon vor einer Katastrophe bewahrt?

Konrads Selbstmord in seinem Garten hatte in Jukelnack einen Wirbelsturm unkonkreter Gedankenfetzen ausgelöst, die in keine Richtung wiesen. Die vor allem in keine Gefühlsbereiche führten. Er kannte den Jungen mehr aus dem Augenwinkel. Vielleicht spürte er sogar einmal eine gewisse Seelenverwandtschaft mit ihm. Ein Junge, der scheinbar jeder engeren Beziehung aus dem Weg gegangen war. Der sich nicht eingeklinkt hatte. Ein empathischer Mensch, der sich mit ihm befasst hätte, wäre für Konrad bestimmt hilfreich gewesen. Aber wie oder auf was hätte Jukelnack ihn ansprechen sollen? Nein, auch nachträglich fand er keinen Zugang zu dem Nachbarsjungen. Allein die Entscheidung, sich das Leben zu nehmen, machte ihm Bettis Sohn fremd. Solche Gedanken kannte Karl-Friedrich nicht, sie waren ihm ebenso unbekannt wie zum Beispiel Ausgelassenheit. Er kannte ja nicht einmal Lebensfreude, diesen so menschlichen Zustand euphorischer Selbstbestätigung. Menschen, die Berge erklimmen, rufen gut gelaunt ins Tal. Aber die Täler sind es dann, die sie wieder sehnsuchtsvoll auf Gipfel schauen lassen. Jukelnack vermied Berge, weil er die zwangsläufig einhergehenden Täler erahnte. So ein Tal wäre auch ein Gespräch mit Konrad gewesen. Oder ein Treffen mit Betti. Es hätte ihn heruntergezogen, dorthin, wovor er sich fürchtete. Weil ihm jeglicher emotionale Zugang fehlte.

Die Sache mit Konrad befreite ihn von Betti, so sah er es. Ihr Miteinander hatte sich nur für kurze Zeit gelohnt. Inzwischen war sie eine Last geworden. Zu viel Nähe. Der Egoist Jukelnack hatte begriffen, dass er sich auf ein schlechtes Geschäft eingelassen hatte.

Bärwalds wurden bald darauf zahlungsunfähig. Ihr Haus kaufte die Siedlungsgenossenschaft, ein Zweig der Eisenbahnergewerkschaft. Diese auf Gegenseitigkeit gegründete Organisation gab der Familie einen Mietvertrag für ihr ehedem eigenes Haus. Immerhin weiter ein Dach über dem Kopf.

* * *

Als am 1. September 1939 »zurückgeschossen« wurde und die sechs Jahre des Niedergangs begannen, war es mit der *Kraft durch Freude* schnell vorbei. Jetzt kam die Kraft von Waffen und Soldaten. Die Mobilmachung erfasste auch Emil Neunager. Er musste einrücken und es blieben ihm nur noch ein paar Tage in Freiheit. In diesen Tagen nahm er sich ein Herz, bat Else zu einem langen Spaziergang am Meer und fragte sie, ob er sich mit ihr verloben dürfe. Else war völlig perplex, so überraschend kam dieser Antrag. Sie konnte nur ein gestottertes »Wa-warum?« herausbringen. »Es ist für meine Mutter. Eigentlich für meine beiden Eltern. Ich würde ihnen so gerne eine Braut vorstellen. Es wäre eine letzte Freude für sie!« Else blieb stehen, malte mit dem Schuh Kreise in den feuchten Sand und stupste ein paar Muscheln an. »Lass mich darüber nachdenken«, sagte sie dann. »Else, als Soldat bin ich schneller tot, als du denkst. Ich habe doch sonst niemanden. Mit dir fühle ich mich am meisten verbunden. Ich möchte nicht nur als dein Freund ins Feld ziehen. Ich ... ich wäre gerne mit dir verlobt!«

Der Kennenlernkaffee bei den Eltern Neunager war zunächst ungemütlich. Die Mutter war hin- und hergerissen. Für sie kam alles so plötzlich. Ja, und auch unerwartet. »Wie lange kennt ihr euch denn schon, äh, ich meine, seid ihr zusammen?« Emil war locker, gut gelaunt und brachte das Eis der Stimmung zum Schmelzen. »Seit Pfingsten«, meinte er lächelnd und Else sprang ihm bei.

»Seit Pfingsten letzten Jahres.« Als Emils Hand immer wieder den Kontakt zu Else suchte, legte sich der Argwohn schnell. Es schien echt zu sein, angeblich war auch »nichts unterwegs«, und nur darauf kam es seiner Mutter an. Auch wenn sie sich im Stillen eine etwas attraktivere Schwiegertochter gewünscht hätte.

Vater Neunager mochte Else sofort. »Köchin sind Sie? Wie schön. Da könnt ihr ja zusammen kochen. Wie nett!« Zwei Brillenträger mit starken Gläsern, da wuchs Verbundenheit im Nu. Und schließlich war Krieg. Da hielt man sich nicht lange auf mit der Aufwärmphase. Der alte Neunager war damals mit in den Ersten Weltkrieg gezogen. »Mit viel Tamtam!«, wie er berichtete. Und auch er hatte sich vorher »mit der Mutti verlobt«, wie er zum Besten gab, und: »Das sind doch Sachzwänge, wie?« Emils Vater streckte Else seine Kaffeetasse entgegen und sagte: »Ich heiße Sie als Oberhaupt der Familie willkommen. Schön, dass wir Sie, Pardon, dich jetzt in unserer Mitte haben. Ich bin übrigens auch ein Emil, Emil senior sozusagen. Also Fräulein Else, nein, liebe Else, herzlich willkommen in unserer ...« »Ja, ja, Vati, das sagtest du schon. Fräulein Else, ich bin die Hertha, Emils Mutter!« »Meine Mutter?«, grätschte Neunager senior dazwischen. »Das wüsste ich aber!« Es wurde dezent gefeixt, bis Vater Neunager, kurz bevor er den Schnaps zum Anstoßen holte, noch leutseliger wurde: »Else, wieviel Dioptrien haben Sie denn, beziehungsweise, hast du?«

Am übernächsten Tag kam es dann, wie vorhergesagt, zu einem gemeinsamen Kochen. Für die Familienzusammenführung. Gewissermaßen – oder so ähnlich.

Emil und Else bereiteten in Poggenpohls Küche ein Abendessen vor. Sozusagen für die offizielle Verlobungsfeier, an der neben Emils Eltern und Heinrich Poggenpohl nur noch Grete Schweers teilnahm. Weil es stilvoll werden sollte – und Frau

Poggenpohl es so gewollt hätte –, war Herr Poggenpohl auf eine Kellnerin in HEITMANNS HOTEL zugegangen und hatte sie gefragt, ob sie am nächsten Abend den Service übernehmen könne. Als die Dame erfreut zusagte, lud Poggenpohl sie sofort für den frühen Nachmittag ein. »Ik glöv, dat Hus kann een beeten Stoff wischen bruken. Un denn könnt se ok noch op den Huulbessen rieden.« {Ich glaube, das Haus kann ein bisschen Staubwischen gebrauchen. Und dann können Sie noch auf dem Heulbesen = Staubsauger reiten.}

Zum ersten Mal seit dem Tod seiner Frau wurde das »gute Geschirr mit dem Goldrand« wieder hervorgeholt, wenngleich Poggenpohl es eigentlich hasste. »Dree ungliek Tellers, wat schall dat?« {Drei unterschiedliche Geschirre, was soll das?}

Bei Berta gab es Geschirr für die Küche, das Esszimmer und für besondere Anlässe. Ihrem Mann reichten zwei, noch lieber wäre ihm der Gebrauch von nur einem – dem Küchengeschirr – gewesen. Aber zu diesem Anlass konnte es auch ihm gar nicht fein genug sein.

Else hatte sich inzwischen mit der Situation angefreundet. Sie würde von »meinem Verlobten« sprechen können und damit einen besseren Status erlangen. So dachte man in jener Zeit.

Ihr Verlobter machte sich zunächst einmal unbeliebt, denn er bestimmte, was es zu Essen geben sollte. Else passte das gar nicht und sie schmollte. Nach einigem Wortgerangel einigten sie sich auf eine Teilung. Mit Schnick-Schnack-Schnuck wurde ausgespielt, wer welchen Gang bestimmen durfte. Else mogelte und sorgte für den krönenden Abschluss: das Dessert! Von Emil. Er war ein begnadeter Patissier. Keiner, den sie kannte, konnte »süß« so gut wie er.

Zehn, nein zwölf Briefe kamen von der Front, danach herrschte eine lange, beunruhigende Stille. Dann der Schock. Emil war in Russland auf eine Mine getreten. Seine Kameraden nahmen seine halbe Erkennungsmarke ab und übergaben sie mit Ort und Datum seines Todes an die Kompanieführung. Für mehr Feingefühl blieb keine Zeit. Ebenso ohne Feingefühl, aber mit mehr Zeit, kamen die Überbringer der Nachricht zu den Eltern ins Haus. Die Organisation war noch nicht im Training, denn bis 1941 blieben die Opferzahlen überschaubar. Gestorben wurde nur beim Feind. In der Heimat sollte keine kollektive Trauer dem Siegeszug den Glanz nehmen. Blitzkriege, Vormarsch und gewonnene Schlachten wurden mit Fanfaren in Volksempfängern und Wochenschauen gefeiert. Eigentlich gab es nur Siege. Siege, für die man nur nebenbei Opfer bringen musste.

Frau Neunager haute es den Boden unter den Füßen weg. Die stumpfe, anmaßende Überbringung der Meldung vom »Tod auf dem Felde der Ehre« brachte sie in Wallung. »Ihr Sohn hat sein Leben dem Führer gewidmet und ist für Volk und Vaterland ...« Sie hatte ihren Sohn jedenfalls nicht diesem Führer gewidmet. Und er sein Leben schon gleich gar nicht. Dass sie diesen Verlust gefälligst mit Stolz tragen sollte, empörte sie. Lähmte zunächst sogar die Trauer.

Else erfuhr die traurige Nachricht erst Tage später. Frau Neunager hatte es Poggenpohl geschrieben mit der Bitte, Emils Verlobte zu informieren. Der wartete, bis er Else persönlich sprechen konnte. Das war gut so. Er konnte trösten, in den Arm nehmen, und sein Verständnis war echt. Nun war der Krieg auch bei Else Bödicker angekommen. In ihrem Herzen ein Trümmerfeld, das sie nur langsam durchwandern konnte. Aber: Selbst auf Trümmerfeldern wachsen irgendwann wieder zarte Pflänzchen. Sogar mit Blüten.

1942 wurde das Heim an der Nordsee endgültig aufgelöst. Zu viele Bombenangriffe auf den vermeintlichen Vorposten, in dem nur noch verwundete, unbewaffnete Soldaten gesund gepflegt wurden. Sie sollten zu Kräften kommen und sich erholen, um danach wieder mit Freude in die Schlacht zu ziehen. Vor dem Haupthaus hing immer noch das KdF-Emblem und wurde von den Rekonvaleszenten mal als *Kur der Feiglinge*, mal als *Krieg dem Führer* verspottet.

Elses Arbeitgeber versetzte sie 1942 in die Küche eines Militärflughafens, auf dem ursprünglich vor allem Wasserflugzeuge stationiert gewesen waren. Kleine Maschinen, die überall landen konnten und tief unter dem englischen Radar Aufklärung betrieben. Und Wetterdaten sammelten.

Die Piloten waren Hasardeure. Draufgänger. Sie fühlten sich als Todgeweihte, die vorher noch so viel Leben wie möglich mitnehmen wollten. Wenn sie nicht flogen, feierten sie um die Wette, waren ausgelassen und derb. Wenn sie abhoben, waren sie voller Adrenalin und halbweicher Drogen. *Fliegerschokolade* enthielt viel Koffein und *Fliegermarzipan* putschte die »Helden« mit Methamphetamin auf. Stimulierend und euphorisierend!

Der Flughafen bestand aus vier oder fünf Wellblechhallen und ein paar Holzbaracken. In drei davon waren Schlafräume, zwei andere nutzten die Mechaniker als Werkstätten. In der größten Baracke waren die Kantine untergebracht sowie ein paar Lagerräume, die Küche und direkt daran anschließend eine Theke, genannt die ABFLUG-BAR. Die Bar ging über in einen größeren Raum mit sechs langen Tischen. Hier wurde gegessen, getrunken und gelebt. Vor den Starts betrieben die Männer an den Tischen Kartenstudien, weshalb sie den Raum »Flugleitzentrale« nannten. Im hinteren Teil der Baracke lag das Büro des Kommandanten, davor zwei kleine Räume für seine Stabsangestellten. Die Piloten veralberten die Dienststelle mit einem Schild, auf dem

Tower geschrieben stand. Hier bekamen die Piloten ihre Einsatz-befehle, hier lieferten sie nach glücklicher Heimkehr die Filme ihrer Bordkameras ab.

Die Flugzeuge bugsierte man rechts und links der Baracken in die Wälder, um sie vor feindlichen Aufklärern zu verstecken. Ziele für Bomber waren sehr begehrt. Eine Betonpiste, nicht breiter als ein einspuriger Feldweg, führte direkt an den kleinen See, auf dem gestartet und gelandet wurde. Aus der Luft sah die Anhäufung der Baracken eher wie eine Arbeitersiedlung aus. Überall standen Nadelbäume, meist Kiefern, und es waren Gär-ten angelegt worden. Aus diesen potemkinschen Gärten kamen frisches Gemüse, Kartoffeln und mit Glück ein paar Erdbeeren. Ohne Sahne. Aber mit Sand.

Else Bödicker leitete die Küche und war Chefin von sieben Frauen, die im Schichtdienst arbeiteten. Die Küche war vierundzwanzig Stunden besetzt, genauer die ABFLUG-BAR.

Kamen in der Nacht Flieger von Einsätzen zurück, feierten sie ihr Überleben ausschweifend. Andere Piloten krochen aus den Betten, um ihren Kameraden beizustehen. Für dieses Party-volk stand allzeit eine große Pfanne mit Bratkartoffeln auf dem Gasherd, die im Nu heiß gemacht werden konnten. Während die Brazis – so der Begriff für den Pfannenschmaus – aufge-heizt wurden, stellte die »Nachtschwester« schnell Getränke auf die Theke. Else und ihre Kolleginnen wurden von den Fliegern grundsätzlich »Schwester« genannt, weil sie immer weiße Kittel oder Schürzen trugen. Saßen zwanzig oder mehr Männer am späten Abend oder in der Nacht zusammen, war es laut, lustig, zotig und für Else und ihre »Mitschwestern« anstrengend. Als einzige Frauen weit und breit mussten sie ein dickes Fell haben. Else, mittlerweile eine anerkannte Persönlichkeit, hatte es und übernahm freiwillig manche Nachtschicht. Das dicke Fell hatte sie sich wieder angefuttert. Inzwischen mehr als dreißig Kilo seit ihrer Verlobung.

Nicht immer waren alle fröhlich. Gab es Anlass, einen der Piloten als abgeschossen oder verloren zu glauben, blieb die Stimmung gedrückt. Da half nur Alkohol. Viel Alkohol. War ein gewisser Pegel überschritten, wurde aus einer Trauerfeier im Handumdrehen ein wildes Gelage mit Pöbeleien, Grölerei und Handgemengen. Dann war die Autorität von Else oder ihren »Nachtschwestern« gefragt. Als Ordnungskräfte gingen sie schon mal dazwischen und sorgten für Ruhe. Keiner der Männer fasste eine Frau an – so viel Anstand blieb beziehungsweise verlangte die Soldatenehre.

Ansonsten pfiffen die Piloten auf Partei und militärisches Gehabe. Sie fühlten sich herausgehoben und verachteten das soldatische Establishment. Mit ihren Lederjacken, die sie nie auszogen, und ihrem bewusst gegen die Uniformregeln zur Schau gestellten Auftritt – manche flogen provokativ in Schlafanzughosen – nahmen sie sich das Recht heraus, etwas Besonderes zu sein. Lange Haare, länger als vorgeschrieben, gehörten zum sogenannten Korpsgeist.

Die Könige dieser wilden Truppe waren jene, die mehr als fünfzig Einsätze geflogen hatten. Und der Oberkönig war Adam Strohpiep, genannt DER UNTOTE BARON. Er hätte längst tot sein müssen, kam aber immer wieder zurück, wackelte bei Tag vorschriftswidrig mit seiner Maschine im Tiefflug über das Camp, drehte zwei Ehrenrunden und brachte damit seine Kameraden zum Jubeln. Er landete, ebenfalls gegen die Vorschriften, nicht in der Mitte des Sees, sondern gefährlich nahe an der Rampe, um ja schnell aus dem Wasser zu kommen. Adam Strohpiep war nicht nur der Beste seiner Zunft, sondern auch der heimliche Schwarm aller »Schwestern«. Auch Else konnte sich seiner Faszination nicht entziehen. Klammheimlich nahm sie ihn manche Nacht mit in ihre Träume. Adam Strohpiep war ein souveräner Held. Er wusste um seine Ausstrahlung und befand es daher nicht für nötig, auf sich aufmerksam zu machen. Er machte keine Show – er war die Show. Seine Erzählungen, mit tiefer Stimme vorgetragen, erfüllten den Raum und alle lauschten andächtig. Eigentlich waren die hier stationierten Wasserflugzeuge allesamt unbewaffnet. Es gab nur eine Ausnahme: DER UNTOTE BARON! Adam hatte sich eine 9-mm-Parabellumpistole in die Jacke gesteckt und damit manch tödlichen Unfug getrieben. Einmal war er fast mit Bodenberührung neben einen englischen Militärlaster geflogen und hatte dem Fahrer im Vorbeiflug die Mütze vom Kopf geschossen. So jedenfalls ging die Mär, eine Geschichte, die ihm jeder glaubte, weil sie einfach zu schön war. Dieser Adam würde im Leben von Else Bödicker noch eine bedeutende Rolle spielen.

*** * ***

Ihren letzten Atemzug, nach etlichen Sekunden des Atemstillstandes, gönnte sich Othilie Jukelnack am 22. März 1952. Obwohl schon seit Tagen ohne Bewusstsein, sträubte sie sich gegen den Tod. Einfach, weil es nicht ihr, sondern ein fremder Wille war, dem sie gehorchen sollte. »Gehorchen!«

Eine ihrer Lieblingsvokabeln. Sie hatte stets gewollt, dass man ihr gehorchte. Ihrem Mann war dazu schon früh die Lust vergangen. Ihre Tochter war lieber gut versorgt in eine oberflächliche Beziehung geflohen, als einen Tag länger in ihrer Nähe zu bleiben. Alle Nachbarn, die keine Lust hatten, zu tun oder zu bestätigen, was sie wollte, machten am Ende einen Bogen um sie. Einen Bogen, den Othilie genau andersherum interpretierte.

»Die können mir gestohlen bleiben!«, war ihr Mantra. Freundinnen? Gab es nie. Nur einen Sohn, der sein Leben lang gehorcht hatte. Der sein »Ist gut, Mutter« bis kurz nach ihrem Ableben willenlos repetierte. Ein letztes Mal sagte er die drei Worte, nachdem er eine Weile »gehorcht« hatte, ob noch ein weiterer Seufzer kommen würde. Als der nicht kam, stand Jukelnack auf, sagte »Ist gut, Mutter« und ging in sein Zimmer. Dort kniete er sich vor seine Fensterbank und begann das vertraute Ritual. Emotionslose, wabernde Blitze des Hirns bündelten sich zu einem Rausch ohne jegliche Trauer.

Der einzige konkrete Gedanke, der dem Konrektor irgendwann kam, war, den Hausarzt zu verständigen. Bevor er mit dem Fahrrad zur Praxis fuhr, kochte er sich in der Küche zwei Tassen Kaffee, heute, und ab heute immer, mit der doppelten Menge Kaffeepulver. Sein erstes und fast einziges Aufbegehren.

Das Angebot des Doktors, nebst der Ausstellung des Totenscheins auch einen Bestatter zu informieren, nahm Jukelnack dankbar an. Mindestens genauso dankbar war der Doktor, der sich damit eine Vermittlungsprämie verdiente. Der Bestatter war danach nicht nur informiert, sondern auch instruiert. »Nimm dem Mann alles ab«, hatte der Doktor doppeldeutig am Telefon gesagt, und der wertete es als Freifahrtschein für ein Komplettpaket. So komplett, dass er sogar die Benachrichtigung der Schwester übernahm. Schon drei Tage später landete eine Postkarte von ihr im Briefkasten:

Lieber Karl-Friedrich,

der Tod von Mutter wird Dir zusetzen, denke ich.
Leider kann ich nicht zur Beerdigung kommen.
Die Verbindungen sind schlecht, es würde zu
lange dauern. Außerdem mag ich meinen Mann

nicht so lange allein lassen. Er braucht meine
Hilfe im Betrieb. Das verstehst Du sicher.
Bleib tapfer,

Deine Schwester.

Diese Schwester hatte mit allem, was ihr Elternhaus betraf, abgeschlossen. Selbst für den Fall einer eventuellen Erbschaft. Vorsorglich kritzelte sie ein Postskriptum auf die Kondolenzkarte:

Ich rechne nicht mit einem Erbe.
Falls was übrig bleibt, mach damit,
was Du willst!

Sie hatte zu ihrer Mutter eine schlechte, zum Vater keine gute
und zu ihrem Bruder überhaupt keine Beziehung. Sie war fünf
Jahre älter und hatte im Zusammenhang mit ihrem Bruder nur
unbequeme Babysitterdienste in Erinnerung. Später, als man mit
Karl-Friedrich vielleicht hätte reden können, sprach der nicht
viel, grinste nur ständig »dümmlich«, wie sie fand, und schien,
obwohl präsent, abwesend.

Weil sie das Grab ihrer Mutter nie besuchte, blieb die Inschrift
des kalten Granitsteins das Geheimnis des Bruders. Der Bestat-
tungsunternehmer hatte Jukelnack gefragt, was er sich neben
den persönlichen Daten noch wünsche. Der hob die Schultern
und sagte nur: »Sie hat gelebt!? Tja.« So kam es zu der schönen
Beschriftung:

OTHILIE JUKELNACK
GEBORENE WÜRDEMANN
21. APRIL 1873 – 22. MÄRZ 1952
SIE HAT GELEBT – TJA.

Eine Trauerfeier gab es nicht. Othilie war aus der evangelischen Kirche ausgetreten, noch zu Zeiten, als sie mit ihrem Ehemann die Weltrevolution plante. Dass sie einmal eine glühende Kommunistin gewesen war und mit ihrem Glühen Karl Jukelnack, Karl-Friedrichs Vater, heiß gemacht hatte, erfuhr der Sohn erst Jahre später, als er Briefe seiner Mutter fand. Schon in jenen tauchte 1919 ihre Lieblingsvokabel auf: »Die Massen werden uns gehorchen!« Nun, so groß wurden die Massen bekanntlich nicht. Und Konkurrenzsozialisten – jene nationalen – hatten am Ende die Nase vorn, wenngleich man auch ihnen gehorchen musste.

Auf dem Weg zum Grab begleiteten Jukelnack vier abgeordnete Teilnehmer: zwei vom Siedlerverein und zwei von seiner Schule. Zwei Lehrerinnen. Eine davon war Grete Schweers. Mit großem Abstand schlich auch Heinz Bärwald hinter dem Sarg her. Ihm war zu Ohren gekommen, dass es anstatt eines Beerdigungskaffees einen Umtrunk im GOLDENEN SPATEN geben solle. Den wollte er auf keinen Fall verpassen. Wie fast alle Männer vom Stammtisch, die aber nicht den Umweg über den Friedhof wählten.

Mit dem Tod der Mutter beruhigte sich das russische Gedankenkarussell in Jukelnacks Kopf vorübergehend. Er stolperte in seinem Leben aus einer geordneten Leere in eine ungeordnete. Um nicht völlig den Halt zu verlieren, beachtete er weiterhin von seiner Mutter aufgestellte Regeln. Ein Gehorsam über den Tod des Befehlsgebers, der Führerin hinaus. *Führertreue,* so was kam in jenen Tagen häufiger vor! Subversiver zwar, aber mancher Würdenträger in der Nachkriegszeit blieb im Herzen ein brauner Gefolgsmann.

Ein Gesetz von Othilie lautete: »Kein Alkohol im Haus!« Eine vernünftige Ansage. Wäre nicht dienstags Ruhetag gewesen, hätte

Jukelnack die Siebentagewoche im GOLDENEN SPATEN geschafft. Fremdbestimmt wie eh, nahm er alle Aufforderungen zur Teilnahme an Aktivitäten wahr. Gut, die meisten kamen vom Siedlerverein und meinten nicht ihn persönlich. Wenn nicht gerade Gräben zu reinigen waren oder Schlaglöcher beim allgemeinen Arbeitsdienst gefüllt werden mussten, ging es um Stammtischeinsätze. Und da war ein geduldiger Zuhörer, der selbst keine Redezeit beanspruchte, gern gesehen.

In der Schule fiel Jukelnack durch eine sich schleichend steigernde Geistesabwesenheit auf. Oder war es nur Gedankenlosigkeit? Er zeigte zwar ausnahmslos ein freundliches Gesicht – und hier kam niemand auf die Idee, sein Grinsen dümmlich zu nennen –, war aber ansonsten eine reine Reaktionsmaschine. Er reagierte auf kommunikative Reize, gab Antworten, die im weitesten Sinne zusammenhängend waren, blieb aber inaktiv. Schüler, die ihn ärgern wollten, ärgerten sich, weil er sich keinen Ärger anmerken ließ. Vielleicht kam auch gar keiner bei ihm auf.

* * *

Seit Mitte 1943 hatte es keine Verluste, keine Abschüsse von Kameraden aus Adam Strohpieps Wetterflieger-Staffel mehr gegeben. Das war auffällig. Und hatte einen simplen Grund: Das englische Militär hatte die angeblich todsichere Enigma-Verschlüsselung geknackt. Geheime Informationen waren plötzlich nicht mehr geheim. Für die deutsche Kriegsmarine unangenehm, aber nicht für die Wetterflieger. Die Engländer freuten sich über die gefunkten Daten des Feindes und nutzten sie hinterhältig und erfolgreich. Adam Strohpiep wurde zusehends nachdenklicher. Die Zeit, den Helden zu spielen, ging dem Ende entgegen.

Auf dem Flugplatz schlief der Betrieb allmählich ein. Immer mehr Soldaten wurden abgezogen. Ältere Männer, darunter etliche Mechaniker, mussten Flakstationen übernehmen, als Anführer Minderjähriger, die man aus den Schulen geholt hatte, um sie hier noch schnell zu verheizen. Aus Richtung England kamen unzählige mit Bomben vollgestopfte Flieger, um deutsche Städte in Schutt und Asche zu legen. Der irre Gefreite, der sich als König von Deutschland aufführte, wollte nach dem totalen Krieg auch das totale Ende. Die alliierten Bomber erfüllten so indirekt seine letzten Befehle. Schutt und Asche! Nichts sollte dem Feind in die Hände fallen. Adolf H. wollte Zerstörung und Vernichtung als gerechte Strafe für ein Volk, dem der Spaß am Siegen – und Sterben! – verloren gegangen war.

Dann kam Ende März 1945 der Befehl, alle noch flugfähigen Maschinen zu zerstören, für Adam Strohpiep garniert mit einem Ritterkreuz und der Beförderung zum Platzkommandanten. »Kommandant wovon?«, fragte Strohpiep sarkastisch. »Von zerbombten Landebahnen, zur Erdverteidigung abgezogenen Piloten, zerstörten Hangars und Wirtschaftsbaracken?« Der zweite Befehl lautete, die Stellung zu halten. Zwei hochseetüchtige, dreimotorige Dornier Do 24 waren noch einsatzbereit und sollten zur besonderen Verwendung vorgehalten werden. Wofür? Befehle werden nicht hinterfragt! Anfang April sollten auf einmal auch diese flugunfähig gemacht werden, sodass sie der Feind nicht etwa wieder flottbekommen würde. Ein Befehl, dessen Ausführung der Platzkommandant unterlief. Seine Babys töten? Niemals!

Am 21. März 1945 war zum letzten Mal eine Messerschmitt ME 110, ein Nachtjäger, von Elses Flughafen gestartet. Angreifenden Bombergeschwadern entgegen. Eine anschließende Landung auf dem Platz war nicht mehr möglich. Etliche Boeing B-17

Flying Fortresses entledigten sich ihrer Ladungen und zerstörten die letzte Asphaltbahn. Kettenbomben, sogenannte Bunkerknacker – der neueste Schrei der Amerikaner –, fielen, danach gab's Brandbomben, Splitterbomben und unfaire Bomben mit Zeitzünder, die den Horror noch für Stunden lebendig hielten.

Der Feind bombte den ursprünglichen Namen der Anlage zurück. »Flugplatz« war Vergangenheit – nun gab es nur noch einen »Seeflugstützpunkt«. Auf diesem war lediglich die AB-FLUG-BAR noch voll einsatzbereit. Da es keinerlei Aufgaben mehr zu erfüllen gab, hingen dort alle ab. Von früh bis spät, bis sich die Letzten in diffuse Richtungen verkrümelten. Ortskräfte waren schon länger nicht mehr zum Dienst erschienen. Verbohrte Nazi-Schinder, die bei der Truppe bis in die letzten Stunden Todesurteile wegen angeblicher Fahnenflucht vollstreckten, gab es hier nicht. Major Strohpiep schritt schon seit Januar nicht mal mehr ein, wenn laut gesagt wurde, was jeder wusste: »Der Krieg ist verloren!«

Die Nächte vom 1. bis zum 3. Mai blieben Else Bödicker und Adam Strohpiep allein. Er nie nüchtern, sie glühend vor Begierde. Diesen Mann hatte sie nun seit Jahren bewundert und heimlich für ihn geschwärmt. Jetzt waren sie sich nahe wie Hirsche bei der Balz – allein auf weiter Flur. Strohpiep philosophierte über das Leben, die Treue, den Wert des Menschen, seine Bestimmung, seine Stärken und seine Schwäche vor den Gesetzen der Natur. Else hing an seinen Lippen und reichte ihm nur zu gerne ihre Hand über die Theke, als er, wie er es formulierte, »noch einmal einen Menschen spüren und berühren wollte«. Da klingelte plötzlich das Telefon. Seit Tagen war kein Anruf mehr eingegangen und sie hatten geglaubt, die Leitungen seien tot. Nun, gegen einundzwanzig Uhr, meldete sich plötzlich ein kanadischer Leutnant, mit mühsam gestelzten deutschen Worten. Ob man bereit sei, den Flughafen am nächsten Tag um zwölf Uhr friedlich zu übergeben, oder ob mit Gegenwehr zu rechnen sei. Strohpiep wurde euphorisch: »So beendet man moderne Kriege!«, lallte er und bat Else, die weitere Verhandlung zu übernehmen. Mit hochrotem Kopf, teils auf Englisch, teils auf Deutsch und wegen der Aufregung versehentlich auch auf Plattdeutsch, versicherte Else Bödicker dem Feind die bedingungslose Kapitulation. Als Zeichen der Zustimmung sollte ein weißes Tuch am Eingangstor befestigt werden. Woraufhin sich die Verhandlung verkomplizierte. »You can't komm from the mainentrance. There is alles kaputt. Go in from the Rück ... äh ... backseite, has mie verstohn?« Zum Schluss sollte der Kommandant sein Ehrenwort geben. Strohpiep knallte die Hacken zusammen, salutierte in den Hörer hinein und donnerte: »Alright, okay, no more fights. The war is zu Ende. I give you my Ehrenwort. This is Major Strohpiep. Over. Good night!«

Diese Nacht wurde orgiastisch und prägte sich tief in Elses Erinnerungsspeicher ein. Die gemeinsamen Stunden in der Dunkelheit wurden sozusagen historisch. Eine Vereinigung nach langem Hoffen und Wünschen. Die Nacht aller Nächte. Von diesem Mann wollte sie ein Kind und, noch wichtiger, sie wollte mit aller Inbrunst überhaupt ein Kind. Die von Strohpiep erklärten Gesetze der Natur ließen nur diese Möglichkeit zu. Sie glaubte, es wäre ebenso sein Wille. Ihre Seele, ihr Herz, ihr Verstand und ihr freigelegter Instinkt verlangten danach.

Am nächsten Morgen stieg Adam Strohpiep gegen 8 Uhr in seine geliebte Do 24, rollte über Gras zum See, klinkte das Rollenfahrwerk aus und glitt auf Schwimmern zum anderen Ufer. Gestartet – und gelandet – wird gegen den Wind. Die unbeladene Maschine zog hoch und der Major blieb beim Vollgas. Steil aufwärts in den blauen Himmel, losgelöst von jedem Horizont, an dem nur

Kummer und Leid klebten. Zu silbern schimmernden Zirren, einfach nur fliegen, fliegen, fliegen. Scheinbar entkoppelt von Elementen und Schwerkraft im Orgasmus des Flugrausches. Das Herz des süchtigen Piloten, berstend vor Glücksgefühlen. Dann kam – so sind die Gesetze der Natur – der Strömungsabriss. Die Rolle rückwärts über das Seitenruder, bis die Nase wieder die Richtung vorgab. Hinab, nur noch hinab, erst torkelnd, dann rasend. Der metallische Vogel schoss in den See und blieb fünfzehn Meter tief im Schlamm stecken – dort, wo er heute noch ruht. Das Grab von Adam Strohpiep.

* * *

Die Jahre auf dem nahen Flughafen hatten für Else Bödicker einen großen Vorteil: An freien Tagen schlief sie in ihrem Zimmer bei Poggenpohl und konnte sich so um ihn kümmern. Bei Kriegsende war er fast vierundachtzig Jahre alt, körperlich total klapprig, im Kopf jedoch hellwach. Seit 1943 wohnte eine Frau mit ihren drei Kindern bei ihm. Die Familie war in Berlin ausgebombt worden. Man hatte sie einquartiert, weil es hier kaum Luftangriffe gab. Der Vorteil einer Beamten- und Pensionärsstadt ohne Industrie. Poggenpohl mochte die Kinder, machte Späße mit ihnen und versuchte verzweifelt, diesen »Rotzlöffeln« Plattdeutsch beizubringen. Die Mutter der Kinder ging ihm dagegen schwer auf den Geist. Sie war sehr direkt, großmäulig und benahm sich wie eine Besatzerin. Ihr Mann hatte das richtige Parteibuch, weshalb Poggenpohl sie nur »Frau Obersturmbettführer« nannte.

Aber nach dem letzten Geburtstag des Führers am 20. April 1945 änderten sich die Machtverhältnisse im Haus – ein guter Grund für Poggenpohl, noch möglichst lange zu leben. Jetzt triezte er seine Nazi-Untermieterin. Hatte sie vorher bei jeder Begegnung ein laut gekeiftes »Heil Hitler« abgesondert, grüßte Poggenpohl seit dem 8. Mai mit »Heil Mutkopp« oder sagte: »Mogt seij man fix de Dör op, dor steit de Endsieg vor un wull rin.« {Machen Sie mal schnell die Tür auf, da steht der Endsieg davor und will rein.}

Ein anderes Mal griente er: »Wat gung dat gau mit sin dusendjähriges Reich. Hej wär jo uk den grotsten Feldherrn int Universum.« {Was ging das schnell mit seinem tausendjährigen Reich. Er war ja auch der größte Feldherr im Universum.}

* * *

Ein halbes Jahr nach dem Tod der Mutter bekam Jukelnack doch noch Besuch von seiner Schwester. Vornehmlich ging es um notariellen Papierkram, den sie unterschreiben sollte, so etwa eine Erbverzichtserklärung. Sie hatte sich entschlossen, zwei Nächte in der Heimatstadt zu bleiben, war aber in HEITMANNS HOTEL abgestiegen, weil sie keine weitere Nacht ihres Lebens unter dem Dach ihres Elternhauses verbringen wollte. Dennoch war eine gewisse Neugierde im Spiel. Über dreißig Jahre hatte sie den Bruder nicht mehr gesehen – wie würde der sich verändert haben? Ihre Erinnerung an ihn war von seiner Unauffälligkeit geprägt.

Und seine Erinnerung an sie? Eher ambivalent. Sie war vielleicht um die Menge einer halben Teelöffelspitze zärtlicher als die Mutter und strich ihm schon mal übers Haar, wenn er als kleiner Junge hingefallen war. Aber ansonsten? Spätestens seit dem er zehn Jahre alt war, führte sie sich auf wie eine stellvertretende Regimentschefin. Ganz die Tochter ihrer Mutter. Noch ein Mensch in Karl-Friedrichs Leben, vor dem man besser einknickte.

Nun stand sie vor der Tür, klingelte mehrmals ungeduldig und forderte ihn dann ohne weitere Begrüßung auf, in ihren nagelneuen VW Käfer einzusteigen. Dunkelgrünes Kostüm, weiße Bluse mit einer kleinen Rüschenleiste, die Dauerwelle so fest wie ein Vanillepudding und eine Brille, die bereits in Ansätzen verriet, wohin sich die Mode extravaganter Sehhilfen entwickeln würde, um eines Tages auch Elton John zu gefallen.

Rosa Raduscheit, geborene Jukelnack, gehörte zu den Wunderkindern des Wirtschaftswunderlands, über die sich jedermann, der nicht dazugehörte, nur wundern konnte.

Herr Raduscheit, ehemaliger Star-Fußballer einer Reviermannschaft, konnte eine *Gasolin*-Tankstelle pachten, als der vorbeifahrende Verkehr noch mit den Fingern zweier Hände zu zählen war. Ein paar Jahre später, Rosa besorgte zumeist die Kasse, arbeiteten vier Tankwarte für das kinderlose Paar. Der Ex-Fußballer verstand sich auf die Reparatur von Fahrzeugen aller Art, womit sich gutes Geld verdienen ließ. Rosa hatte nicht nur ein einnehmendes Wesen, sie beherrschte auch die Techniken der Kundenbindung, tätschelte Händchen, verteilte Komplimente und merkte sich die Namen ihrer Kunden, um den Kontakt persönlicher zu halten. Nun also saß diese Mittfünfzigerin als erfolgreiche Geschäftsfrau neben ihrem Bruder, dessen recht einsilbige Kommunikation sich auf das Beantworten ihm unangenehmer Fragen beschränkte. Allerdings zeigte er sein unnachahmliches Grinsen, ob nun dümmlich oder abwesendtiefsinnig.

»Brüderchen, deine Kleidung sieht ja furchtbar aus. Der Krieg ist mittlerweile seit sieben Jahren vorbei. Du bist doch Lehrer – da verdient man ja wohl ordentlich, oder? Kauf dir mal was Vernünftiges zum Anziehen!« »Weiß nicht«, wusste Karl-Friedrich Jukelnack darauf nur zu sagen, natürlich undefinierbar in

die Gegend schauend. Leicht errötetes Gegrinse mit niederge-
schlagenem Blick. »Ach Junge, dann gehen wir morgen zusammen
einkaufen. Mir macht es Spaß. Ich kaufe für meinen Klausi
auch all seine Klamotten – und inzwischen sind die Läden doch
wieder voller Ware. Schicke Sachen gibt's da, glaub mir, woll?«

Das Abendessen mit seiner Schwester in Heitmanns Restaurant
war für Jukelnack nur durch die frisch gezapften Hemelinger
Exportbiere erträglich. Der aufmerksame Oberkellner fragte
nicht nach, sondern nickte freundlich im Vorbeigehen – was
der ungeübte Gast nicht zu deuten wusste und deshalb zurück-
nickte. Schon stand das nächste Bier mit exzellenter Blume auf
der weißen Tischdecke und wollte getrunken werden.

Am nächsten Nachmittag wurde es ungemütlicher. Kein Bier,
nur eine sich in Pose werfende Schwester, die ihren kleinen
Bruder wie einen fünfjährigen Jungen vorführte, ihm mehrere
Hemden, ein paar Schlipse, drei Anzüge, einen Lodenmantel
und einen Wolljanker kaufte, alles bezahlte und beim Raus-
gehen bestimmte: »Das Geld leihe ich dir. Gibste mir nächstes
Jahr zurück, woll?!« Danach musste sich Jukelnack noch zwei
Paar Schuhe kaufen und selbst bezahlen. »Was soll ich mit zwei
neuen Paaren? Ich habe noch welche und trage nie mehr als ein
Paar«, wand sich der Konrektor, dennoch gewöhnt daran, Entscheidungen von Mutter oder Schwester ergeben hinzunehmen.
Rosa lachte aufreizend und entschied spontan: »Ich komme
noch mit zum Dornbuschweg. Da schmeißen wir deine alten,
verlumpten Sachen weg. Wirst sehen, mit den neuen Klamotten
bekommst sogar du noch eine Frau!« Rosa zauberte eine Mischung aus fröhlicher Überheblichkeit und Spott in ihr Gesicht.
Jukelnack grauste es vor so einer Perspektive. Aber das Schicksal
muss wohl gerade in diesem Moment die Ohren gespitzt haben.

* * *

Von Adam Strohpieps Selbstmord hatte Else Bödicker nichts mit-bekommen. Erst Tage später konnte sie sich zusammenreimen, was geschehen war. Im Moment kämpfte sie mit ihrer Aufregung. Um 12 Uhr wollte der Feind kommen, da galt es, den eigenen Arbeitsplatz so sauber und ordentlich wie möglich herzurichten. Küche und Kantine, vor allem aber die Theke der ABFLUG-BAR sollten deutsche Gründlichkeit und damit den Stolz der Chefin widerspiegeln. Eine Aufgabe, die nach einer Nacht ohne Schlaf reinste Knochenarbeit war. Um elf Uhr fünfundvierzig stellte sich das verbliebene Flughafenpersonal vor dem Eingang der einzigen intakten Baracke auf. Drei Frauen in weißen Kitteln, zwei Telefonistinnen in Grau ohne militärische Abzeichen und ein gutes Dutzend Uniformierter, dazu ein paar Zivile – meist ältere Männer. Der Platzwart und seine zwei Helfer in dunkelgrü-ner Arbeitsmontur, der Rest in ölverschmierten Blaumännern. In vier Jeeps, gefolgt von zwei Panzern, die Abstand hielten und die Zeremonie nur beobachteten, kamen die Kanadier. Ein fescher Offizier sprang aus dem ersten Wagen und fragte: »Who is the commander?«

Besser wäre es gewesen zu fragen, wo der Kommandant war. Das ahnten zu diesem Zeitpunkt nur zwei Mechaniker. Und be-hielten es für sich.

Erst zwei Tage später bei Poggenpohl im Haus realisierte Else endlich den wahrscheinlichen Suizid von Adam Strohpiep. Die Andeutungen der Mechaniker, einige vage Augenzeugenberichte, die glaubten, eine Maschine im Sturzflug in den See fallen ge-sehen zu haben, und das plötzliche Verschwinden des Kommandanten. Sie begann um den Vater ihres Wunschkindes zu weinen. Ihr Körper reagierte mit Streiksymptomen. Ein Brand in den Nervenbahnen, vom Kreuz hinunter bis zur Ferse. Sie fühlte sich wund und nahezu bewegungsunfähig. Ein Ischiasanfall? Auf jeden Fall psychosomatisch. Steif und mit starken Schmerzen lag sie im Bett und wurde – kaum zu glauben – von Heinrich Poggenpohl umsorgt und gepflegt. Er kochte eine Hühnersuppe, von der er überzeugt war, dass sie selbst Menschen mit abgerissenem Kopf wieder ins Leben zurückbringen konnte. Jedenfalls behauptete er das überschwänglich und überzeugend. Er verwies auf viel schwerere Fälle, die von so einer Suppe geheilt worden waren.

»Den läven God sin Medezin – is Höhnersop un witten Win!« {Des lieben Gottes Medizin – ist Hühnersuppe und Weißwein!}

Die Therapie schlug an, wenngleich nur schleichend und nach einer Woche strikter Bettruhe. Else kam langsam wieder auf die Beine. Ihr Kopf fühlte sich tatsächlich irgendwie so an, als wäre er abgerissen. Die Nacht der Nächte ließ sie nicht los. Die Stunden mit Strohpiep, dieser Taumel aus Glück und Erfüllung. Sex ist eine Kopfsache – jedenfalls zu neunzig Prozent. Der Rest muss wohl Chemie sein. Ja, die Körper müssen schon mitmachen – aber der Verstärker sitzt im Hirn. Nur wenn der eingeschaltet, aufgeladen und aktiv ist, wird sexuelle Energie zu jenen Zellen durchschüttelnden Emotionen, die man ewig in Erinnerung behält. Berührungen vergisst man vielleicht, Gefühle nicht.

Drei Monate nach Kriegsende stand endgültig fest: Else Bödicker war nicht schwanger. Ihr Bewegungsapparat funktionierte wieder, aber die Nebelglocke im Hirn dämpfte alle positiven Gedanken oder kehrte sie gar ins Gegenteil. In sich gekehrt und nachdenklich – so bestritt sie die Tage. Was in diesen Zeiten kaum auffiel. Viele Zeitgenossen liefen ähnlich gezeichnet durchs Leben. Grete Schweers machte sich dennoch Sorgen um ihre beste Freundin. »Wat is mit di?«, fragte sie ein ums andere Mal. Die korrekte Antwort wäre gewesen: »Trauer um eine verlorene Liebe und ein nicht gezeugtes, nur erwünschtes Kind.« Aber Else konnte darüber nicht sprechen und würde es auch die nächsten Jahre nicht tun.

Während die Bevölkerung sich auf den anstehenden Hungerwinter vorbereitete, hamsterte und klaute, gab es im Hause Poggenpohl immer einen gut gedeckten Tisch. Dafür sorgten die heimische Landwirtschaft und die Flughafenkantine. Zwei Monate nach der Kapitulationsszene auf dem Fliegerhorst bekam Else das Angebot, wieder die Küchenleitung zu übernehmen. Nachdem sie eine Landebahn notdürftig geflickt hatten, waren die Kanadier inzwischen abgezogen. Eine englische Einheit übernahm den Platz. Versorgungsflüge brachten Nachschub von der Insel auf den norddeutschen Kontinent.

Engländer verstehen es ja, sich bedienen zu lassen. In der neuen deutschen Kolonie bestimmten sie nun die Spielregeln und vor allem, was auf den Tisch kommen sollte. Ein Kompanie-Koch trainierte Else und ihre wieder zusammengelaufene Frauschaft, sodass bald schon von deutschen Händen gebratene Steaks mit ungewürzten Erbsen und Kartoffelchips die Teller füllten. Zu den Kuriositäten, die Else mit ihrer neuen Herrschaft erlebte, gehörte die Forderung, Kaffee ausschließlich in der Küche zu kochen. Tee durfte weiter am Büfett gebrüht werden. »Die spinnen, die Engländer«, dachte Else manches Mal und griff damit einer literarischen Figur der Neuzeit vor.

Sechs lange Jahre lagen nun vor Else Bödicker. Arbeiten für die Besatzungsmacht. Am Ende immerhin ordentlich bezahlt, mit Zigaretten, Schnaps und Lebensmitteln versorgt und nach einiger Zeit sogar ganz lustig. Engländer sind auch nur Menschen, und Menschen vergessen. Aus Feinden werden Kollegen, in einigen Fällen auch Matratzen-, manchmal sogar Ehepartner. Einige Freundschaften wurden im Laufe der Jahre geschlossen und manche über Jahrzehnte gepflegt. Else Bödicker schaffte es nicht auf die Matratze eines englischen Mitglieds der Royal Air Force, dafür war sie optisch nicht »Fräulein« genug. Sie hätte es auch nicht gewollt, denn keiner war wie Adam Strohpiep. Nur einem älteren Offizier war sie in Freundschaft zugetan: Hieronymus Flutter, ein Mensch, so ungewöhnlich wie sein Name.

Als Heinrich Poggenpohl 1950 starb, glitt er bildlich aus den Händen Else Bödickers in jene Gottes. Nahezu sieben Tage hatte sie rund um die Uhr an seinem Bett gesessen, seine Stirn abgetupft und ihm einen Schwamm mit kaltem Wasser an den Mund gehalten, damit er wenigstens etwas Feuchtigkeit aufnehmen konnte. Essen wollte er partout nicht mehr. »Nu is dat ut, mien Deern! Dat Läven weer good und dat Sterbn mit di an miene Siete is grotaardig. Ik go to mien God as een rechten Münschen. Un wenn heij een Dör tomaakt, maakt he'n anner Dör wedder open.« {Nun ist es aus, mein Mädchen! Das Leben war gut und das Sterben mit dir an meiner Seite ist großartig. Ich gehe zu meinem Gott als aufrechter Mensch. Und wenn er eine Tür zumacht, macht er eine andere wieder auf.}

So waren sie viele Stunden beisammen, Poggenpohl erzählte, kicherte leise und wurde zusehends schwächer – dämmerte immer längere Zeiten und schlief dann schließlich friedlich ein.

Todesfasten – der Natur abgeschaut.

Der Überraschungsblitz schlug einige Wochen nach dem Ableben von Poggenpohl bei Else Bödicker ein: Sie wurde Erbin des attraktiven Stadthauses am Burggarten.

Alle Andeutungen Poggenpohls in diese Richtung hatte sie entweder überhört oder nicht begriffen. Nun war sie plötzlich

Eigentümerin jenes Anwesens, in dem sie zuerst nur eine Dach-kammer bewohnt hatte. Sie teilte das Haus mit vier Parteien – davon drei Flüchtlingsfamilien –, die ihr alle etwas Miete be-zahlten.

Die Flüchtlinge! Wenn man nur wollte, konnte man sich schon über ihr Anderssein aufregen. Aber die neue Hausbesitze-rin erfreute sich lieber an deren Kindern. Insgesamt lebten sechs im Haus, zwischen zwei und dreizehn Jahre alt. Sich mit ihnen zu beschäftigen, mit ihnen zu spielen oder ihnen Geschichten zu erzählen, ließ sie aufleben. Nach jeder Begegnung mit ihnen wurde die Sehnsucht der fast dreiunddreißigjährigen Frau nach eigenen Kindern stärker.

Eine Sehnsucht, die durch die Umstände immer schwerer erfüllbar wurde. Sechs Millionen Männer waren nicht aus dem Krieg zurückgekehrt. Jüngere, besser aussehende Kandidatinnen waren im Vorteil, schnappten sich die guten Partien und feg-ten den Markt leer. An der Eheanbahnungsresterampe lauerten Ganoven, humpelten Invaliden oder stellten Methusalems den Damen nach. Einzig Männer, die an ihrem eigenen Geschlecht Gefallen fanden, konnten sich an der Morgendämmerung von etwas Liberalität erfreuen. Zwar im Verborgenen, aber nicht mehr so vehement verfolgt, wie zu Zeiten der NS-Herrschaft, in der es keine Homosexualität gab. Geben durfte – wie Ernst Röhm bestätigen konnte.

* * *

Betti Bärwald ging das erste Mal im Winter 1952 wieder auf nächtlichen Nachbarschaftsbesuch. Angetrunken, aber guter Dinge klingelte sie Jukelnack aus dem Bett und gluckste durch die nur einen Spalt geöffnete Tür etwas von »Spaß haben?!« Der Konrektor entpuppte sich jedoch als Spaßverderber. In nüchternem Zustand fühlte er sich angeekelt von Betti und angetrunken, wie sie war, bekam er regelrecht Angst vor ihr. Dieses Seil war gerissen und ließ sich nicht knoten, auch wenn sie etliche teils rabiate Versuche dazu unternahm.

Jukelnack hatte sich nach dem Tod der Mutter befreiter der Selbstbefriedigung hingegeben. War er zu ihren Lebzeiten in ständiger Angst gewesen, von ihr erwischt zu werden oder verdächtige Spuren zu hinterlassen, ließ er seiner Lust jetzt freien Lauf. Er wechselte dafür die Plätze im Haus und begann, sich selbst lustvoll zu bearbeiten, mit sich zu spielen und zu hantieren. Ein heimlicher Beobachter hätte ihn pervers genannt, besonders wenn er ihn im Kleiderschrank der Mutter gesehen hätte. Ein Ort der höchsten Erregung für Jukelnack. Manchmal blieb er eine Stunde und schaffte es gar zwei Mal. Dabei fiel für seine Nase ebenso viel orgastisches Erleben ab wie für seinen gequälten Schwanz.

Dieser Mann war nicht normal, obwohl er sich hinterher schämte, wenn er es im Rausch mit seiner Mutter, seiner Schwester, Kolleginnen oder Betti Bär getrieben hatte.

Danach, an seiner Fensterbank, kehrte er zurück zum Zentrum seiner Lebensgeister, fühlte sich wieder wohl und war ausgeglichen. Dieser Mann reduzierte Gedankenströme im täglichen Leben auf ein absolutes Minimum, um dann an dem als so magisch empfundenen Ort in sich abzutauchen.

Ein Psychopath?

* * *

Grete Schweers, Lehrerin an der Graf-von-Stauffenberg-Schule, heiratete im Sommer 1953 den Intendanten des Residenztheaters. Er war fast zweiundzwanzig Jahre älter als sie, aber in der von Grete erzählten Version kamen nur zwanzig Jahre Altersunterschied vor. Der Intendant war ein exzellenter Gastgeber, führte ein offenes Haus und füllte die ihm zustehende und seit diesem Jahr wieder allein bewohnte Intendantenvilla mit Kunst, Kitsch und Kulissengedöns – wie er es selbst beschrieb. Dieser Mann war eine Augenweide. Groß, mit schönem, ebenmäßigem Gesicht, breiten Schultern, gepflegten, kräftigen Händen und einer extravaganten Garderobe. Seine kräftige Stimme donnern zu lassen, ob beim Lachen oder Deklamieren, bereitete ihm spitzbübische Freude. Er liebte das Darstellen, haute gern auf den Putz, überzeichnete und spielte sich auf – aber immer mit einer jederzeit erkennbaren Portion Selbstironie. Weil er sich ständig auf den Arm nahm, hatte der Umgang mit ihm einen hohen Unterhaltungswert. Er war im Leben ein Großer und hatte es nicht nötig, auf andere herabzuschauen. In seiner Nähe fühlten sich alle auf Augenhöhe, ebenfalls groß oder besser: hochgradig anerkannt – wenngleich sie häufig ein wenig von ihm verarscht wurden. Humorvoll, und damit erträglich.

Als Trauzeugin kam für Grete nur eine infrage: Else Bödicker. Sie tauchte nun regelmäßig in Kreise ein, die für sie neu und extrem spannend waren. In denen sie sich zunächst klein, unbedeutend und unattraktiv wähnte, aber recht bald wohlfühlte.

Der Intendant mochte die Freundin seiner Frau sehr und erhöhte und bestätigte sie, wo immer es möglich war. Resultat: In der neuen Gesellschaft wurde Else Bödicker eine auch nach außen wirkende, selbstbewusste Frau. Der Intendant stellte sie jedem vor als »die Küchendirektorin von HEITMANNS HOTEL, dem besten Haus am Platze, der einzigen Gourmetküche der Stadt!«

Eines Abends stand Hamlet, seiner edlen Kleider entledigt, bei der Premierenfeier neben dieser so eindrucksvoll beschriebenen Frau und fühlte sich etwas entthront. »Eine Ikone der Esskultur«, wie der Intendant sie vorstellte. Zu seinem Hamlet gewandt sagte er: »Du hast heute alles an die Wand gespielt, du verdienst Träger des Iffland-Rings zu werden! Und hier, neben dir, du Prinz von Dänemark, steht die Tochter, nein, es ist die Enkelin von Auguste Escoffier, einem Mitbegründer der Nouvelle Cuisine! Eine Königin im Reich der Töpfe, Pfannen und Gewürze.«

Else Bödicker war bald nach dem Tod von Heinrich Poggenpohl in HEITMANNS HOTEL zurückgebeten worden. Herr Heitmann hatte geradezu um sie gebuhlt, ihr den Posten der Küchenchefin mit Geld und Kompetenzen schmackhaft gemacht. Und sie lieferte. Souverän führte sie ihre Brigade, überließ den Talenten im Team die letzte Entscheidung über Geschmack und Anrichteweise und schrieb zusammen mit ihren Postenchefs die Karte für die nächste Woche. Mit gutem Essen kann man Menschen nicht nur verwöhnen, sondern sie sich auch gewogen halten. Ein Stück weit vielleicht sogar abhängig machen, denn wer gut essen will, kehrt gern an vertraute Tische zurück, allein, um den erlebten Genuss zu wiederholen.

Grete Schweers, inzwischen die Gattin des Intendanten Hoimar zu Trittberg, also korrekt: Grete zu Trittberg – hatte sich den Mann fürs Leben geradezu geschnappt. Ihn geködert. Sie war strategisch vorgegangen, hatte ihn beobachtet und gesehen, wie um ihn herumgeschwänzelt wurde. Vor allem, wer da schwänzelte. Beim Bühnenball, an dem sie mit der Komparsengruppe des Lehrervereins teilnahm, machte sich Grete auf die Pirsch. Ihre Waffen waren allergrößte Natürlichkeit, keinerlei Aufplustern, kein falscher Augenaufschlag, keine Posen, kein Gezirpe, keine angehobene Stimme. Und keinerlei Niedlichkeiten! Einfach nur ein freundliches Gesicht, ein erfrischendes Lachen und ein starker Blick aus blauen Augen. Natürlich ein rot gemalter Mund, ein frech geschnittener Bubikopf und eine stramme Bluse mit Knopflöchern, die unter Spannung standen. Über dem engen Rock eine Taille, die auch ohne Mieder den schmalsten Teil des Oberkörpers betonte. Alles in allem ein Meisterwerk ungekünstelter Selbstdarstellung. Sie trug den schönsten Schmuck, den eine Frau tragen kann: eine gute Figur.

Darauf musste Hoimar zu Trittberg einfach reinfallen, besser anspringen. Er strahlte Grete an, nachdem sie sein Blickfeld zuvor mehrfach rein zufällig durchschritten hatte, baute sich vor ihr auf, griff nach ihren Händen – die sie ihm bereitwillig entgegenstreckte – und sagte: »Meine Teure, erlauben Sie mir, Ihnen den Vorschlag einer Heirat zu machen? Ja, ich halte um Ihre Hand an, wenngleich ich bereits beide in meinen Händen fühle und spüre, dass sie genau dort hingehören!« Grete prustete los und entgegnete: »Sie sollten Ihr Angebot noch etwas ausschmücken. Was außer ein paar grauen Schläfen springt für mich dabei heraus?« Nun schmunzelte der Generalintendant, zog Grete zu sich und gab ihr einen zarten Kuss, dem sie nicht auswich. Sie schloss auch nicht die Augen – weil sie ihn nicht mehr aus den Augen lassen wollte. Er sollte sich in sie verbeißen, ihr klares, offenes Gesicht nicht durch eine Ablenkung verlieren, in ihrem wachen Blick so lange wie möglich gefangen bleiben. Grete ließ ihre Beute nicht mehr los. Genau das dachte sich auch der Intendant. *Er* hatte Beute gemacht und wie ein erfolgreicher Jäger präsentierte er sie nun auf dem Ball. Mit seiner rechten Hand hielt er Gretes Taille eng an sich gedrückt, nahm mit seiner linken ihre rechte Hand und sie liefen in Richtung der Sektbar. Allein auf dem Weg dorthin stellte er Grete Schweers drei Mal als seine zukünftige Frau vor. Die war klug genug, nicht den geringsten Zweifel daran aufkommen zu lassen. Diese Vorstellung wurde durch die lockere Ernsthaftigkeit der beiden ein nie mehr hinterfragter Plan. Es blieb einfach dabei – genau so, wie es begonnen hatte, ohne je etwas infrage zu stellen. Grete wollte diesen Mann – Hoimar diese Frau. Punkt. Es gab nur noch eine gemeinsame Wegstrecke, und die beschritten sie ohne den kleinsten Zwischenstopp. Ja, Grete Schweers hatte sich einen Mann geschnappt, genau so, wie sie es sich vorgenommen hatte. Und wie sie es seitdem ihrer besten Freundin bei jeder Gelegenheit ans Herz legte.

* * *

Das Verschwinden von Betti Bärwald lässt sich nur ungefähr datieren. Es muss wohl irgendwann im Herbst 1953 gewesen sein. Ihr Ehemann stemmte einhändig schon seit Langem so unvorstellbare Mengen an Alkoholika, dass er sich wegen der extrem hohen Promille in der Blutbahn, kurz vor der Wahrnehmungsgrenze, nicht als präziser Chronist eignete. Jedenfalls konnte er keinerlei sachdienliche Hinweise liefern, seit wann und vor allem warum Betti nicht mehr nach Hause gekommen war. Sie war einfach weg, und es kam nie zu einer organisierten Suche. Bettis ältere Söhne waren vor dem häuslichen Chaos geflohen, nachdem sich ihr jüngerer Bruder auf dem Nachbargrundstück das Leben genommen hatte. Jetzt, als einer der Jungen den Stiefvater zur Rede stellte, kam von ihm nur ein wiederholtes: »Wech. Die's wech!« Seit wann? Schulterzucken. Beide Söhne hatten nie direkt am Rockzipfel der Mutter gehangen. Im Gegenteil. Betti war eine rustikale, unsensible Person, mehr hart als herzlich. Beziehungspflege lief bei ihr über sexuelle oder finanzielle Kanäle.

Sie hatte auch ihre Söhne hart gemacht und war stolz darauf. Solche Söhne machen sich keine großen Sorgen, wenn sie die Mutter eine Weile nicht zu Gesicht bekommen.

Damit verliefen alle Bemühungen im Sand, Betti Bärs Abtauchen oder Verschwinden durch gezielte Recherchen aufzuklären. Lediglich die Nachbarschaft machte sich Gedanken. »Die kann doch nicht einfach so verschwinden!?« Der Vorsitzende vom Eisenbahner-Gartenverein, der von den bohrenden Fragen seiner Frau aufgescheucht worden war, vertraute die Sachlage einem Kommissar der Schutzpolizei an. Der versprach sich zu kümmern. Zwei Wochen später streiften zwei Streifenpolizisten durch den Dornbuschweg, gingen von Haus zu Haus und befragten jeden, der die Tür öffnete.

Meist war es eine »Jede«, die zur Tür kam. Besuch von der Polizei und dann auch noch mit offenen Fragen zum Reden aufgefordert – welche unterforderte Hausfrau kommt da nicht in Schwung!? Endlich mal wichtig sein – da nahmen die Damen ihre Aufgabe ernst. »Betti Bärwald? Ach Gott, ich rede ja nicht über andere ...« Nach dieser Einleitung redeten die meisten dann doch begeistert über ihre Abneigung gegen Betti. »Verkommenes Subjekt«, »Bordsteinschwalbe«, »... mit jedem ins Bett ...«, »ordinär«, »versoffen« – alles Vokabeln und Zuschreibungen, die sich wiederholten und mal mehr, mal weniger elegant ein eindeutiges Bild zeichneten. Ein anklagendes. Einzig für den Tod ihres Sohnes wurde Betti ein wenig Nachsicht eingeräumt. »Da war sie ja arm dran«, meinten einige.

Ein Polizist fragte, der andere notierte Stichwörter. »Da gehen wir morgen nochmal vorbei. War doch nett. Kaffee und Weinbrand obendrein – so macht die Arbeit mal Spaß!«, sagte der Frager, und der Notierer nickte. Am zweiten Tag wollten sie zu Heinz Bärwald. Der öffnete zwar nach mehrmaligem Klingeln, hatte aber nichts zu lallen außer. »Tse, tse, tse« und »Die's wech!«

Die Wachmänner wurden sauer und bestellten den Kriegsinvaliden ohne Arm und ohne Frau für den nächsten Tag aufs Revier. Heinzi kam nicht, wurde deshalb abgeholt, in eine Ausnüchterungszelle gesperrt und am darauffolgenden Tag verhört. Die ausgenüchterten Informationen waren jedoch auch nicht aufschlussreicher. Betti war einfach nur weg. Seit wann, warum oder gar wohin eventuell – der arme Mann tauchte auch nach ein paar scharfen Fragen nicht tiefer in seine Erinnerung ein. »Der hat sein Hirn versoffen«, sagte der Polizei-Frager, und Kollege Notierer nickte mal wieder stumm, ohne es zu notieren.

Alle Informationen aus Tratsch, Vermutungen, Andeutungen oder Gerüchten – teils gehässig, teils aus ehrlicher Hilfsbereitschaft der Polizei gegenüber – ergaben ein klares Bild: Hier war der Nachbarschaft eine Frau ohne jegliche Sympathiewerte verloren gegangen. Diese Leute hatten es »schon immer gewusst«, dass es »mal so kommen würde« und waren froh, »dass sie endlich weg ist«. Ganz normale Nachbarn. Neugierig und den Wunsch auf den Lippen, das Ergebnis der Untersuchungen zu erfahren.

Doch ohne Betti in ihrer Gemeinschaft fehlte nun auch wieder etwas. Jede Kette braucht ein letztes Glied.

Karl-Friedrich Jukelnack hatte nicht geöffnet, obwohl sein Fahrrad bei zwei Besuchen im Hof stand. Abgestellt auf der Betonplatte der Jauchegrube. Darum erhielt der Konrektor nach ein paar Tagen Post vom Polizeirevier Mitte, eine simple Postkarte mit der Aufforderung, sich als Zeuge für eine Befragung zu der vorgegebenen Zeit auf dem Revier einzufinden. Ein unangenehmer Termin. Jukelnack wusste inzwischen genau, was die Polizeipräsenz im Dornbuschweg zu bedeuten hatte. Wofür ging man schließlich zum Stammtisch? Frager und Notierer empfingen einen grinsenden, leicht linkischen Mann, der auf dem angebotenen Holzstuhl ohne erkennbare Erregung Platz nahm. Im Notizbüchlein des Notierers stand: »Der hatte doch was mit ihr, oder?« Und von einer anderen Dame: »Der kannte sie wohl am besten – er war ja schließlich der direkte Nachbar.« Der Zeuge bestätigte alle ihm in den Mund gelegten Fakten, kannte sie darüber hinaus »nicht weiter«, wusste nichts von »irgendwelchen Nebentätigkeiten«, hatte sie einmal kurz in der Haifischbar gesehen und war ihr ansonsten nur »hin und wieder« aufgrund der nebeneinanderliegenden Grundstücke begegnet, ohne sich über einen Gruß hinaus mit ihr auszutauschen. Mit Ausnahme des Vorfalls in seinem Garten. »Der arme Konrad, ja, schlimm, nicht wahr?« Jukelnack redete ruhig und unaufgeregt, behielt Augenkontakt und machte sich in keinster Weise verdächtig. In keiner Weise? Warum blieben seine Hände während der gesamten Befragung immer unter den Oberschenkeln? Was bedeutete sein leichtes Schaukeln? Körpersprache – für den Frager und seinen Notierer eine Fremdsprache. Dennoch meinte der Frager nach dem Verhör: »Wenn einer was weiß, dann der!« Aber der Notizbuchverwalter schüttelte nur den Kopf und wurde kurz darauf doch noch gesprächig: »Der? Niemals!«

* * *

Der Intendant trieb es schon lange, bevor er Grete heiratete, mit der ungarischen Sopranistin des Hauses, die ihrerseits mit dem Generalmusikdirektor verheiratet war. Dieser Chefdirigent traf sich wiederum mit der Sekretärin des Theaterchefs und das, wie alle vorbeschriebenen Verwicklungen, natürlich heimlich. Die Operndiva bekam regelmäßig Besuch von ihrer

Mutter, Schwester oder Tante, die nachmittags freudig Schaufenster abbummelten und so das Zimmer in HEITMANNS HOTEL wie abgesprochen zwei Stündchen unbenutzt ließen. Ebenfalls ideal war, dass der Flur vom Restaurant zu den Toiletten ebenso zum Hof hinausführte, beziehungsweise für die Belange des Intendanten: hineinführte. So konnte man nahezu ungesehen ins Hotel gelangen, im hinteren Treppenhaus hochlaufen, um dann in Mutters, Tantes oder Schwesters Zimmer ein Duett mit vollstem Körpereinsatz zu zelebrieren, extrem piano, aber mit ein paar Falsetttönen. Da vibrierten nicht nur die Stimmlippen.

Dieses Geheimnis war in HEITMANNS HOTEL bei der Belegschaft kein Geheimnis; ordentliche Trinkgelder, in diesem Fall als Schweigegeld eingesetzt, bewahrten es aber dennoch lange als solches. Doch irgendwann – Geheimnisse werden nun mal gerne geteilt – drang es auch zu Else Bödicker. Für sie ein Wechselbad aus Empörung, Solidarität und moralischer Konfusion. Der Ehemann ihrer besten Freundin. Noch kein Jahr mit ihr verheiratet! In diesem Zustand machte Else das einzig Richtige: Sie ging in ihrer Freistunde ins Theater und verlangte den Chef des Hauses zu sprechen. »Privat!«, wie sie dem Pförtner mehrmals bestätigen musste. Alsdann wurde sie über die Hinterbühne zum Arbeitsplatz des Theatermannes geführt. In ihre Nase drang ein auffälliger, ihr unbekannter Geruch. Im ganzen Haus roch es nach Plakatfarbe.

Hoimar zu Trittberg freute sich ehrlich, als er die ihm so angenehme Trauzeugin seiner Frau bei sich im Büro begrüßte. »Wie wunderbar, dich hier zu sehen. Ich freue mich! Was führt dich so überraschend zu mir?« Else Bödicker blieb ruhig und vor allem sachlich. Sie schilderte die Informationen aus der Gerüchteküche und bemühte sich, die Zutat der Vorverurteilung so sparsam wie möglich einzustreuen.

Nach einem Lacher wie Donnerhall setzte sich der Intendant

an die Frontseite seines Schreibtisches, schob einen Fuß erst nah heran, dann zwischen die Schuhe von Else und begann einen Monolog: (Sollte der aus irgendeinem Schauspiel gestohlen sein, so bestreitet es der Autor mit Nichtwissen!) »Mein liebes Kind. Wir sind hier im Theater. Und was ist das Theater anderes als ein Spiegel der Welt? Alles unter diesem Dach – jedes Juchhe und jedes Ach – ist Teil unser aller Realität. Nimm die treue Taube – hat sie acht Eier im Nest, so weiß der Ornithologe zu berichten, mindestens drei sind nicht vom sie umsorgenden Täuberich. Alle Welt geht fremd! Nicht dadurch entstehen Kummer und Harm, sondern einzig und allein durch die Indiskretion. Ohne sie wäre die Welt nur halb so kriegerisch. Ja, ich vergnüge mich ab und zu mit Boglárka und hoffe, ihr ist es ein ebensolches Vergnügen. Während sie in meinen Armen liegt, reitet ihr angetrauter Dirigent wahrscheinlich meine Sekretärin, der beizuwohnen mir ebenfalls schon ein Vergnügen war. Der Mann meiner Sekretärin ist ein langweiliger, wenig vergnüglicher Beamter. Und hörst du, ich spreche nur vom Vergnügen – nicht von der Liebe! Wer ehrlich liebt, betrügt nicht. Und seit wann ist ein Vergnügen Betrug? Unsere Körper sind dafür gemacht, uns aneinander zu reiben. Daran ist nichts verwerflich. Aber der Späher, der Lauscher, der intrigante Geheimnisverräter, den Neid und Missgunst treiben, dieser Mensch befördert den Unfrieden in der Welt. Der treue Täuberich wird in keiner Zeitung lesen, wer seiner Taube im Vorbeiflug noch den Hof gemacht hat. Dieses Paar wird durch keine Verräter in seiner Harmonie gestört. Alle sind sich gut, solange kein Denunziant seine Hände im Spiel hat. Meine geliebte Grete, deine Freundin, wo ist sie jetzt? Auf einer Konferenz? Mit wie vielen konferiert sie gerade? Im Stehen, im Sitzen oder gar im Liegen? Käme in diesem Augenblick ein Zinker, ein Petzer, ein Zuträger oder irgendeine andere Judasgestalt herein, ich würde den Degen ziehen – Gott gäbe, ich hätte einen – und ihm das

Maul damit stopfen. Lasse ich mich denn von einem solchen Wichtigtuer um meinen Seelenfrieden bringen? Liebste Elseline, deine, nein, meine kleine Grete hat ihr Kleinbürgertum wie ein piksendes Nesselhemd abgestreift. Genau das solltest du auch tun. Befrei dich! Entlarv die Konvention. Wir dürfen nicht zulassen, was uns die Geschäftemacher mit ihrer erfundenen Moral, Sitte oder Religion vorschreiben. Nur um uns zu unterdrücken! Sie wollen Macht über uns. Dagegen muss man sich wehren! All deren Vorschriften, Regeln und Gebote kennt die Taube nicht. Sie gurrt zufrieden auf ihrem Nest, unter sich die Küken vieler vergnügter Momente, und stolz und zufrieden sitzt der Täuberich auf dem Ast über ihr und ist einverstanden mit dem, was er sieht. Else, mein liebes Kind, ist es nicht viel schöner, andere Menschen glücklich zu machen? Sie gar glücklich zu lassen? Behalte das kleine Geheimnis in deiner Brust, lass daraus kein Unglück wachsen. Freu dich mit mir. Lächele in dich hinein. Es geht ums Menscheln. Nur ein Despot nutzt sein Wissen, um anderen zu schaden.

Aber jetzt mal zu dir, mein Kind: Von Grete kenne ich deinen stillen Wunsch, ein Kind zu bekommen. Warum ist es ein stiller Wunsch? Auch daran ist doch nichts verwerflich. Es ist die natürlichste Sache der Welt und du selber musst dir diesen Wunsch erfüllen. Sieh dich um: Überall flattern Täuberiche. Da kannst du ... «

Hier unterbrach Else die Gedanken des großen Mannes, der sich geradezu in einen Rausch geredet hatte. »Ich will keinen Täuberich, der von Nest zu Nest hüpft. Ich möchte ein Kind von einem Mann, der seine Vaterpflichten erfüllen wird. Ist das etwa zu viel verlangt?«

Als Else Bödicker das Theater verließ, um schnell zurück ins Hotel zu laufen, schwirrten die Bewohner mehrerer Wespennester durch ihren Kopf. Dazu gesellten sich Armeen von Ameisen, die das Kribbeln verstärkten. Hatte sie nicht schon als junges Mädchen sehr viel anerzogene Selbstbehinderung über Bord geworfen? Und jetzt?

Musste sie etwa noch mehr einschränkenden Dogmen Lebewohl sagen? Wahrscheinlich! Hoimar hatte auch gesagt: »Vergiss den Satz ›Das tut man nicht‹.« Seine Sittenlehre war simpel. »Wir werden alle nackt geboren. Gäbe es einen Gott und forderte dieser von uns, eine Religion zu praktizieren, dann kämen wir schon getauft zur Welt und trügen ein Kreuz um den Hals. Das vierte, fünfte und siebte Gebot will ich gelten lassen. Das Gebot ›Du sollst ein anständiger Mensch sein‹ wäre noch zu ergänzen.«

Hoimar zu Trittberg, dieser sehr freie Freigeist, löste bei Else Bödicker Wirbelstürme unkontrollierbarer Gedanken aus.

Ausgerechnet zwei Abende später ließ man die Küchenchefin in HEITMANNS HOTEL nicht sofort in ihre Küche. An der Rezeption sei eine »vornehme Dame«, die Fräulein Bödicker zu sprechen wünsche. Die Dame war nicht nur vornehm, sondern auch attraktiv, wenngleich älter als Else.

»Guten Tag, wie schön, dass ich Sie treffen darf. Mein Name ist Marie Strohpiep, ich bin die Witwe von Major Adam Strohpiep. Ich habe mich auf die Suche nach den Menschen gemacht, die seine letzten Tage mit ihm verbracht haben. Mir, aber vor allem unseren Kindern, ist es so wichtig, *alles* zu hören, was wir seinem Gedenken hinzufügen können.« Halleluja! Nun galt es, Hoimar zu Trittbergs Lektion im Hundertmeter-Sprint zu übernehmen. *Alles?* Alles würde nur Unglück bedeuten.

Else Bödicker praktizierte die Sittenlehre des Generalintendanten umgehend. Nach dem Gespräch war sie aufgewühlt und erleichtert zugleich.

* * *

Jukelnacks neue Kleider blieben nicht unentdeckt. Immer schon ein gutaussehender, schlanker Mann, war er nun plötzlich auch teuer und geschmackssicher angezogen. Wer jedoch genauer hinsah, konnte seine alten Strümpfe entdecken, die Schwester Rosa übersehen hatte. Neue Schuhe, aber löchrige Strümpfe – ein Gag, der früher in so manchem Stummfilm das Publikum zum Lachen gebracht hatte.

Nicht direkt erbaulich verlief das gesellschaftliche Miteinander in der Siedlung. Jukelnack wurde ständig genervt. »Hast du denn wirklich nichts mitbekommen?« Diese Frage, variiert, aber im Kern immer gleich, hörte sich Karl-Friedrich wochenlang, schlimmer noch – monatelang an. Jeder, der ihm begegnete oder am Stammtisch auf ihn traf, begann so oder ähnlich ein Gespräch. Jukelnack wurde als Fachmann für dieses Thema eingestuft. Und zunehmend heimlich verdächtigt. Als direkter Nachbar und so. Und so? »Na ja, sie war doch ein Flittchen, oder?« Und: »Musst du doch gewusst haben!?«

Das Abtauchen von Betti Bär war einfach zu dubios, weil »Menschen verschwinden nicht so einfach!« Aber Jukelnack war ein Meister der passiven Kommunikation. Ging es mal wieder mit »Ist dir wirklich nichts aufgefallen?« los, dann sagte er scheinbar interessiert: »Nein, eigentlich nicht. Aber was denkst du denn?« Schon wurden die wunderbarsten Vermutungspyramiden aufgetürmt. Klatsch und Tratsch unter der Kirchturmspitze musste in jenen Zeiten noch von Hand gemacht werden. Beziehungsweise sich von Mund zu Mund entwickeln. Da benötigte man verwertbares Material.

Einen darauf ausgerichteten Frontalangriff wehrte der Konrektor jedoch souverän ab. »Haste eigentlich mal bei ihr geschlafen?«, fragte ausgerechnet der Wirt vom GOLDENEN SPATEN, um dann schelmisch zu verkünden: »Ich hab sie ein paar Mal gehabt. Das Miststück wollte immer mehr Geld. Und Französisch war die Hölle.« Der Mann lachte sich schief, nahm den Finger an die Lippen, um dann zu flüstern: »Aber behalt es für dich!« Dann, nachdem er sich keiner unliebsamen Zuhörer versichert hatte, fragte er noch mal: »Und du?«

»Ich habe nie bei ihr geschlafen«, sagte Jukelnack ruhig, denn an Schlaf war immer erst hinterher zu denken gewesen.

Die insistierende Ausfragerei, immer mit der Vermutung, der alleinlebende Nachbar »musste!« doch etwas wissen und »wusste wahrscheinlich« auch mehr, wurde mehr und mehr zu einer Last. Um diese abzuwerfen, kam ihm die Einladung einer Kollegin zu einer Weihnachtsfeier gerade recht – ein Termin, den er für gewöhnlich abgesagt hätte, um die Biere im GOLDENEN SPATEN nicht zu versäumen.

Grete Schweers, neuerdings zu Trittberg, hatte sich entwickelt. War verwandelt. Lockerer, direkter, fröhlicher und ausgelassener als je zuvor. Die Einladung sei nicht an das komplette Kollegium gegangen, weil es »nett werden« sollte, wie die junge Kollegin mit einem Augenzwinkern Herrn Jukelnack erklärte. Und natürlich waren zu der Zeit alleinstehende Männer rar.

In der großbürgerlichen Villa des Theaterintendanten wurde Jukelnack herzlich begrüßt, mit Punsch versorgt und allen Gästen vorgestellt. Er kannte keinen von ihnen.

»Und zu guter Letzt: Hier steht meine beste Freundin, Else Bödicker! Sie leitet unter anderem die Bankettabteilung in HEITMANNS HOTEL. Alles, was es heute bei uns zu essen gibt, kommt von ihr. Wenn Sie also ein Lob vorbringen wollen, bitte direkt an Fräulein Bödicker. Ach, und kümmern Sie sich doch ein wenig um meine Freundin – ich sehe gerade neue Gäste eintreten.«

Jukelnack fühlte sich unwohl. So ein Haus kannte er nicht. Ein Raum ging in den anderen über, alle Wände voller Bilder in mannigfachen Stilarten durcheinandergemixt, davor einige Stellagen mit Miniaturen von Bühnenbildern, dann ein Torso mit einer Fantasieuniform, direkt daran gehängt ein Kleiderbügel mit einem orientalischen Gewand. Verwirrend!

In der Eisenbahnersiedlung sah es anders aus. Wenigstens die Frau neben ihm machte einen ziemlich normalen Eindruck. Sie lächelte, ruckelte an ihrer Brille und gehörte, so hoffte er, wahrscheinlich nicht in diese Kreise?! Dann begann sie ein Gespräch mit ihm. Irgendwie beiläufig, ohne eine Erwartungshaltung. Sie schien nett zu sein, das erkannte er.

* * *

Vor Else Bödicker stand ein lächelnder Herr, dem Vernehmen nach ein Lehrer. »Stellvertretender Schulleiter«, hatte die Gastgeberin gesagt. Ein schlanker, gut gebauter Mann, elegant gekleidet und offensichtlich sehr zurückhaltend. Auf jeden Fall kein begabter Small-Talker. Nach der gottgewollten Ordnung wäre es ja Männersache gewesen, ein Gespräch in Gang zu bringen. Aber Frauen stehen, wenn sie müssen, ihren Mann. Für eine lebenserfahrene, fast achtunddreißigjährige Frau keine besonders hohe Hürde. »Was unterrichten Sie denn?«, wollte Else wissen, und Karl-Friedrich antwortete grienend: »Religion zum Beispiel.« »Ach, es gibt doch so viele Religionen auf der Welt, ist es nicht mehr eine Glaubenssache oder kann man das tatsächlich lernen?« Jukelnack kicherte. »Ich denke, es ist mehr so eine Art Geschichtsunterricht. Ich lasse meine Schüler gern reden. In dem Fach dürfen sie ihren Gedanken freien Lauf lassen, was bei Mathematik nicht so funktioniert.« Das war Jukelnacks erster Scherz. Sie konnte jedenfalls darüber lachen, auch wenn sie ihr Lachen etwas künstlich verstärkte.

»Ich hole uns noch zwei Gläser, einverstanden?«, fragte Else etwas später keck, nahm ihm seines aus der Hand und verschwand in der Küche, um in allerkürzester Zeit zurück zu sein. »Hier, dies war Ihr Glas. Keine Angst, ich habe es nicht verwechselt.«

»Ach, wäre auch nicht schlimm«, sagte ihr Gegenüber, vermeintlich lächelnd, und leistete damit erste Beziehungsarbeit. »Aber an meinem ist Lippenstift«, ergänzte Else, und zwar stolz. Denn genau seit heute besaß sie ein eigenes Mundfärbegerät, auf Anraten von Grete. Selbst gekauft und erst am Abend ausprobiert. »Der ist ein bisschen zu rot«, hatte die Freundin gemeint, aber dann gesagt: »Steht dir! Passt zu deiner neuen Brille.«

* * *

Als Else die vierte Runde Weihnachtspunsch holte – Rotwein, echte Vanille, Zitrone, Nelken, ein Löffel Honig und vom Hausherrn ohne Absprache noch mit einer Ladung Rum verfeinert –, grinste Jukelnack aus einem rötlich leuchtenden Gesicht. Schuld daran war die Dreifaltigkeit aus Wärme vom Kamin, Wärme vom Punsch und Wärme von der anstrengenden Gesellschaft. Dabei machte Else es ihrem Gesprächspartner so leicht wie möglich, was nicht ganz leicht war. »Ich glaube, der ist ziemlich schüchtern, oder?«, hatte sie Grete in der Küche zugeraunt. »Magst du ihn?«, fragte die nur knapp. »Ich glaube schon.« »Dann schnapp ihn dir!«, lautete darauf der Befehl.

Nach sieben Gläsern Punsch steht man nicht mehr ganz so sicher. Da ist es gut, wenn man sich bei jemandem festhalten oder einhaken kann. Vor allem, um konzentriert mitsingen zu können, weil man dazu aufgefordert wurde. Der Hausherr appellierte an seine Gäste, nicht nur froh und munter zu sein, sondern auch gemeinsam das gleichnamige Lied anzustimmen. Er selbst zunächst mit eindrucksvoller Phonstärke als Solist vor dem Wohnzimmerchor, bis ihn Boglárka Wilson an Lautstärke überbot. Ihr Mann, der Generalmusikdirektor, war offensichtlich vom Alkohol in seiner Außendarstellung eingeschränkt, dirigierte nichtsdestotrotz ekstatisch die Partygesellschaft, was so auch zu einem optischen Hochgenuss wurde. Ja, die Stimmung steigerte sich. Als das Weihnachtslieder-Repertoire erschöpft schien, stimmte zu Trittberg *Der Mai ist gekommen* an, und wer nicht durch Losprusterei oder einen Lachkrampf verhindert war, sang mit. Grölte mit, um es präzise zu beschreiben. Doch Hoimar zu Trittberg konnte nicht nur Klamauk, sondern auch Drama. So donnerte er in den Raum: »Das letzte Lied der Nacht ist das wichtigste unseres Kulturkreises! Liebe Freunde, wir singen noch *Die Gedanken sind frei*, und das sollen sie bleiben, solange wir leben! Ein Prosit auf diesen wundervollen Abend im Kreis unserer liebsten Gäste! Stimmt es, mein Gretchen?«

* * *

Für Jukelnack war alles neu. Er hatte nie in Theaterkreisen verkehrt. Diese lustige Darstellermeute war nicht nur eine verunsichernde Augenweide, sie war auch befremdlich. Wie gut, dass seine Tischdame – obwohl meistens gestanden wurde – eine bodenständige Frau war, die ihm etwas Sicherheit gab. Genau genommen fühlte er sich gar nicht mal unwohl, wenngleich ihm die Sorge, irgendwann kotzen zu müssen, ab und zu durch den Kopf zuckte. »Wie viele große Biere entsprechen der bisherigen Menge Punsch?« Eine Gleichung mit zu vielen Unbekannten. Jedenfalls in dem Moment.

* * *

Als Jukelnack kurz den Raum verließ – die Toilette war im Souterrain –, fragte Grete ihre Freundin: »Und? Magst du ihn immer noch?« Else konnte nun nicht ernst bleiben und seufzte mit verdrehten Augen: »Oh ja, ich denke schon.« »Du weißt, dass wir ihn im Kollegenkreis ziemlich komisch finden?! Zwar immer freundlich, aber irgendwie verdreht. Na ja, ich biete euch dann gleich unser Gästezimmer an, einverstanden?« Else fühlte sich ertappt. Sie war aufgeregt und unterdrückte ihre freudige Erregung, als sie ein langgezogenes »Mmhh« von sich gab, aber es war deutlich ein Nicken zu sehen. Wahrscheinlich ein Reflex aus dem Unterbewussten, wofür man schließlich nichts kann.

Else hatte den Punsch bei den letzten Runden ungleich verteilt und darauf geachtet, einen halbwegs klaren Kopf zu behalten. Natürlich war sie eine geübte Trinkerin. Die Jahre auf der Insel und dann die Nächte hinter der Theke der ABFLUG-BAR waren hilfreiche Trainingseinheiten gewesen. Und in heißen Restaurantküchen wehrte man sich gegen den glühenden Herd mit manchem Liter Exportbier.

Leicht schwankend erschien Jukelnack zurück. Im Gepäck einen für ihn ungewöhnlichen Plan, den er sofort umsetzte: »Ich glaube, Sie heißen Else, ja? Aber ich weiß: Ich heiße Karl-Friedrich!« Else lachte pflichtschuldig, erleichtert und begeistert. Aus dieser Mischung war auch ihre prompte Reaktion gestrickt. »Wie schön. Karl-Friedrich. Dann sollten wir vielleicht Brüderschaft trinken?« »Schiller behauptet, alle Menschen werden Brüder, nicht wahr? Also: *Brüder zur Sonne!*« Und dann sang Jukelnack tatsächlich, betrunken wie er war, ein paar russische Worte auf die altbekannte Melodie, hielt aber plötzlich inne und stierte in Gedanken vor sich hin. Bilder aus Krieg und Gefangenschaft rauschten vorbei. »Ist dir nicht gut?«, fragte Else besorgt und zog ihm einen Stuhl heran, auf dem er sich schnell wieder fasste. »Brüderschaft, genau!«, lallte er auf einmal grinsend. Nun griff der schwankende Mann Elses Hand, zog sie auf seinen Schoß, umarmte sie und legte seinen Kopf vorsichtig an ihre Brust. Else strich über sein Haar und flüsterte: »Karl-Friedrich. Was für ein schöner Name!«

Nicht lange saßen sie in dieser Haltung innig zusammen, als Grete zu Trittberg ihren Dienst als Kupplerin antrat. »Hört mal, ihr beiden, es ist schon spät und es hat angefangen zu schneien. Wollt ihr euch nicht in unser Gästezimmer zurückziehen? Ich glaube, die Vernunft empfiehlt nichts anderes!« Else stand auf, nahm Karl-Friedrich bei der Hand und im Entenmarsch folgten sie der Gastgeberin in einen neuen Lebensabschnitt.

Am nächsten Morgen erwachte Else Bödicker nackt, warm, mit trockenem Mund, aber allein in dem kleinen Raum, der Zeuge einer unerotischen Verbrüderung geworden war. Schon beim Einschlafen, als sie Karl-Friedrich noch umschlungen hielt, gingen ihre Gedanken zum nächsten Tag. Zum gemeinsamen Erwachen. Bei diesen Gedanken war ihr nicht wohl gewesen, weshalb sie nun geradezu erleichtert war, allein zu sein. Sie hatte sich vor einer Abweisung gefürchtet, vor gestelzten, peinlichen Worten, die dem Geschehenen eine herabwürdigende Wendung gegeben hätten. Glücklicherweise war Karl-Friedrich Jukelnack jedoch auf leisesten Sohlen davongeschlichen.

* * *

Der Assistent der Kupplerin, Hoimar zu Trittberg, war von seiner Chefin aufgefordert worden, sich am Heiligen Abend gegen Mittag ins Auto zu setzen und zum Dornbuschweg zu fahren. Dort angekommen, traf er Herrn Jukelnack nicht an, weil dieser sich beim traditionellen Weihnachtsstammtisch im GOLDENEN SPATEN aufhielt. Dies vorhergesehen, griff der Intendant in seine Jackentasche, holte ein schon gefaltetes Papier heraus und schrieb:

Lieber Freund,

sollten Sie diesen so besonderen Abend
in christlicher Gemeinschaft verbringen wollen,
so ist unsere Adresse der auserkorene Stall,
in dem wir – heilige Könige und Königinnen –
das ewige Fest der Geburt feiern wollen.
Möge der gute Stern Sie in unser Haus führen!

Herzliche Einladung,
Ihr Hoimar zu Trittberg.

PS: Machen Sie einen Menschen mit Ihrer
Anwesenheit glücklich!

Für Karl-Friedrich Jukelnack war dieser Text zu gespreizt. Der Sinn, nur verschwommen wahrnehmbar und durch ein paar zu viele Biere nebulös erscheinend, erhellte sich ihm nicht recht.

Einladung war das einzig logische Wort. Aber wann, wo und warum? Mit diesen Gedanken ging er hoch in sein Zimmer, verschränkte in der gewohnten Weise seine Arme auf der Fensterbank und schlief sofort ein. Die Sterne vor seinem Fenster konnten sich noch so viel Mühe geben, ihm einen Weg zu weisen, Jukelnack schnarchte und wurde erst durch das schrille Gebimmel der mechanischen Haustürklingel geweckt. Jemand stand vor der Tür und drehte ohne Unterlass an dem eisernen Griff, dazu hörte man lachende Frauenstimmen. Jukelnack schreckte hoch, versuchte mit den Fingern seine Haare zu richten und lief auf löchrigen Strümpfen die Treppe hinunter, um zu öffnen. »Fröhliche Weihnachten, Herr Kollege. Wir sind die Weihnachtsengel und wollen Sie zu unserer Party abholen. Die Taxe wartet, steigen Sie ein!« Grete zu Trittberg, in einem weißen Engelskostüm aus dem Theaterfundus, mit einem Haarkranz aus kleinen, goldenen Sternchen, stand frierend und kichernd vor ihm. Neben ihr, sich etwas genierend und nicht ganz so engelhaft, ihre Freundin Else. Beide offensichtlich in Feierlaune. Jukelnack schaltete ein verlegenes Grinsen ein, nickte und sagte nur: »Komme. Komme gleich!« Ohne Mantel, den er gehabt hätte, und ohne Hut, den er gar nicht besaß, kam er auf die vor dem Haus wartende Taxe zugelaufen. Unterm Arm das einzige Weihnachtsgeschenk, dessen er in der Eile habhaft werden konnte: ein Glas eingemachte saure Gurken, noch von Mutter Othilie. Also fast antiquarisch.

Hinein in die Intendantenvilla schritten Else und Karl-Friedrich Händchen haltend. Sie hatte sich ein Herz genommen und während der Fahrt, neben ihm im Fond sitzend, seine Hand ergriffen und nicht mehr losgelassen. Dann war alles wie vor zwei Tagen: Der Punsch schien verlängert, auf jeden Fall gleich wirksam zu sein. Zu essen gab es reichlich. So kam es, wie es kommt, wenn man den Gang der Geschichte nicht künstlich aufhält. Jukelnacks Vater hätte es vermutlich den unerschütterlichen Willen des

Volkes genannt. Das Gästezimmer erkannte in später, heiliger Nacht seine Gäste sowie ihre bald entkleideten Körper wieder. Eine kuschelige Herberge. Wie in Bethlehem, nur ohne Getier.

* * *

Das Aufwachen in zu Trittbergs Gästezimmer lief an diesem ersten Weihnachtstag mit umgekehrten Rollen. Else hatte Dienst, weshalb sie fast ohne Schlaf am dunklen, frühen Morgen aus dem Zimmer und durchs stille Haus schlich. Im Badezimmer gab es eine Dusche – ein Komfort, den sich Else in den eigenen vier Wänden wünschte. Beim Frottieren schaute sie in den Spiegel und sah eine sehr zufriedene, ausgeglichene Frau, der sie kurz darauf einen schönen, roten Mund malte. »Den schnapp ich mir!«, dachte sie lächelnd. Und: »Mehr Weihnachtsgeschenk geht nicht.« Hinter ihr lag keine heilige und keine stille, aber eine sehr schöne Nacht.

Die Frühschicht im Hotel war in den ersten Stunden so ruhig, wie man es sich für müde Knochen nur wünschen konnte. Das Frühstück wurde bis elf Uhr dreißig serviert, kurze Zeit darauf kamen schon die ersten Restaurantgäste. Es liefen ein paar Hühnersuppen, Gänsekeulen mit Rotkohl und Salzkartoffeln und zwei Mal Kartoffelsalat mit Bockwurst. Das genussvolle Weihnachtsmenü zweier Kinder, die damals noch keine Pommes mit Ketchup bestellten. Der Geschäftsgang blieb ruhig, sodass Else sich um kurz nach dreizehn Uhr die Schürze abband und einem Commis de Cuisine sowie zwei Lehrlingen nach ein paar knappen Ermahnungen die Küche überließ. Der zweite Weihnachtsfeiertag würde erfahrungsgemäß sehr viel anstrengender werden. Dafür galt es ausreichend Mise en Place zu organisieren. Vorbereitungen, wie es die Hausfrau nennen würde. Kaum war sie an der frischen Luft, lief sie flockig leicht und gar nicht mehr müde durch den zarten Schnee in Richtung Intendantenvilla. Hier traf sie eine illustre Schar fröhlicher, Sekt trinkender Menschen an – versammelt um den Frühstückstisch. »Hoimar ist heute Nachmittag der böse Wolf im Weihnachtsmärchen. Zweitbesetzung, aber an diesem Tag lässt er es sich nicht nehmen, die Kinder zu erschrecken ... « »Zu unterhalten, mein Kind!«, fiel Herr zu Trittberg seiner Frau ins Wort. »Ist doch egal. Jedenfalls braucht mein lieber Mann immer ein paar Gläser, bevor er auf die Bühne geht. Nicht wahr, Liebling?!« Hoimar lachte und donnerte: »Aber *ich* habe nie Lampenfieber!«

Else war während dieser Szene, sich an der hohen Lehne eines Stuhls festhaltend, stehen geblieben. Nicht ganz zufällig war es der Stuhl von Karl-Friedrich Jukelnack, der eine Art Weihnachtsgrinsen aufgesetzt hatte, trotzdem aber sichtbar nervös schien. Er schaukelte leicht vor und zurück, während seine Hände unter den Oberschenkeln geparkt blieben.

»Karl-Friedrich, alter Gesell – hoch auf die Beine, und zwar schnell. Begrüße deine liebe Braut, damit sie nicht so traurig schaut!«

Alle lachten über Hoimars Spontangedicht, Jukelnack natürlich gequält. Aber er stand auf und umarmte Else hölzern, um zu einem kleinen Wangenkuss anzusetzen. »Hey Mann, küss sie ordentlich, sonst erledige ich es«, fuhr der Regie führende Intendant dazwischen. Alle Anwesenden, es waren vielleicht acht oder neun, fingen an zu klatschen und riefen im Chor: »Küss sie, küss sie, küss ...« Else rettete ihn, zog seinen Kopf herunter und küsste ihn lang und innig. Kein Film- oder Theaterkuss! So richtig mit Zunge und dem Geschmack von eingelegtem Hering, Sekt und speckigem Rührei.

Bevor der böse Wolf auf die Bühne musste, gab es schnell

noch eine Tasse Kaffee und ein paar Spekulatius. Dann löste sich die Gesellschaft auf. Else bemerkte, wie Jukelnack sich vor dem Haus frierend etwas schüttelte, und fragte: »Wo ist denn dein Mantel?«

»Zuhause!«

»Und wie kommst du dahin?«

»Schnell laufen, es sind ja höchstens vier Kilometer.«

»Oh Gott, nein, fahr mit dem Bus. Komm mit zu mir, ich wohne nicht weit. Ich habe einen Fahrplan.«

»Bus? Nee, nee, zu teuer!«, stotterte Jukelnack. Else vermutete, es sei ein Scherz. »Dann komm mit, ich leihe dir einen alten Mantel von meinem, äh, von Heinrich Poggenpohl.«

»Und der muss dann frieren?« Else lachte. »Der friert schon seit vier Jahren, aber er schlottert nicht mehr so wie du.«

Else Bödicker zeigte Karl-Friedrich Jukelnack ihr Zimmer, ohne zu erwähnen, dass es auch ihr Haus war. Und sie zeigte ihm auch ihr Bett, aus dem sie um 17 Uhr flüchtete, weil sie zurück ins Hotel musste.

* * *

Jukelnack in Poggenpohls Mantel. Viel gruseliger sah Hoimar zu Trittberg als böser Wolf geschminkt und verkleidet auch nicht aus. Aber die kalten, dunklen Straßen der Stadt waren schließlich keine Bühne und so erschreckten sich etliche Passanten in der Dämmerung vor diesem Gespenst. In den ersten Jahren nach dem Krieg hatte man öfter solche Männer gesehen. Ausgemergelte Körper, eingefallene Wangen, tiefliegende Augen und erlittenes, gesehenes oder gar begangenes Leid, gespiegelt in den Gesichtern. Eingewickelt in Wehrmachtsmäntel, die ihnen viel zu groß waren. »Der Arme, kommt wohl grad aus der Gefangenschaft!«, sagte man dann und war froh, es selbst schon besser zu haben. Aber an Weihnachten 1954 sah man bereits die ersten Wohlstandsbäuche wachsen und jeder trug eine halbwegs passable Garderobe. Dieser Mann im Mantelzelt war von einer Frau gekapert worden, vor der er sich nicht einmal fürchtete. Natürlich hatte er die warnenden Worte der Mutter im Kopf: »Die wollen nur dein Geld!« Aber Else Bödicker war Küchenchefin und verdiente mehr als der Konrektor. Mit solchen und noch konfuseren Gedanken stapfte Jukelnack durch den Neuschnee zum Dornbuschweg. Was sollte er jetzt machen? Wie sich verhalten? Vor allem – was sagen? Er hatte nie eine Freundin gehabt, mit der man so etwas hätte üben können. Er war einfach nur ein ganz normaler Einzelgänger. Mit schwersten sozialen und emotionalen Störungen. Und ohne jede Bindungsenergie.

Seine junge Kollegin, die Gastgeberin, Frau zu Trittberg und bald schon nur noch Grete, hatte ihn gegen elf Uhr geweckt. Wann hatte er je so lange geschlafen? Immerhin musste er zwei mächtige Alkoholattacken verdauen. Erst die im GOLDENEN SPATEN mit Bier und dann der kuriose Heilige Abend in der Villa mit Punsch. Danach wollte sein Körper nur noch schlafen. Und nach dem Aufwachen etwas essen. Die Frühstückstafel bei den zu Trittbergs bot eine Auswahl an Lebensmitteln, wie er sie nicht kannte. Gut gegen den Hunger, dennoch befremdlich. Um weiteren Gesprächen aus dem Weg zu gehen, hatte er versprochen, am Silvesterabend wiederzukommen.

Und in der Zwischenzeit? Die Erwartungen der Frau, mit der er nun schon drei Mal geschlafen hatte, waren ihm völlig fremd. Schließlich kannte er nicht einmal seine eigenen.

Am 28. Dezember fand Jukelnack eine Postkarte in seinem Briefkasten. Der Briefträger hatte die Sendung, nachdem er sie eingeworfen hatte, extra noch persönlich annonciert. Schließlich kannte er den Inhalt und war in heller Aufregung. Übrigens danach die halbe Siedlung.

Lieber Karl-Friedrich,

was waren das für schöne Stunden!
Grete hat mir gesagt, dass Du für Sylvester zugesagt hast.
Ich freue mich riesig, werde aber erst etwas später
von der Arbeit kommen.

Alles Liebe
Deine Else!

Am Tag vor Silvester war Gott sei Dank Stammtisch im GOLDE-NEN SPATEN. Im Grunde gab es nur ein Thema, welches in allen Köpfen herumspukte. Leider war es nur einem gestattet, es auf die Tagesordnung zu setzen, aber der grinste nur wie immer nichtssagend in die Runde. Alle Augen waren auf ihn gerichtet. Kein vernünftiges Gespräch kam in Gang. Endlich wagte es einer, ohne schon sofort das Postgeheimnis zu verletzen: »Und, Karl-Friedrich, wie geht's so?« »Danke, danke, und dir?« Diese Antwort war nun alles andere als nachfragegerecht, weshalb ein anderer nachbohrte: »Und sonst so?« »Ferien. Da passiert nicht viel.« Entweder war Jukelnack zu blöd, zu naiv, zu hinterfotzig oder zu geschickt – nur eine dieser Möglichkeiten kam in Betracht. Für die Herren am Stammtisch. Jukelnack selbst nahm für sich, ohne es zu wissen, eine weitere Möglichkeit in Anspruch: Er wusste gar nicht, was man von ihm wollte. Denn in seinem Inneren bewegte ihn nichts, worüber er hätte sprechen wollen.
Und die Sache mit Else Bödicker beschäftigte ihn kaum. Si-

cher, auf dem Heimweg hatte er an sie gedacht. Und später, beim Sinnieren an seiner Fensterbank, war sie ihm auch nochmal in den Sinn gekommen. Jedenfalls ihr Körper. Die etwas zu kräftigen Oberschenkel, die ihn nicht störten. Das dicke, blonde Haar, welches sich anders anfühlte, als das Haar seiner Mutter. Die Brüste, voller und weicher als die von Betti, aber im Grunde genauso wirksam: Sie erregten ihn. Der Beischlaf? Sehr entspannend und vor allem – viel billiger als mit Betti.

Nein, an Else war aus seiner Sicht nichts verkehrt. Es zog ihn zwar im Moment nichts zu ihr hin, wichtiger war jedoch: Sie störte ihn nicht. Und ja, einem Wiedersehen stand von seiner Seite nichts im Weg. Kurz gesagt: Das Thema hatte für ihn keine Hitze. Was wiederum völlig normal war, denn nichts und niemand bedeutete ihm etwas. Er ließ einfach alles geschehen. Sein ganzes Leben lang.

Aber der Stammtisch explodierte fast vor Neugier. Darum griff einer tief in die Trickkiste: »Sach ma, Jukelnacki, irgendjemand hat behauptet, dich inne Stadt mit eine Frau gesehen zu haben oder so. Is da wat dranne?« »Nein!«, antwortete der Konrektor nur, um gleich darauf nachzuschieben: »Wer war es denn? Also, der der, der mich gesehen hat?«

Mit seinem intuitiven Kommunikationstalent hätte Jukelnack prima einen Politiker abgegeben. Aber nicht jedes Talent wird entdeckt. Manche schlummern unerkannt und gehen der Menschheit verloren.

* * *

Die Küchenchefin schaffte es erst kurz nach dreiundzwanzig

Uhr aus dem Hotel. Vorher war die Hölle los. Selbst dieser frühe Abgang bereitete ihr ein schlechtes Gewissen. Herr Heitmann schaute nachgerade empört, als sich Else verabschiedete. Ein Blick, der ihr nicht verborgen blieb. »Ich fühle mich nicht gut – hab mir, glaub ich, den Magen verdorben«, entschuldigte sie sich mit leidendem Gesichtsausdruck. Ein Gesicht, aus dem ein signalroter Mund leuchtete. Seit heute klimperten bei ihr sogar gefärbte Wimpern. Dazu ihr schönstes Kleid und neue Schuhe. Nein, Herr Heitmann war nicht amüsiert und schluckte seinen Ärger nur mühsam hinunter. »Na denn man guten Rutsch und bis morgen«, rief er ihr kopfschüttelnd nach und murmelte was von »hoffentlich pünktlich« in sich hinein. Zu Elses Zukunftsplänen hätte durchaus eine spontane Kündigung gepasst – aber eben noch nicht heute!

Fast alle Silvestergäste bei den zu Trittbergs waren zunächst im Theater gewesen. Einige dienstlich, andere, Honoratioren der Stadt, konnten sich die teuren Karten für *Die lustigen Weiber von Windsor* leisten und lobten die Aufführung überschwänglich. Hoimar zu Trittberg hatte sich am Weihnachtsmorgen mit Jukelnack einen Scherz erlaubt und gesagt: »Mein lieber Freund, Silvester geben wir *Die lustigen Weiber von Woolworth*, ich lade Sie herzlich ein. Zwar dritter Ring, aber die Musik klingt oben besser als im Parkett. Vertreiben Sie sich doch bei uns die Zeit, bis Ihre Küchenfee Sie beglücken kann!«

Aber dem Konrektor waren solche Angebote fremd, er konnte mit der Sprache des Intendanten nicht viel anfangen und hatte nur wie üblich scheinbar freundlich gelächelt. »Wollen Sie?« hakte zu Trittberg nach. Aber Jukelnack schüttelte den Kopf und sagte: »Lieber nicht.«

Dennoch löste dieser Vorschlag etwas in ihm aus. Eine Aktion, die Wellen schlagen würde. Weil er nicht alleine in die Intendantenvilla gehen mochte, ging er schon gegen zweiundzwanzig Uhr vor HEITMANNS HOTEL in Wartestellung. Da praktisch veranlagt, wollte er gleich zwei Fliegen mit einer Klappe schlagen: Er hatte noch Poggenpohls Mantel, den er Else zurückzubringen gedachte, weshalb er diesen über den eigenen anzog und sich damit vor den Hoteleingang stellte. Dieser Aufzug war aber nicht nur gewöhnungsbedürftig, sondern etlichen Passanten geradezu suspekt. Ein Mann ohne Hut? Im Winter? Ungewöhnlich! Plante da jemand einen Überfall? Was lungerte diese Gestalt ausgerechnet vor jenem Etablissement herum, in dem ein weiterer Teil der Oberschicht ins neue Jahr hineintanzte? Wer immer die Polizei gerufen hatte, ließ sich nicht mehr feststellen. Auf jeden Fall wurde Jukelnack eine Dreiviertelstunde, nachdem er seine Warterei begonnen hatte, von zwei Polizisten überprüft. Wer sich nicht ausweisen konnte, wurde mit zur Wache genommen. Daraus wurde ein Jahreswechsel in Polizeigewahrsam. Tatsächlich fiel dem verstörten Lehrersmann erst nach Mitternacht ein, die zu Trittbergs um Hilfe zu bitten. Aber bis ein Uhr ging dort niemand ans Telefon. Die Polizisten wollten – wenn der Silvestertrubel vorbei sei – ihren »Gast« nach Hause fahren, um sich dort den versprochenen Ausweis zeigen zu lassen. Jukelnack hatte sich mit seinem Benehmen, aber auch der ungeschickten Art zu erklären, was er vor dem Hotel zu suchen gehabt habe, nachhaltig verdächtig gemacht. Warum auch immer gab er nicht preis, auf wen er dort wartete. Und warum.

Es war ihm peinlich. Nur: »Ich treffe hier wahrscheinlich jemanden.«

»Wer ist diese Person?«, fragten die Ordnungshüter nicht zu Unrecht.

Aber da stockte Jukelnack, behielt die korrekte Antwort für sich – nicht völlig unlogisch, denn er erinnerte nur ihren Vornamen – und legte eine neue Fährte: die komische Erklärung, er habe diesen Mantel zurückbringen wollen. Klang jedenfalls nicht einleuchtend. Auf die Frage, wem er den Mantel denn zurückgeben wollte, stotterte er, der Name wäre ihm entfallen, der Mann sei eigentlich schon tot, aber ihm sei das Stück von einer Bekannten des Toten ausgeliehen worden. So viel Konfusion! Und das alles mit null Promille.

Um kurz nach ein Uhr versuchte der Polizeibeamte ein letztes Mal, beim Intendanten des Residenztheaters anzurufen. Nicht etwa, um die festgesetzte Person identifizieren zu lassen, sondern aus reiner Neugierde, wer sich wohl und wie in so einem Künstlerhaushalt melden würde. So begann das Happy End.

Grete zu Trittberg, einigermaßen nüchtern, aber aufgekratzt, hörte sich die Geschichte an und lachte: »Karl-Friedrich Jukelnack? Das ist mein Kollege, äh, sogar mein Vorgesetzter. Sollen wir ihn abholen? Kann ich ihn mal sprechen?« Der Beamte reichte den Hörer rüber, Jukelnack nuschelte was von Verwechslung, Mantel zurückgeben und keinen Ausweis dabei. Grete kicherte und befahl: »Geben Sie mir mal den Vertreter der Staatsmacht zurück, ich klär das!« Und dann eröffnete sie dem Beamten die Neuigkeit des Jahres, so neu, dass nicht einmal Jukelnack sie schon kannte. »Es kommt gleich seine Verlobte und holt ihn ab. Ist das in Ordnung?!« Dem Polizisten genügte es jedenfalls. Er gab die Information mürrisch an den Mann im Gewahrsam weiter und damit hatte sich der Fall für die Hüter der Ordnung erledigt.

Jukelnack behielt die Verblüffung für sich, neuerdings eine Verlobte zu haben.

Verbrüderung Nummer vier. Dieses Mal wieder in Elses Zimmer. Die von Grete zu Trittberg geistesgegenwärtig mitgegebene Flasche Sekt wurde nur halb geleert. Nach der großen Enttäuschung über Jukelnacks Fernbleiben war Else nun geradezu euphorisch.

Sie genoss ihr Glück und Karl-Friedrich machte mit. Schließlich war es ja umsonst.

»Du kannst noch liegen bleiben. Schlaf dich aus. Ich muss leider ins Hotel. Aber heute Nachmittag, da hätte ich Zeit. Was hältst du von einem Spaziergang im Burggarten?« Jukelnack versprach, um fünfzehn Uhr am Haupttor und dieses Mal nicht verkleidet zu sein, also unauffällig zu erscheinen. Danach döste er noch ein wenig in ihrem Bett, um sich dann aus dem Haus zu schleichen. Er fürchtete eine Begegnung mit dem vermeintlichen Hausbesitzer ohne zu ahnen, dass er die schon hinter sich hatte.

Der Spaziergang am Nachmittag dauerte eine Stunde und brachte das einzige Thema zu Tage, das diesem Paar auf lange Zeit eine Gesprächsgrundlage bieten würde: Garten. Genauer gesagt: Gartenarbeit. Und alles, was damit zusammenhing. Graben, eggen, säen, jäten, ausgeizen, düngen und ernten und so weiter. Einfach Gemüsegarten. Bei diesem Thema konnte man bei Jukelnack sogar etwas Ähnliches wie Begeisterung beobachten. Elses Erfahrungen aus der Kindheit auf dem Bauernhof und von der gemeinsamen Gartenarbeit mit Poggenpohl reichten aus, um für Karl-Friedrich eine würdige, akzeptierte und kompetente Gesprächspartnerin zu sein. Natürlich, und so was mögen Männer, nicht ganz auf dem Niveau des den Schulgarten verwaltenden Konrektors. In dieser guten Atmosphäre konnte Jukelnack nichts gegen Elses Vorschlag einwenden, zu Hause bei ihr noch schnell einen Kaffee zu trinken. Eine Umschreibung für die nächste, heiße Verbrüderung.

Danach wollte der heiße Herd von seiner Küchenchefin eingeheizt werden.

Vielleicht war es die Eile, die sie vergessen ließ, eine neue Verabredung zu treffen. Ein Fehler im Umgang mit diesem Mann!

* * *

Am Neujahrsabend krähte kein Zapfhahn im GOLDENEN SPATEN. Ruhetag! Bedauerlich für einen Mann, der ansonsten nichts mit sich anzufangen wusste. So schaltete er nur das Radio in der Küche ein und aß eine Scheibe Schwarzbrot mit Griebenschmalz, garniert mit frischer Petersilie und Schnittlauch. Ursprünglich aus dem Garten, jetzt umgetopft und auf der Fensterbank in der Küche stehend. Plötzlich entsetzte ihn eine Beobachtung, als er auf sein Schneidebrett schaute: Er hatte tatsächlich Messer und Gabel in den Händen, aß genauso, wie er es bei der Frühstückstafel im Hause zu Trittberg beobachtet hatte. In den letzten mehr als fünfzig Jahren hatte es niemals so ein Abendbrot gegeben. Gegessen wurde mit Händen. Wie kam es auf einmal zu dieser Abweichung? Und die sonderbaren Erscheinungen gingen weiter. Im Programm des Nordwestdeutschen Rundfunks wurde im Anschluss an die Nachrichten eine Operette angekündigt: Ausgerechnet *Die lustigen Weiber von Windsor*. Jukelnack hätte schwören können, den Titel schon einmal gehört zu haben – aber in Zusammenhang mit einem Kaufhaus.

Am 3. Januar – dem ersten Montag im neuen Jahr, begann Jukelnack, der Tradition seines Elternhauses gemäß, einen umfangreichen Hausputz. Dazu musste er, wie von der Mutter befohlen, jedes unnütze Ding in die Hand nehmen, es auf etwaige spätere Verwendbarkeit überprüfen, um es danach gegebenenfalls wegzuwerfen. »Ausmisten« hieß das Stichwort der Mutter. Sie wollte gefälligst Ordnung im Haus und nicht »wie die Hottentotten vegetieren«.

Wenn man sich über Rituale oder Traditionen keine Gedan-

142

ken macht, dann ist es ein Leichtes, alles beim Alten zu belassen. Nichts infrage zu stellen garantiert Seelenfrieden. Und beim Thema Seelenfrieden war Jukelnack Spezialist, wenngleich getrieben von Gleichgültigkeit.

Die kombinierte Hausputz- und Ausmistaktion musste über zwei Tage gehen, so war es von Othilie Jukelnack vorgegeben. Wenn man bedächtig und uneifrig zur Sache ging, konnte man die Aufgaben strecken und war am 4. Januar nachmittags fertig. Vor dem Haus ein winziger Berg mit Sperrmüll, der von professionellen Raritätensuchern auseinandergerissen und teilweise mitgenommen wurde. Zum Ärger der Siedlungsbewohner, die ähnlichen Ehrgeiz an den Tag gelegt hatten. Andere – »Faule«, wie Othilie behauptet hätte – schmissen lediglich ihren abgeschmückten Tannenbaum auf die Straße, um vorzugeben, ebenfalls Ordnung geschaffen zu haben.

Nach dieser schweren Arbeit waren ein paar Feierabendbiere das Ziel des Tages, um sich auf etwas freuen zu können. Erst am Montag, dem 10. Januar, ging die Schule wieder los. Daher lagen nun etliche Abendeinsätze im GOLDENEN SPATEN vor Jukelnack, Einsätze, nach denen man am nächsten Morgen entspannt ausschlafen konnte. Für Trinker eine schöne Perspektive.

Nur der fest eingeplante Kneipenbesuch am Samstagabend musste ausfallen. Dafür gab es gute Gründe. Allein schon den, dem zu erwartenden Tratsch aus dem Weg zu gehen.

* * *

Seit dem Neujahrstag war der Kontakt zwischen Else Bödicker und ihrer *Eroberung* abgebrochen. Klingt nicht wie erobert, oder? Sie zermarterte ihr Hirn, warum »er« sich nicht meldete und wie sie es anstellen könnte, unauffällig und ohne Druck aufzubauen, ein Wiedersehen einzutüten. Ihre Freundin Grete wurde bei diesem Thema Stichwortgeberin: »Hat er irgendetwas bei dir vergessen oder hast du mitbekommen, was er vielleicht aus der Stadt braucht? Immerhin wohnt er ja ein Stück entfernt vom Zentrum.« Genau, das war's! Wenn Jukelnack irgendetwas dringend gebrauchen konnte, dann waren es neue Strümpfe. Else kaufte zwei Paare und wartete. Am Samstag, nach über sieben Tagen Funkstille, machte sie sich auf den Weg. Mit dem Bus. Aber sie stieg eine Station vorm Dornbuschweg aus und lief den Rest. Sie wollte mit Sparsamkeit punkten. So wurde sie eine hochinteressante Erscheinung in der Siedlung: »Was geht denn da für eine fremde Frau am Samstag durch die Straße? Mittag ist vorbei, und für Kaffee ist's noch zu früh. Wo will die denn hin? Schaut sich ständig um, sucht wohl nach Hausnummern? Unglaublich! Und jetzt, unfassbar, sie hält vor Jukelnacks Haus. Scheint zu überlegen, schaut sich wieder um und läuft dann zur Tür. Was will die da? Ist es etwa die Postkartenschreiberin?«

Gesprächsstoff für die Straßengemeinschaft und eine echte Überraschung für Jukelnack. Der war völlig überrumpelt, ließ Else zunächst vor der Tür stehen und wusste nichts zu sagen, als sie ihm die Strümpfe überreichte. »So, ja, nee, also, na ja, mmh ...« Dann kriegte Else für ihn die Kurve. »Ich wollte mir ja mal deinen Garten ansehen, oder soll ich zuerst reinkommen?« »Ach so, jaja, klar«, stotterte Jukelnack und zog dann aus tiefstem, verborgenem Inneren einen Joker. Einen, den er höchstens mal im Kino gesehen haben konnte. »Soll ich einen Kaffee kochen?«, fiel ihm auf einmal ein und er schlurfte vor in die Küche. Seine Hausschuhe waren Vorkriegsware, seine Haushose ebenfalls, allerdings von vor dem Ersten Weltkrieg. Else schaute sich unauffällig um. Hier war es absolut sauber, ordentlich und völlig stillos. Stillos im Sinne von: Man konnte nicht erkennen, welcher Epoche die Einrichtung zuzuordnen war. Jedenfalls schien alles geschmacksbefreit zu sein, was Else aus ihrem Elternhaus nicht anders kannte. Sie nahm nochmal die Strümpfe zur Hand, die Jukelnack achtlos auf den Tisch gelegt hatte. »Ich dachte, du könntest vielleicht neue Strümpfe gebrauchen!?«, sagte sie, indem sie mit der Hand in die feinen Strickwaren griff. »Bestimmt, sowieso, warum?«, entgegnete darauf der Kaffeekocher und vergaß ein weiteres Mal, sich zu bedanken. »Danke«, »Bitte« und »Entschuldigung« – drei Vokabeln, die Jukelnack dem Sinn nach nicht verinnerlicht hatte. Was natürlich seiner Erziehung geschuldet war.

Die Melitta-Filtertüte benutzte Jukelnack – wie von der Mutter gewollt – mehrmals, was das Durchlauftempo erheblich verlangsamte.

Endlich standen zwei Tassen auf dem Tisch. Die von Else unbenutzt und sauber. Jukelnack nahm seine Alltagstasse, eine ohne Henkel, die offensichtlich bei den Ausmistaktionen der letzten Jahre nicht berücksichtigt worden war. Else spürte nun deutlich, wie sich zwei befürchtete Probleme in Luft auflösten. Erstens: Hier gab es keine andere Frau – Jukelnack war garantiert Junggeselle. Zweitens: Wenn es mit ihnen etwas werden sollte, dann musste sie die Regie übernehmen. So wie bisher und ab jetzt ganz offiziell.

»Komm, zeig mir deinen Garten!« Ein kurzes Aufleuchten hinter seinem Standardgrinsen wurde sichtbar. »Ja, komm. Du kannst Mutters Gummistiefel anziehen. Es ist ein bisschen matschig draußen.« Jukelnack brachte es fertig, den Garten in absoluter Winterstarre so begeistert zu beschreiben, dass Bohnen, Gurken, Zwiebeln und Co. vor Elses Augen zu wachsen begannen. Außerdem gab es ein großes Kräuterbeet – für eine Köchin ein Paradies. Sie fachsimpelten über Salbei, Estragon, Minze, Rosmarin etc. und es entwickelte sich sogar etwas wie eine zarte Vertrautheit. Im Gespräch! Gartentechnisch!

Dann zog Jukelnack einen weiteren Joker aus dem Ärmel – für Else ein heller Streifen am Horizont: »Wenn du mich mal wieder besuchen kommst, dann heize ich das Wohnzimmer. Da können wir dann Kaffee trinken!«

Else wusste nun genug. »Bitte bring mich noch ein Stück zurück, du hast doch Zeit, oder? Es ist so schöne Luft draußen, da würde ich gern noch etwas laufen. Aber nicht alleine, weil es schon dämmert.« Jukelnack dämmerte nichts. Er kleidete sich um und zog, wie aufgefordert, seine neuen Socken an. Schon ging es los. Noch auf dem Jukelnackschen Grundstück fasste Else Bödicker die Hand ihrer Eroberung und ließ sie bis vor ihre Haustür nicht mehr los. Und da auch nur, weil sie aufschließen musste. Nummer sechs, kurz vor sechs Uhr. An ihrem freien Abend. Danach? Else war vorbereitet. Sie briet zwei Rumpsteaks – das erste im Leben von Karl-Friedrich, entkorkte eine Flasche Rotwein, öffnete die Knöpfe ihrer Bluse, zog sich die Lippen nach und nahm sich später, was sie haben wollte. Das siebte Mal! Und das achte Mal am Sonntagvormittag, gleich nach dem Wachwerden.

Danach erlebte Jukelnack wieder etwas völlig Neues: Else lud ihren »Verlobten« in HEITMANNS HOTEL ein. Normalerweise war es dem Personal verboten, die Gasträume privat zu betreten. Aber Abteilungsleiter waren von dieser Regel ausgenommen.

Herr Heitmann und die anwesenden Mitarbeiter munkelten in höchster Neugierfrequenz über diese ungewohnte Konstellation. »Mannomann, der sieht nicht schlecht aus. Hätte ich ihr gar nicht zugetraut!« So und so ähnlich liefen die Kommentare im Kreis. Und durchs Haus. Else ahnte es und war stolz darauf.

Nach einem langen Spaziergang über Mittag und einem gemeinsamen Mittagsschlaf – Nummer neun – machte sich Jukelnack auf den Weg zurück zum Dornbuschweg. Else hatte Spätdienst und musste ab siebzehn Uhr arbeiten.

Menschen machen Fehler, dumme Menschen machen die gleichen Fehler immer wieder. Else war natürlich längst nicht mehr »die doofe Else«. Daher sagte sie: »Mittwoch läuft in der LICHTBURG ein Rühmann-Film. Ich besorge uns Karten. Kannst du so gegen achtzehn Uhr dreißig bei mir sein?« Jukelnack konnte.

Da waren's nunmehr zehn.

* * *

Wie das Verschwinden von Betti Bärwald hatte die Bekanntschaft mit Else Bödicker für Jukelnack eine unerfreuliche Nebenwirkung. Die Abende im GOLDENEN SPATEN wurden zum Spießrutenlauf. Die überquellende Neugier seiner Stammtischgenossen, die, wiederum angefeuert durch ihre besseren Hälften, »alles!« wissen wollten, war eine Qual für ihn. Zu seinen wenigen guten Eigenschaften gehörte, kein Angeber zu sein. Übertreibungen kamen bei ihm nicht vor. Er war allerdings auch nie ein Frauenheld gewesen und kannte deshalb die von jenen zum Besten gegebenen Themen nicht. Man wollte ihn aushorchen. Er sollte »was« erzählen und mit »was« war etwas gemeint, das durch eine mit der flachen rechten Hand auf die linke Faust geschlagene Geste pantomimisch erklärt wurde. Erotische Abenteuer, wie sie in der Wiedergabe nun von ihm erwartet wurden, erlebte er aber gar nicht. Abreagierte Triebe verlangten nicht nach Erotik oder gar Romantik. Ganz normale Geilheit reichte. Und darüber gab es nichts zu berichten.

Waren es inzwischen fünfzehn oder sechsundzwanzig gemeinsame Akte? Jukelnack zählte nicht mit – Else Bödicker hätte es jederzeit wie aus der Pistole geschossen sagen können. Sie hätte auch jederzeit ihre Gefühle für diesen Mann beschreiben können. Ihre Zuneigung, ihr Verlangen und ihre Träume für eine gemeinsame Zukunft. Jukelnack hätte zu diesen Themen nichts beitragen können.

Dann kam der historische Montag. Es war der 14. Februar 1955. Valentinstag – auch wenn sich damals niemand darum scherte. Else ahnte, nein wusste es schon seit ein paar Tagen und war sich inzwischen sicher. Sie wollte dieses Mal keinen Kaffee, sondern lieber einen Kräutertee. Othilie Jukelnack hatte Brennnesseln selbst getrocknet, zerrieben und in ein Weckglas getan, wovon nach ihrem Tod niemand mehr Gebrauch gemacht hatte. Die Nesseln waren vermutlich mehr als zehn Jahre alt, aber der Tee schmeckte und passte zum anstehenden Thema. Jukelnack hatte sich nämlich in die Nesseln gesetzt, es aber nicht einmal vermutet, geschweige denn darüber nachgedacht.

»Karl-Friedrich, ich bin schwanger. Wir wollen doch beide kein uneheliches Kind, oder? Also sollten wir heiraten. Was denkst du? Ich fände den Mai sehr schön!« Jukelnack war selten in seinem Leben so überfordert wie in diesem Moment. Einzig sein stumpfes Grinsen half die Lage für Else optisch erträglich zu gestalten. Die angehende Mutter seines Kindes war inzwischen erprobt im Umgang mit diesem Sonderling, deshalb schritt sie munter voran und fällte Entscheidungen, zu denen er nicht in der Lage war, weil er nur sagen konnte: »Mai, ja, da blüht es im Garten. Der Flieder kommt. Manchmal hatte ich sogar schon ein paar Erdbeeren. Kleine, aber durchaus süß. Wenn man mit Pferdemist düngt, wachsen sie schneller, nicht wahr?« »Gut, mein Lieber, dann machen wir es so. Ach, ich freue mich. Und du wirst dich auch freuen. Verspreche ich dir! Ich werde mich um alles kümmern. Den Papierkram und so. Wo wollen wir wohnen, hier oder in meinem Haus?« In Jukelnacks Gesicht zeichnete sich ein furchtbarer Schreck deutlich ab. Dieser Moment war wie eine bevorstehende Verurteilung bei Gericht, die Sekunden, in denen der Angeklagte noch nicht weiß, ob man ihn zum Tode oder Gott sei Dank nur zu Lebenslänglich verurteilt. Else schaltete schnell. Sie begriff die Lage des vor ihr sitzenden Mannes im Nu, weshalb sie sofort nachschob: »Also gut. Dann hier. Schön, ja, hier fühlst du dich wohl, ich weiß. Dann ziehe ich auch hier ein. Unser Kind wird unter diesem Dach groß und stark werden. Wir wollen es doch beide! Das wird schon, da bin ich mir sicher.« Und in Gedanken begann sie erste Veränderungen im Haus aufzulisten, es umzugestalten, mit Möbeln vollzustellen.

* * *

Der Mai war gekommen. Vor dem Standesamt trafen Braut und Bräutigam ihre Trauzeugen. Zur Verwunderung des Bräutigams war ihm Grete zu Trittberg, geborene Schweers, zugeteilt worden, während Else Bödicker, in weniger als einer Stunde Frau Jukelnack, Hoimar zu Trittberg als Trauzeugen aufbot. Alles so zwischen Grete und Else ausbaldowert. Die Hochzeitsplanung hatte ja Else an sich gerissen. Nur bei der Frage, wo die Hochzeitstafel stattfinden solle, machte Jukelnack einen Vorschlag: Er würde gerne im GOLDENEN SPATEN essen, der Clubraum sei schön und man wäre dort unter sich. Für Else ein Schlag in die Magengrube. Sie griff zu einer List, lud den Wirt mit seiner Frau ein und bat darum, ihrem zukünftigen Mann bei Gelegenheit zu sagen, der Raum sei an diesem Tag besetzt. Danach stellte sie das Angebot der zu Trittbergs vor, in ihrer Villa zu feiern. »Wäre am günstigsten! Oder wir feiern in HEITMANNS HOTEL, da bekomme ich Rabatt.«

Wenn schon geteert, dann wenigstens nicht gefedert, muss Jukelnack gedacht haben, denn er stimmte dem Vorschlag mit dem Rabattangebot zu. Ansonsten blieb Elses Eroberung wie immer passiv, teilnahmslos, desinteressiert an allem und jedem. Er machte mit. Eben ein Mitläufer.

An der Hochzeitstafel saßen Gäste in so bunter Reihe, wie Schriftsteller sie gern als illustre Gesellschaft beschreiben. Neben den zu Trittbergs und Herrn und Frau Heitmann auch Alfred und Hilde Jareitz, die Wirtsleute des GOLDENEN SPATEN, sowie Erika und Hans Bödicker. Geschwister von Else, als Vertretung der Eltern, die melken mussten und daher nicht kommen konnten.

Der Tankstellenbesitzer Klaus Raduscheit mit seiner Frau Rosa lernte bei dieser Gelegenheit seinen Schwager kennen, den er schon bald darauf wieder vergessen haben würde. Seine Frau Rosa schlüpfte in Othilies Rolle, mäkelte an Braut und Bruder herum und gefiel sich als seine engste Angehörige in ihrer Wichtigkeit. Else hatte noch zwei Kolleginnen eingeladen, eine vom Flugplatz, die andere aus dem Hotel. Beide ohne Männer, denn die waren zu jener Zeit rar. Auf Gretes Einfluss ging die Einladung an den Rektor der Graf-von-Stauffenberg-Schule zurück, der – skandalös, skandalös – mit einem »Freund« erschien, mit dem er wohl auch sein übriges Leben teilte. Der spannendste Gast war jedoch – hier stockte der Gerüchtefraktion der Atem – Heinz Bärwald, genannt Heinzi Bär. Nach der Diagnose Leberzirrhose war er seit Kurzem und für kurze Zeit trocken. Verwunderlich war seine Anwesenheit allein schon deshalb, weil er im Vollrausch mehrfach zum Besten gegeben hatte, Jukelnack habe seine Frau auf dem Gewissen. Einmal hatte er ihn sogar als den Mörder seiner Frau bezeichnet. Natürlich immer nur mit mehr als zwei Promille. Jukelnack war kein Mensch, der sich gern aufregte. Tatsächlich regte er sich nie auf, weil ihn nichts empörte.

Üble Nachreden hatten bei ihm keine Chance. Er hörte sie zwar, aber sie beunruhigten ihn nicht.

Else hatte im April beobachtet, wie ihr Zukünftiger dem Nachbarn half, seine Jauchegrube zu leeren. »Ich denke, er redet schlecht über dich?«, hatte sie gefragt und die Antwort bekommen: »Er ist mein ältester Nachbar. Den kenne ich schon seit der Kindheit. Außerdem ist er arm dran.« Womit mal wieder *Arm ab* gemeint war.

Heinzi hielt sich zurück, trank Apfelsaft und blieb der stillste Beobachter der Tafel. Auf dem zweiten Platz Karl-Friedrich Jukelnack, dauergrinsend, mit nervösem Blick in die Runde und jedem Augenkontakt schnell ausweichend. Dabei war er ein fescher Bräutigam! Frisch vom Friseur, halb graue und halb braune Haare, auf dem Skalp die Andeutung einer mit Brillantine geformten Welle, weißes Hemd, dunkelblaue Krawatte mit weißen Punkten, dunkelblauer Anzug, schwarze, von Else hochglanzpolierte Schuhe und schwarze Socken aus der ersten Bödickerschen Lieferung. Jukelnack hielt sich immer gerade, war nach wie vor schlank und zeigte ein scheinbar unverstelltes, gleichmäßiges Gesicht. Auf den Hochzeitsfotos war er eindeutig der Attraktivere.

Seine Gattin in einem dunkelblauen, weiten Kleid ebenfalls mit weißen Punkten, dazu ein seidenes Tuch und eine weiße, von Grete geliehene Strickjacke, die sie mehr als Umhang trug. Den Brautstrauß hatte sie sich selbst gekauft, weil sie ihren Mann damit nicht überfordern wollte. Rote Rosen, kurzstielig, dazwischen etwas Farn, aber ohne Manschette.

Hoimar zu Trittberg als Freund und Herr Heitmann als Patron hielten kurze Reden. Eine launig, die andere steif. Dann war Jukelnack dran. Der zweite Knuff in die Seite ließ ihn aufstehen, sein Glas nehmen und – nun wurde es gespenstisch – er verlor seinen üblichen Gesichtsausdruck und wurde blass, stierte, für die Gesellschaft eine Ewigkeit, auf die Tischmitte und erduldete, nein durchlitt eine Vorführung seiner grausamen Filme, die ihm ausgerechnet jetzt vom hinterhältigen Schicksal vorgespielt wurden. Als es sehr peinlich zu werden drohte, stand Else auf, legte ihren Arm um seine Hüfte und sagte: »Du wolltest uns doch sicherlich zuprosten, nicht wahr?« Hilfe in letzter Sekunde. Jukelnack fing sich, begann wieder zu grinsen, hob sein Glas und sagte: »Wir sind hier ... Es ist ja Elses Hochzeit ... Genau, Prost! Prost sagen wir immer!« Und dann kam ihm noch der Trinkspruch des GOLDENEN SPATEN in den Sinn. Fast lächelnd fragte er, für seine Verhältnisse, mit kräftiger Stimme: »Wo heet de Leuchtturmwärter von Borkum?« {Wie heißt der Leuchtturmwärter von Borkum?} Sein Wirt sowie dessen Gattin, aber auch Heinzi Bär riefen pflichtschuldigst: »Prost heet de!«

Diese Szene blieb der Hochzeitsgesellschaft in Erinnerung. »Was war denn da mit ihm los?«, wurde Else noch Jahre später gefragt. »Seine Dämonen!«, sagte sie dann nur und wechselte das Thema.

Es gab noch eine Kaffeetafel im Anschluss, an der Elses Geschwister und Heinzi Bär schon nicht mehr teilnahmen.

Bedauerlich für Else war die Absage von Hieronymus Flutter – ihrem englischen Brieffreund – den sie an diesem Tag gerne bei sich gehabt hätte. Die Freundschaft mit diesem Mann bedeutete ihr viel, gerade weil er ihr mit Sympathie zugetan war. Er war es, der das Gespräch mit ihr gesucht hatte. Für Else zunächst unbegreiflich, bis er einmal sagte: »Ich wähle meinen Umgang nach der Charakterfestigkeit meiner Mitmenschen. Da bleibt man leider oft allein.«

Flutter war wohlhabend und hätte sich den Besuch leisten können. Aber er hatte tief in sich vergrabene Gründe, die Reise nach Norddeutschland abzusagen. Angeblich krankheitsbedingt und mit Bedauern.

Trotzdem, Else Jukelnack fühlte sich dem siebten Himmel nahe. Alle Wünsche in Erfüllung gegangen. In ihrem Bauch strampelte ein Kind. An ihrem Ringfinger glänzte ein schlichter, goldener Beweis des vollzogenen Vertrages, den schon die alten Germanen »Ehe« nannten. Sie war, dank Heinrich Poggenpohl, nicht mehr mittellos. Sie war selbstbestimmt, fühlte sich uneingeschränkt und hatte alles, wie in ihren Küchen, fest im Griff. Finanzen, Ware und Personal. Sie musste nur organisieren. Das konnte sie. Ihre dicken Brillengläser schienen sie zwar als Kurzsichtige zu brandmarken. Aber auf der Lebensskala war sie eher weitsichtig. Ihre Träume waren in Erfüllung gegangen.

Wie nennt man Menschen, die bekommen, was sie sich wünschen? Glückskinder!

Am 25. September 1955 wird Adam Jukelnack geboren. Ein Sonntagskind. Auch ein Glückskind?

JUKELNACK TEIL II

Lange klingelt es in der Leitung, dann wird die Verbindung automatisch unterbrochen. Ein neuer Versuch:

AUSCHUH »Hallo? Hello???«

JUKELNACK »What?«

AUSCHUH »Oh, is that Mister Jukelnack speaking?«

JUKELNACK »If so?«

AUSCHUH »Ah, yes, it's your voice – äh, Ihre Stimme. This
is, äh, ich bin Christian Auschuh, vom BINGUI Verlag, Germany,
Deutschland. Ja, also ich habe den ...«

JUKELNACK »Was wollen Sie?«

AUSCHUH »Jaaa, also ich habe den Auftrag, wegen der deutschen Biografie. Der Verlag und Ihr Management haben doch ...«

JUKELNACK »What?«

AUSCHUH »Die vereinbarte Biografie, also, ich soll die schreiben. Und darum wollte ich einen Termin ...«

JUKELNACK »Biografien? Gibt's genug von mir. Bye!«

Jukelnack hat aufgelegt. Drei Tage später, nach etlichem Mail-
verkehr zwischen dem Verlag und seinem Management, zwischen Deutschland und den USA:

AUSCHUH »Hallo? Mister Jukelnack?«

JUKELNACK »Nein, ich bin der Gärtner.«

AUSCHUH »Ha, aber ich erkenne Ihre Stimme. Ja, also nochmal, ich heiße Christian Auschuh und soll den, äh, der Verlag hat
mit Ihrem Management ...«

JUKELNACK »Ich weiß. Idioten. Hinter meinem Rücken vereinbart. Ich soll angeblich zugestimmt haben.«

AUSCHUH »Ja, nun, das Projekt ist doch spannend. Eine Biografie mit Fokus auf Ihre deutschen Wurzeln. Der Beginn Ihrer
Karriere, wenn man so will.«

JUKELNACK »Tausendmal erzählt. Interessiert niemand.«

AUSCHUH »Hm, nun, wir sollen doch einen Termin ausmachen. Ich würde dafür in die Staaten kommen. Zum Interview. Im Vertrag steht ja ...«

JUKELNACK »Vertrag, Vertrag, Bullshit! Saug dir was aus den Fingern und lassen Sie mich bitte in Ruhe!«

AUSCHUH »Tut mir leid, aber so geht das nicht. Ich habe ja auch einen Vertrag! Und den muss ich ...«

JUKELNACK »Sie müssen gar nichts!«

AUSCHUH »Aber, wir müssen einen Termin, äh, ich soll doch mit Ihnen Termine für die Interviews machen. Das steht doch so in der Mail von heute. Ich kann ja nichts ...«

JUKELNACK »Genau! Du kannst nichts. Ha ha ha ...«

Jukelnack legt auf und lässt Christian Auschuh ratlos zurück. Erst eine Stunde später hat er sich so weit gefangen, um den Geschäftsführer beim Bingui-Verlag anzurufen. Er klagt ihm sein Leid, beschreibt die Telefongespräche mit Herrn Jukelnack möglichst glaubhaft – also fast wörtlich – und fragt, ob er den Auftrag nicht besser wieder abgeben soll. Der Verlagsmann hat »schon Hunderte von Star-Biografien verantwortet«, er kennt die Zicken dieser Leute und bleibt cool. Genau das empfiehlt er auch seinem Autor und verspricht, sich zu kümmern. Auschuh bekommt für eine Woche seine Ruhe zurück.

Dann klingelt plötzlich sein Telefon. Im Display eine amerikanische Nummer.

AUSCHUH »Auschuh!«

JUKELNACK »Chris?«

AUSCHUH »Ja, Christian Auschuh hier.«

JUKELNACK »Ah, good, come on, man, I'm sorry, Sie können wohl nichts dafür. Die Daumenlutscher von meinem Management haben doch tatsächlich ... Ah, forget it! Ist scheinbar nicht mehr zu ändern. So what? Wie geht's weiter?«

AUSCHUH »Ja, ich sollte ja einen Termin mit Ihnen vereinbaren. Im Vertrag sind zehn Gespräche vorgesehen. Jeweils für mindestens drei Stunden. Dazu ...«

JUKELNACK »Quatsch mit Soße! Haben wir früher gesagt. Sagt man das noch? Komm rüber, ich zieh die Sache durch. Muss ich wohl. Komm vorbei. Hoffentlich sind Sie nicht so ein typischer Wortverdreher, dem man Apfel sagt und der dann Birne schreibt.«

AUSCHUH »Nein, nein, es soll ja eine seriöse ...«

JUKELNACK »Bei solchen Projekten ist die Seriosität schon von vorneherein begraben. Noch vorm ersten Satz! Wann kommen Sie?«

AUSCHUH »Also, das liegt an Ihnen. Aber ich brauche Sie mindestens drei Tage hintereinander. Sonst lohnt sich ...«

JUKELNACK »Die Nummer lohnt sich sowieso nicht! Aber das Honorar ist – ach egal. Ich bin noch drei Wochen in L.A. Zwischendurch im Studio. Danach tauche ich eine Zeitlang ab. Kommen Sie einfach vorbei. Blue Jay Way. Schreib meinem Office, wann Sie da sind. Die sollen Sie dann hierher – fuck, die kennen das. Wird schon klappen. See ya!«

AUSCHUH »Auf Wieder ...«

Jukelnack hat aufgelegt.

Der Verlag bucht in Abstimmung mit dem Management von Adam Jukelnack einen Flug nach Los Angeles. Eine knappe Woche nach dem letzten Telefonat hält das Taxi von Christian Auschuh im Main Gate Drive vor einem schlichten, zweistöckigen Bürogebäude. Auf kleinen, gebürsteten Aluschildern liest er verschiedene Firmennamen, die offensichtlich zu einer Gruppe gehören: JUMM.Y RECORDS LLC, JUMM.Y CAPITAL LLC, JUMM.Y ENTERTAINMENT LLC, JUMM.Y COMMUNICATION LLC, JUMM.Y PUBLISHING LLC und so weiter.

Die Adresse scheint zu stimmen. Dennoch ist Auschuh irritiert. Die Buchstaben »JU« könnten eventuell Jukelnack bedeuten? Hoffentlich! Unsicher betritt er die Eingangshalle. Sie wirkt wie bei einer x-beliebigen Firma. Keine Hinweise auf einen der größten Rockstars des Universums. Da wird man unsicher.

»Sorry, am I right – I have an appointment with Mr. Jukelnack?« »Hi hi, you sound very German – am I right?« Die Lady kichert. Sie ist vielleicht Mitte vierzig, ihre Kollegin deutlich jünger, aber beide sehen sie nicht aus wie Mitarbeiterinnen eines Unterhaltungskünstlers, dessen exzentrisches Äußeres sich in Abermillionen Köpfen eingebrannt hat. Die Damen an der Rezeption können Gedanken lesen. Es sind wohl immer die gleichen, überraschten Gedanken, die sich in den Gesichtern der Besucher von Adam Jukelnack in diesem Haus abzeichnen.

Christian Auschuh soll sich setzen. Soll warten. Soll schon mal die Formulare für den Sicherheitscheck ausfüllen. Soll das Klemmbrett mit den zwei Seiten ausgefüllt zurückbringen. Soll den Kugelschreiber gern behalten. Soll sich ruhig einen Pappbecher Wasser aus dem Automaten holen. Soll sich vor allem gedulden.

»Wo bin ich hier nur gelandet?«, denkt der Deutsche und überfliegt die circa sechzig Fragen, die er nun beantworten muss. »Ist das hier ein Grenzübergang nach Nordkorea?« In Deutschland würde er jetzt streiken. Zumindest seinen Unwillen kundtun. Am liebsten würde er »Ihr könnt mich mal!« brüllen, aber dafür fehlt ihm der Mut und die nötige Empörung.

Trotz Klimaanlage beginnt er zu transpirieren. Eine Mische aus Wut- und Frustschweiß.

Die Ledersessel sind Billigware. In die Schenkel drückt sich eine Holzstrebe und behindert den Blutkreislauf. Wenn er nach hinten rutscht, wird sein Steiß gequält. Zwei Mal steht Auschuh auf und fragt die Damen hinter dem Counter, wie lange es noch dauern wird. Die Ladys sind humorvoll: »Reporter haben hier schon tagelang gewartet. Der Chef ist ein scheues Tier. Einfach sitzen bleiben und abwarten!« Sie lachen sich in Stimmung, und wenn sie nicht gerade telefonieren, erzählen sie sich Geschichten von anderen Opfern, die hier mit endloser Warterei gefoltert wurden. Auschuh bekommt es zum Teil mit, auch wenn es nicht direkt – aber bestimmt indirekt für seine Ohren bestimmt ist.

Zwei Security-Schränke tauchen auf. Ein Meter breit und wohl zwei Meter groß. Sie tragen dunkle Sonnenbrillen, sind offensichtlich vom gleichen Friseur kurz geschoren und verfügen über ein sehr flaches Höflichkeitsniveau. Sie sind nicht uniformiert, tragen aber beide die gleichen dunklen Leinenhosen mit einem Sammelsurium an aufgenähten Taschen. Wenn Auschuh aufgepasst hätte, wären ihm die eingestickten Logos einer Sicherheitsfirma aufgefallen, die auf den Klappen über den Brusttaschen zu sehen sind.

Die Männer bugsieren Christian Auschuh, teils mit Worten, teils mit körperlichen Kontakten, in einen Nebenraum. Einer scannt mit einer Metallsonde seinen Körper ab, von der Brust bis zu den Unterschenkeln. Immer wieder rauf und runter. Dann will er die Schuhe checken – aber nicht am Körper! In der Zwischenzeit wühlt der andere Schrank in Auschuhs Leinentasche herum, obwohl vorher der gesamte Inhalt auf einem Tisch ausgebreitet worden war. Die Aktion schüchtert ein – wahrscheinlich soll sie das auch.

»Come!«, lautet dann der Befehl. Sie laufen einen elend langen Gang entlang. Rechts sind Oberlichter, links viele Türen. Sehr viele Türen! Am Ende ist ein breites Metalltor. Das wird von dem vor Auschuh laufenden Schrank mit Karacho aufgestoßen, sodass es zurückfliegt und den jungen Autor fast erschlägt. Ein Schubs in den Rücken von Schrank Nummer zwei und sein Kopf landet auf dem Metall. Ein Arm, dicker als sein Oberschenkel, schiebt sich an ihm vorbei und stößt den Torflügel erneut auf. Die Sonne blendet. Ohne Sonnenbrille ist man jetzt kurz handlungsunfähig. Dass auf dem großen Platz hinter dem Gebäude eine ganze Flotte LKWs steht, entgeht dem geblendeten Schreiberling. Alle Auflieger der Sattelschlepper sind mit dem Konterfei ihres Besitzers geschmückt. Und dem Buchstaben-Logo »A. J.« Ähnelt im Design etwas dem »A. D.«-Zeichen von Albrecht Dürer. Zumindest das A. Das J ist an den linken A-Schenkel gelegt und wirkt wie ein angedeuteter Gitarrensteg.

Ein erneuter Schubs befördert Auschuh in Richtung eines geparkten Lincolns. Schrank Nummer eins öffnet die Fondtür und drückt den deutschen Mann ins Wageninnere.

Den deutschen Mann? Eher wohl den weißen Mann. Auschuh kommt der Gedanke, dass er jetzt gerade für dreihundert Jahre Ungerechtigkeit bezahlen muss. Die Ur-Urenkel einiger Sklaven rächen sich an einem Ur-Urenkel der Menschenhändler – anders ist das Benehmen der beiden Herren nicht zu erklären. Die Fahrt geht los. Wohin auch immer – sehen kann man es nicht. Die Scheiben sind absolut blickdicht. Selbst die Frontscheibe vor der Silhouette des Fahrers scheint abgedunkelt zu sein. Nach einer Weile der Gewöhnung registriert Auschuh die gedimmte Innenraumbeleuchtung. Er sieht seine Hände auf den Knien, spürt die wachsweiche Polsterung, in der er fast versinkt. Eine Entführung? Anders laufen die garantiert auch nicht ab. Christian Auschuh, vor zwei Stunden noch ein freier Bürger in der zweitgrößten Demokratie der Welt, ist in den Händen einer … Ja, von wem oder was eigentlich? Firma? Sekte? Organisation? Oder ausgeliefert an einen Despoten?

Die Fahrt dauert eine halbe Stunde. Dann stoppt die Limousine. Der Fahrer steigt aus und knallt die Tür krachend hinter sich zu, sodass der Passagier in den Polstern nachschaukelt.

Warten. Warten. Warten.

Endlich wird die Tür aufgerissen und das in diesen Kreisen wohl übliche »Come!« erschallt im Bass-Sound aus Brust und Bauch von Schrank Nummer eins. Damit es schneller geht, zerrt eine Pranke von Schrank Nummer zwei an Auschuhs Schulter, der mal wieder total geblendet ist. Erneut kommt der Entenmarsch zum Einsatz. Schrank, Auschuh, Schrank.

Sie laufen über polygonal verlegte Natursteinplatten auf einem Weg, der sich durch eine tropisch anmutende Gartenlandschaft zieht. Auf einem blauen Schild liest man BLUE JAY WAY, hinter dem zweiten Y hat jemand seinen Namen verewigt. Ein Autogramm von George Harrison! Aber nur von Insidern zu bemerken.

Ein kleines, einstöckiges Gebäude taucht auf. Sieht aus wie ein spanisches Ferienhaus. Weiße Wände auf einem Sockel von unbearbeiteten Rundsteinen. Der Weg führt außen herum zu einer Veranda. Ein Tisch, darauf eine Kanne Eiswasser mit Zitronenscheiben, davor zwei Stühle. Neben dem Tisch ein Gitarrenständer mit einer weißen Stratocaster – darauf wieder die markanten Initialen »J.A.«, das Logo der Band von Adam Jukelnack. Das Ambiente wirkt leicht mexikanisch, was Auschuh davon träumen lässt, jetzt lieber ein Interview mit seiner Lieblingsband CALEXICO machen zu dürfen. Die Umgangsformen bei denen wären bestimmt freundlicher.

Der nächste Körperkontakt steht an. Schrank Nummer zwei drückt den Besucher auf einen der Stühle. Anstatt »Come« erklingt nun ein herrisches »Wait!« Die Schränke verziehen sich in den Hintergrund, stehen unter einer Geleepalme, reden leise miteinander ohne den Eindringling aus den Augen zu lassen. Der Biograf bringt sein Aufnahmegerät in Stellung, legt einen Block auf den Tisch, daneben einige Stabilo-point-88-Stifte in verschiedenen Farben. Er überlegt, ob er sich schon vom Zitronenwasser einschenken darf. »Lieber nicht«, denkt er vorsichtig und beginnt, mit einem roten Stift auf dem Block zu kritzeln, während er auf der Kappe des Schreibgeräts herumkaut. Im Block stehen seitenweise Fragen, Stichworte und Songtexte von Jukelnack mit farbigen Anmerkungen.

Irgendwann stoppen die Schränke ihre Unterredung, schweigen, und der Oberschrank drückt sich seinen Kopfhörer tiefer in die Ohrmuschel. Drei Mal kommt ein zackiges *Okay* über seine Lippen, dann ein Kopfnicken, und die Herren kommen zu Auschuh zurück. Sie drehen den Tisch quer, sodass die Stühle nun vor den Kopfenden stehen. »Der will Abstand«, denkt sich Auschuh. Es ist ihm recht.

Alles, was er bisher erlebt hat, könnte eins zu eins in jedem Mafiafilm Verwendung finden, überlegt er und sackt in sich zusammen. Fluchtgedanken drängen sich vor und müssen unterdrückt werden. Die Schränke werden vielleicht schneller sein. Vorerst keine Option. Sie stehen bereits wieder unter ihrer Palme. Schweigend.

Endlich erscheint Jukelnack. Zwei hölzerne Saloontüren werden aufgestoßen und der Star schlendert zum Tisch. Er sieht aus wie immer, wie ihn jeder kennt. Ganz in schwarzem Leder, mit aufgeplusterten Achseln und Designerflicken, dazu Ketten, Ringe und der ewige Cowboyhut mit silbernen Nieten und dem »A. J.«-Logo über der Stirn.

Ein kurzes »Hi« ohne Einsatz der Gesichtsmuskeln, dann die scharfe Frage: »Did you read the last mail?« Auschuh war aufgestanden und nickt, während er sich wieder setzt.

JUKELNACK »Only English, alright?«

In der letzten Mail des Jukelnackschen Managements stand die schroffe Forderung, alle Interviews seien ausschließlich auf Englisch zu führen. Für Auschuh eine herbe Enttäuschung. Er fühlt sich in der fremden Sprache nicht wohl und seine Planung für das Buchprojekt sah Nähe vor. Ein Blick hinter die Kulissen des Showstars. Und vor allem Einblicke in Kindheit und Jugend in Deutschland. Darauf ist er vorbereitet. Sehr sogar. Recherchen in Jukelnacks Heimatstadt ergaben interessante Hinweise, auf die er den Künstler unbedingt ansprechen will.

AUSCHUH »Hi, Mr. Jukelnack. How are you?«

JUKELNACK »No small talk!«

Die Stimme von Jukelnack ist im Original etwas tiefer, dafür weniger rau. »Sein amerikanischer Akzent scheint nachjustiert zu sein«, denkt der nervöse Mann aus Deutschland. Ihm wird mulmig zumute. Die Stimmung ist kurz vorm absoluten Nullpunkt, der ja ohnehin nur theoretisch erreicht werden kann. Aber hier läuft auch praktisch gar nichts.

Um wenigstens etwas warm zu werden, spricht Auschuh sein Gegenüber auf dessen aktuelle Produktion an. Eine Sammlung großartiger Live-Momente aus Jukelnacks Karriere – alles Aufnahmen der letzten zwanzig Jahre. Zum Teil mit Band, etliche Stücke aber auch solo, nur mit Gitarre. Der Star schnarrt ein paar Kurzkommentare, abgenudelte Plattitüden, die man schon dutzendfach aus Interviews kennt. Fragen zu seiner Band, zu Musikvideos und zu seinem Privatleben werden nach der gleichen Masche beantwortet. Und genau das ist der Eyeopener! Denn nach etwa zwanzig Minuten durchzuckt Auschuh ein Gedanke, ein absurder zwar, aber ein berechtigter. »Warum steht kein Aschenbecher auf dem Tisch? Angeblich ist Jukelnack doch Extremraucher. Und warum lässt er seine Gitarre unbenutzt herumstehen?«

In allem, was Auschuh je über den Rockstar gelesen hat, kommt der Verweis auf den Kettenraucher, der keine fünf Minuten ruhig sitzen kann, ohne zur Gitarre zu greifen.

Auschuh fingert sein Handy aus der Hosentasche und drückt beiläufig und kaltschnäuzig auf eine Nummer aus der Wahlwiederholungsliste.

JUKELNACK »What?«

Der Star ist selbst am Telefon und sitzt gleichzeitig vor ihm. Ein Jukelnack, der sich nun gerade die erste Zigarette anzündet. Ohne zu telefonieren! Auschuh drückt das Gespräch weg und schaut seinem Gegenüber lange ins Gesicht. Der ewige schwarze Cowboyhut, fast bis zu den Pupillen heruntergezogen, verbirgt einen Teil der Augenpartie. Der Bart sieht aus, wie man ihn von Fotos kennt, nur die Haare unter der Nase sind länger. Sie verdecken die Oberlippe geradezu. Ist das Gesicht insgesamt breiter? Hat Jukelnack zugenommen? Der Star greift beiläufig zur Gitarre, nimmt sie aber nicht auf den Schoß, sondern streicht nur mit einem Fingernagel über die Saiten. Die offene Stimmung lässt einen E-Akkord erklingen.

Auschuh unterbricht abrupt den Talk. Er richtet sich auf und blickt starr in die Augen seines Interviewpartners. Ohne eine Regung. Ohne ein weiteres Wort.

JUKELNACK »What? Something wrong?«

AUSCHUH »I think you are wrong!«

Schweigend packt Christian Auschuh seine Sachen zusammen und beobachtet sein Gegenüber mit fragendem Blick. Jukelnack scheint sich nicht viel daraus zu machen, fingert aber umständlich eine zweite Zigarette aus der Packung. Die erste liegt abgelegt auf der Tischkante und schmaucht vor sich hin.

AUSCHUH »You are a lousy puppet on a string. Du Marionette!«

Kaum hat Auschuh die Worte ausgespuckt, rennt er los, den Weg zurück und auf die Straße. Die Schränke sind hinter ihm her, aber langsamer. Sie haben einfach zu viele Muskeln. Und schon bald keine Puste mehr.

Mail an Susanne Schlafholz
von Reinhold Hecht, Bingui Verlag

Liebe Susanne Schlafholz,
von Ihrer goldigen Mutter habe ich gehört, dass Sie
auf La Gomera wandern, weshalb ich Sie wohl in den
letzten Tagen auf Ihrem Handy nicht erreicht habe.
Liebe Frau Schlafholz, ich habe ein wundervolles Projekt
für Sie! Wir haben die Rechte für eine Biografie über
Adam Jukelnack erworben, inklusive der Verpflichtung,
dass Jukelnack für mehrere Interviews zur Verfügung
stehen muss! (Sie wissen, wie scheu er ist?!)

Vereinbart wurde, den Fokus auf seine deutschen Jahre,
also explizit auch auf seine Kindheit und Jugend zu legen.
Liebe Susanne, ich kenne keine Journalistin auf der Welt,
die so ein Buch besser hinbekommen würde.
Bitte melden Sie sich umgehend bei mir.

Ihr Reinhold Hecht
Geschäftsführender Verlagsleiter,
Bingui Verlag

PS: Freuen Sie sich auf ein sehr gutes Honorar!

Mail an Reinhold Hecht, Bingui Verlag
von Susanne Schlafholz, freie Journalistin

Guten Tag Herr Hecht,
Ihre Mail erreicht mich tatsächlich, während meine

Füße noch in Wanderstiefeln kochen. Ich antworte
ganz schnell, denn es geht schnell:
Ich werde niemals eine Biografie über diesen Lackaffen
Jukelnack schreiben! Warum?

1. Ich hasse den Typen.
2. Sein Krach, sorry, seine Musik klingt in meinen
   Ohren unterirdisch.
3. Ich kenne nichts von ihm, außer das Gedudel,
   was aus allen Formatradios quillt, wenn
   man nicht schnell genug wegschalten kann.
4. Von Macho-Typen seines Schlages habe ich gerade
   dermaßen die Nase voll, dass ich noch Monate
   hier wandern müsste, um mich ihnen wieder nähern
   zu können.
5. ... und dann gibt es noch persönlichere Gründe,
   weshalb ich es nicht kann/will/mache!

Schöne Grüße aus Valle Gran Rey,
Ihre Susanne Schlafholz

PS: Ja, meine Mutti ist goldig!

29. JANUAR 2004

Liebe Susanne Schlafholz,
das ist ja wunderbar! Der Sound, der aus Ihren
Zeilen schallt, bestätigt mich: Sie, genau Sie sind
die Richtige! Sie müssen es einfach machen.
Ihre Punkte 1. bis 5. sind doch geradezu die beste
Voraussetzung für eine solche Arbeit! Da braucht
es Abstand. Sich nicht mit dem Zielobjekt
gemein machen oder sich verbrüdern. Ihre kritische
Distanz ist geradezu ein Erfolgsgarant!

Rufen Sie mich einfach an, wenn Sie Zeit finden.
Aber bitte schnell. Ich habe Ihnen noch viel
zu erzählen – und das Honorar wird Ihre letzten
Zweifel vertreiben.

Herzlichst Ihr Reinhold Hecht
Geschäftsführender Verlagsleiter,
Bingui Verlag

30. JANUAR 2004

Herr Hecht,
wollen Sie mich nicht verstehen? Ich erhole mich hier
gerade von so einem Macho-Arschloch, da brauche
ich nicht schon wieder eines, mit dem ich mich auch
noch beruflich beschäftigen muss!

Und wie wäre es, wenn Sie mal meinen Punkt 5.
(persönliche Gründe) akzeptieren könnten?!
Ich rufe Sie nicht an – geht auch von hier aus so
gut wie gar nicht.

Gruß Susanne Schlafholz

31. JANUAR 2004

Liebste Susanne Schlafholz,
das ganze Leben besteht aus persönlichen Gründen!
Passt Ihnen wahrscheinlich gerade nicht in Ihre
Denkmuster, bleibt aber dennoch wahr. Ihre wundervolle,
ja geradezu goldige Mutter hat mir die Nummer
des kleinen Hotels gegeben, indem Sie z. Z. mit Ihrer
Freundin wohnen. (Sie sehen – ich weiß alles)

Erwarten Sie meinen Anruf heute Abend!
Ich freue mich auf ein hitziges Gespräch mit Ihnen,

Ihr Ihnen zugeneigter Reinhold Hecht
Geschäftsführender Verlagsleiter,
Bingui Verlag

31. Januar 2004

Mein lieber Schwan, ach was, Hecht natürlich,
Sie gehen ja ran wie Bolle! Und das nicht einmal plump.
Spät in der Nacht verdaue ich gerade unser zweistündiges
Gespräch. Für mich schwerste Kost, wie Sie wissen.
Und die Flasche Rotwein macht das Verdauen auch
nicht leichter.

Dabei bleibe ich an den finanziellen Fakten hängen:
Sie wollen mir also wirklich sechzigtausend Euro für
die Biografie zahlen? Ohne den Inhalt zu kennen??
Und bieten obendrein noch eine Beteiligung an???
Und ich kann schreiben, wie und was ich will????
Das Geld würde alle meine derzeitigen Probleme lösen,
mich aber gleichzeitig vor ein noch viel größeres stellen:
Adam Jukelnack ist wirklich der Letzte, dem ich freiwillig
begegnen möchte.

Sie haben mir Bedenkzeit gegeben. Hab schon vergessen,
wie lange. Aber die Bedenkzeit ist für mich um:
Ich mache es nicht.
Ich mache es.
Ich mache es nicht.
Ich mache es.
Ich mache es nicht.
Ich mache es,

natürlich nicht.

Okay, ich mache es.

Äh, wo war ich stehen geblieben? Mein letztes Wort gilt,
ich will gar nicht wissen, was es war.

Gute Nacht – ich werde jetzt sehr, sehr schlecht schlafen!

Susanne Schlafholz
(Ihre Schreibsklavin)

3. MÄRZ 2004, LOS ANGELES, USA

JUKELNACK »Hi, ich bin Adam Jukelnack, how are you?«

SUSANNE »Ich dachte, kein Small Talk?«

JUKELNACK »Komm schon, man kann doch mal nett sein, oder?«

SUSANNE »Sie können nett sein? Das habe ich anders gehört.«

JUKELNACK »I'm a nice guy. Werden Sie schon noch sehen. So, was willst du wissen?«

SUSANNE »Zunächst einmal, ob Sie der Richtige sind oder wieder eine der Doppelgänger-Shows abgezogen wird? Christian Auschuh wurde ja schön verarscht! Von wem auch immer, der gerade Adam Jukelnack gespielt hat!«

JUKELNACK »Klar, Baby! By the way, der Arsch war nicht ich, sondern er. Ich hasse Kriecher.«

SUSANNE »Na, dann werden Sie mit mir viel Freude haben.«

JUKELNACK »Merke ich schon.«

Jukelnack lächelt und zieht seine Sonnenbrille kurz etwas herunter, schiebt sie dann aber schnell wieder hoch.

SUSANNE »Herr Jukelnack, bevor ich gleich mit dem Interview beginne und das Band einschalte, ein paar technische Fragen. Zunächst: Wieviel Zeit haben wir?«

JUKELNACK »Reicht 'ne Stunde, Baby? Must be enough, oder?

Sie wollen mir doch keine Löcher in den Bauch fragen, oder? Sagt man das überhaupt noch so in Deutschland?«

SUSANNE »Wenn Sie nur eine Stunde eingeplant haben, stehe ich sofort auf. Der Vertrag ist eindeutig. Dort sind zehn Gespräche ...«

JUKELNACK »I know, Baby, die Eggheads vom Management. Alles über meinen Kopf ...«

SUSANNE »Ist der eine Million-Dollar-Vorschuss auch über Ihren Kopf ...?«

JUKELNACK »Money, scheiß drauf. Eine Million, was ist das schon?«

SUSANNE »Stimmt, die drei Millionen Vertragsstrafe bei Nichterfüllung ...«

JUKELNACK »Stop it. Was soll das? Haben Sie den Vertrag auswendig gelernt? Was willst Du?«

SUSANNE »Ich will ein Buch schreiben über Ihre Kindheit, ihre Jugend und den Weg, der Sie zum, ähm, größten Rockstar des Universums gemacht hat. Kein Geluller wie Ihre bisherigen sogenannten Biografien.«

JUKELNACK »Baby, jetzt mal ganz ehrlich – wen interessiert das? Dich? Schreiben Sie doch einfach drauflos. Haben die anderen Vögel auch gemacht. Mann – Fantasie!«

SUSANNE »Nun hören Sie mal gut zu, Sie großer Star: Ich bin keine Schreibmagd, die sich irgendwas aus den Fingern saugt und es als Tatsachen ausgibt. Ich recherchiere stets gründlich und habe mir einen Namen mit kritischen, analytischen Texten gemacht. Davon werde ich nicht abweichen. Und nach diesem Vorspiel erst recht nicht. Got me?«

JUKELNACK »Oh, Sie sprechen Englisch?«

SUSANNE »No!«

JUKELNACK »Baby, was soll das Gepläckel? Come on. Wenn wir nicht bald anfangen, ist die erste Stunde rum. Komm, konzentrieren wir uns auf den Scheiß. Ist ja nicht mehr zu verhindern. Also, was willst, äh, wollen Sie?«

SUSANNE »Ich will einen tiefgehenden Lebensbericht über Adam Jukelnack schreiben, von dem ich annehme, dass er zum Beispiel eine Kindheit hatte, die ihn massiv geprägt hat. Die Antworten auf seine Persönlichkeitsentwicklung gibt. Die erklärt: Warum ist der Mann so, wie er zu sein scheint? Oder ist er in Wahrheit ganz anders? Kurz: Wie wird man der Jukelnack, den heute offenbar alle Welt kennt und die halbe Welt auch noch verehrt?«

JUKELNACK »Höre ich da Zwischentöne? Baby, steht da was von Ironie im Vertrag?«

SUSANNE »Nein. Aber ich verstelle mich ungern, und es wäre schön, wenn Sie es auch nicht täten.«

JUKELNACK »Good. Noch was?«

SUSANNE »Genau. Wenn das Band läuft, ist alles, was ich von Ihnen aufnehme, mein Material. Verstanden? Ohne Rückkaufrecht.«

Susanne lächelt zum ersten Mal kurz, aber schräg.

SUSANNE »Wenn Sie wollen, dass ich etwas nicht verwenden soll, dann heben Sie die Hand. Vorher! Dann stoppe ich die Aufzeichnung. Also starten wir, ja?«

JUKELNACK »Okay, Baby.«

Jukelnack greift die bereitstehende Gitarre, schiebt seine Zigarette – es ist bereits die dritte – zwischen die Saiten am Kopf kurz hinter dem Sattel und beginnt zu spielen. Leise, aber er wippt mit dem Oberkörper und folgt einem Rhythmus, der aus seinem Inneren zu kommen scheint. Susanne Schlafholz beobachtet ihn, schiebt sehr langsam ihre Sachen zurecht, drückt auf den Aufnahmeknopf und lässt dem Mann alle Zeit der Welt. Ja, er spielt sehr schön, findet sie. Irgendeinen Blues. Sein Gesicht scheint sich zu entspannen. »Gute Stimmung wäre nun zur Abwechslung mal sehr hilfreich«, denkt sie und lehnt sich zurück. Kommt wieder vor, nimmt ihr Wasserglas und gleitet dann im Zeitlupentempo zurück. Auch sie scheint sich zu entspannen. Jukelnack spielt vielleicht zehn Minuten, dann blickt er auf und schaut in ihre Augen. Er stoppt sein Spiel und grinst.

JUKELNACK »Sie haben schöne Augen! Not bad!«

SUSANNE »Vielleicht haben Sie auch schöne, aber Ihre Sonnenbrille hütet das Geheimnis.«

Sie kommt wieder vor, greift ihren Stift, öffnet ihr Notizheft und zeigt ein sanftes Lächeln, dem sie eine kleine Portion Überheblichkeit beimischt.

Jukelnack nimmt die Brille ab und steckt sie neben die ihr Leben aushauchende Zigarette in die Saiten des Gitarrenwirbels, sodass ein paar hohe, ungestimmte Töne hörbar werden. Die Brille kennt diesen Platz, wie man an den Kratzern am Bügel sehen kann. Jukelnack grient und sagt plötzlich, während er schon wieder an der Gitarre rumzupft.

JUKELNACK »So, denn wüllt wie mol!« {Dann wollen wir mal!}

SUSANNE »Oh, snackt ji ok Platt?« {Sprechen Sie auch Platt?}

JUKELNACK »Nein, nein, nur ein paar Wörter. Bei meiner Mutter aufgeschnappt. Die sprach gerne Platt. Mein Vater konnte es wahrscheinlich auch, er hat aber nie auf Platt geantwortet, wenn Mutter ihm was auf Plattdeutsch verklogfiedelt hat. Schon wieder so ein Begriff aus der Zeit. Mein Vater hat es aber verstanden. Ich glaube, meine Mutter hat besonders dann Platt gesprochen, wenn ich nicht mitbekommen sollte, worum es ging. Geschenke für mich, Nachbarschaftstratsch und Erwachsenenthemen. Something like that. Vielleicht auch Geldangelegenheiten. Lief aber nur in der Kindheit so.«

SUSANNE »Sehr schön. Knüpfen wir direkt da mal an: Mr. Jukelnack, was sind Ihre frühesten Kindheitserlebnisse, an die Sie sich erinnern?«

JUKELNACK »Oh Mann, wenn ich das jetzt sage, wird es wie ein typisches Prominentengequatsche klingen. Zeugs, womit sich meinesgleichen interessant macht. Aber ich schwöre bei Jimmy Hendrix – dem Gott aller Gitarrenspieler – dass die Bilder, die sich da bei mir eingeprägt haben, echt sind. Absolut echt, you know!? Also, meine Mutter hatte eine Freundin, deren Mann Intendant bei unserem Dorftheater war. By the way, ein wichtiger Typ in meinem Leben! Jedenfalls hat mir Tante Gretes Mann, da muss ich gerade drei Jahre alt gewesen sein, eine Ukulele in die Hand gedrückt. Ich konnte damit machen, was ich wollte, ohne dass er auf mich aufgepasst hat. Ich saß bei denen ... Wie hießen die noch? – Ah ja, zu Trittberg oder so – auf einer Treppenstufe im Flur, weil ich die Erwachsenen mit dem Geklimper nicht stören sollte. Also, dort im Flur, auf der Treppe, ich in kurzen Hosen, saß da und war fasziniert. Aus dem Teil – so was kannte ich ja von zu Hause nicht – kamen Klänge raus, die sich auch noch verändern ließen. Sogar von mir mit meinen kleinen Patschhändchen. Kennen Sie Ukulelen? Nein? Also das Komische, was ja auch den Klang des Instrumentes prägt, ist, dass die unterste Saite – wenn man Rechtshänder ist – ausgerechnet die dünnste Saite ist. Perfekt für den Daumen eines Dreieinhalbjährigen. Bei Gitarren ist es genau umgekehrt. Äh, wie war noch gleich die Stimmung? Ich glaube G-C-E-A. Hab schon lange nicht mehr auf so 'nem Ding gespielt. Obwohl es Spaß macht! Bei George Harrison im Haus haben wir immer auf den Dingern gespielt, meist nach dem Essen. Ich war ein paar Mal bei ihm eingeladen. Wo war ich? Ach genau, also ich saß da auf der Treppenstufe – und präzise das Bild hat sich bei mir eingeprägt. Mit dem linken Daumen bin ich auf dem Griffbrett hoch- und runtergefahren und der andere Daumen hat die Saite angeschlagen. Eine Sternstunde! Da habe ich zum ersten Mal Musik gemacht. Begriffen, wie man verschiedene Töne erzeugt. Unglaublich, oder? Genau diese Szene ist die älteste in meinem Kopf. Klar, ich kann mich auch an unsere Wohnung, das Haus, den Garten und so erinnern. Aber das war ja immer da, egal, wie alt ich war.«

SUSANNE »Mmh, sehr schöne Geschichte, aber wie Sie schon sagten: Die passt perfekt in das Bild eines Mannes, der erfolgreich sein Geld mit Gitarrenspielen verdient. Daher noch mal die Bitte um absolute Ehrlichkeit. Ist das wirklich ihre früheste Erinnerung? Ist da nichts von Ihrer Mutter? Auf dem Schoß sitzend? Hat Sie Ihnen was vorgesungen? Ich kann mich zum Beispiel an mein Kinderbett erinnern. Ich konnte nicht einschlafen, wenn mein Kuscheltier nicht neben mir lag, und ...«

JUKELNACK »Ey, Baby, was soll das? Ich rede keinen Stuss. Ja, vielleicht sind da andere Erinnerungen ganz dicht nebeneinander, aber die intensivste war nun mal die mit der Ukulele.«

SUSANNE »Sorry, okay, ist ja auch schön. Welche Erinnerungen liegen noch dicht neben denen auf der Treppe?«

JUKELNACK »Angst. Angst davor, aufs Klo zu müssen. Ich hatte einen Topf, so einen mit Henkel. Sogar schon aus Plastik. Mit kleinen Bildchen an der Seite. Märchenfiguren, glaube ich. Da wurde ich stundenlang draufgesetzt, weil ich nicht mehr in die Hose machen sollte. Es gab damals ja noch keine Pampers. Dann sagte meine Mutter irgendwann, ich wäre nun groß genug, um aufs richtige Klo zu gehen. Keine Ahnung, wie alt ich da war, aber es muss ungefähr in der Zeit gewesen sein. Jedenfalls vor meinem vierten Geburtstag, an den ich mich gut erinnere. Also, die Toilettenstory: Ich habe geschrien wie am Spieß! So eine Angst hatte ich vor unserer Toilette. Übrigens jahrelang! Wissen Sie, wir hatten ein Plumpsklo. Heißt doch so, oder? Eine Art *Outhouse* hinter der Waschküche. Da wars immer kalt, sogar im Sommer. Meine Mutter stand zwar am Anfang immer neben mir, aber mit der Zeit dauerte es ihr zu lange und sie ging. Obwohl ich geschrien habe!«

SUSANNE »Warum hatten Sie solche Angst davor?«

JUKELNACK »Mann, kennen Sie überhaupt noch solche Toiletten? Da stand ein Ding aus grauem Zement, darauf eine widerliche, grobe Holzbrille. Und darunter ein furchtbares, großes schwarzes Loch. Es hat Jahre gedauert, bis ich den Mut fand, da mal reinzuschauen. Jedenfalls, meine Mutter stand neben mir, hielt mich fest und zeigte mir, wo und wie ich mich abstützen musste. Mit den Fingern auf dem ekeligen Holzteil! Ich habe mich an ihrer Schürze festgekrallt und geheult. ›Bitte, Mama, geh nicht weg!‹ Daran kann ich mich hundertprozentig erinnern. Mutter hat gelacht und mich ›lütjen Schieter‹ genannt. Ich spürte, dass sie meine Angst nicht ernst nahm. Das machte mich noch verrückter. Sie müssen wissen, meine Mutter hat immer eine große, starke Brille getragen. Ich kannte ihren Satz ›Ich sehe es nicht genau – was ist da?‹ Diese Unsicherheit von ihr übertrug sich auf mich und meine Angst. Die Angst, dort in das schwarze Loch zu fallen. Kennen Sie meinen Song *Fear in My Soul*? Diese tiefsitzenden Ängste. Die erste Strophe beginnt ja auch mit ›There's a mystery hole, as black as rough coal.‹ Der Song hat viel mit diesen ersten Ängsten in meinem Leben zu tun. Später vermehrten die sich ja wie die ... Aber das ist eine andere Geschichte. Kennen Sie überhaupt meine Songs?«

SUSANNE »Ehrlich gesagt, nicht einen einzigen. Mir war Ihre Musik immer zu, äh ...«

JUKELNACK »Was denn? Sag schon! Ich soll ja auch ehrlich sein.«

SUSANNE »Nun, mmh, ich höre wohl eher andere Musik. Leisere. Viel Klassik.«

JUKELNACK »Und warum hat man dann ausgerechnet Sie auf mich angesetzt? Du stehst nicht mal auf Rock? Baby, that's crazy!«

SUSANNE »Fragen wir uns mal logisch: Was hat die Geschichte mit der Ukulele auf der Treppe mit Ihren Songs zu tun? Hätte ein Fan von Ihnen nicht sofort gefragt, welche Riffs Sie da schon draufhatten?«

JUKELNACK »Wow, Baby, not bad. Riffs! Hat man dir diesen Begriff mit auf den Weg gegeben, um mich ...?«

SUSANNE »Ich unterbreche Sie nur ungern. Aber wenn Sätze mit Unterstellungen beginnen, dann reagiere ich allergisch. Davon hatte ich in den letzten Jahren ... Ach egal, gehört nicht hierher. Diese Toilette, also Ihre Erinnerungen an die Umgebung und Ihre Gefühle dort, was steckt davon noch in Ihnen? Neben der Angst?«

JUKELNACK »Der Geruch! Die Kälte. Die Verstopfung. Wenn ich nur an das Scheißhaus – haben wir Jungs später immer gesagt – dachte. Ein verheerender Kreislauf. Ich musste, wurde zum Klo geschickt und sofort machte sich die Angst breit. Schon ging gar nichts mehr. Da war ein Holzbrett an der Wand. Für meine Mutter lag darauf eine Rolle Toilettenpapier. Mein Vater benutzte nur alte Zeitungen. Hat er selber zusammengeschnitten. Irgendwann konnte ich mit meinen kurzen Armen dieses Brett erreichen und mich daran festhalten. Ab da fühlte ich mich sicherer. Wenn ich fertig war, habe ich nach Mutter gerufen. Manchmal hat sie mir den Po mit dem Zeitungspapier abgewischt. Grausam. Ein schreckliches Gefühl, besonders wenn es vorher nicht genügend geknüllt war. Holy shit – was waren wir für arme Schweine damals.«

SUSANNE »Ihr Vater kam nie?«

JUKELNACK »Mein Vater? Pah. Der Psychopath? Hat der mich überhaupt je angefasst? Forget it. Über den reden wir am besten kein Wort!«

SUSANNE »Interessant. Moment, ich will mir eine kleine Notiz machen. Anderes Thema: Mit wem haben Sie denn zu der Zeit gespielt? Gab es da andere Kinder? Fallen Ihnen noch Namen ein?«

JUKELNACK »Die beste Freundin meiner Mutter bekam eine Tochter, als ich noch kein Jahr alt war. Eine eingebildete, blöde Ziege, also die Tochter. Regine zu Trittberg, so hieß die. Heißt die immer noch, soviel ich weiß. Die packt kein Mann an, da bin ich mir sicher. Und genauso schief war die schon als Kind gewickelt. Ich musste immer mit ihr spielen, wenn unsere Mütter zusammensaßen. Also praktisch pausenlos. Stundenlang haben wir versucht, irgendwas Konstruktives zu machen. Das begann mit ihren Legosteinen, die sie schon hatte, lange bevor ich welche bekam. Also, ich habe was gebaut, sie hat mir Steine angereicht und befohlen, welche ich wohin stecken sollte. Das war aber meist totaler Quatsch. Ich wollte ein Haus bauen, und sie gab mir bunte Steine für die Wände. Ich wollte glatte weiße Wände – will ich übrigens immer noch, und sie schrie rum. Weil ich keine blauen oder roten Steine dazwischensetzte. Tausendmal habe ich ihr erklärt, warum es nicht geht. Dann wurde sie aggressiv, hat mit den Füßen alles kurz und klein getrampelt und die Legos lagen chaotisch auf dem Teppich rum. Aber das Schlimmste kam danach: *Ich* musste es wieder aufräumen. Wollte meine Mutter. Completely unfair!

Darum, mein erster Gang, wenn wir bei Trittbergs zu Hause waren, ging immer zu der Ukulele. Onkel Hoimar hatte es mir erlaubt. Erst später entdeckte ich dort auch das Klavier. Irgendwann, und da war ich noch keine vier Jahre alt, konnte ich auf einer Saite *Alle meine Entchen* spielen. Hatte ich mir selber beigebracht. Die Erwachsenen fanden das großartig und haben mich gelobt. Sozusagen mein erster Applaus. Hat mich angefeuert. Mein Gott, die eine Saite. Was für Entdeckungen waren das damals. Noch bevor ich fünf wurde, konnte ich etliche Lieder. Aber die blöde Regine störte andauernd. Ihr passte es nicht, wenn ich mich alleine beschäftigte. Angeblich soll ich ihr mal die Ukulele auf den Kopf gehauen haben. Wurde behauptet. Daraus entstand ein Riesenkrach. Zwischen den Müttern natürlich. Tante Grete war eigentlich voll in Ordnung, aber weil Regine so eine Show abzog, ist sie mit der blöden Kuh zum Doktor gerannt. Mutter und ich liefen nach Hause, den elend langen Weg, und ich bekam Vorhaltungen. Die ganze Zeit. Nur Vorwürfe. Zur Strafe gab sie mir nicht mehr die Hand. Ich lief neben ihr, heulte und war von der Ungerechtigkeit, die ich empfand, völlig vernebelt im Kopf. Ha, by the way, kennen Sie meinen Song *Fog in My Head*? Ah, wahrscheinlich nicht. Dieser Nebel im Kopf, den kenne ich seit frühester Kindheit. Wie gesagt, mit Regine musste ich spielen, viele Jahre lang, darum ist es mir auch noch so gegenwärtig. Die Jungs in der Straße, die ich so nach und nach kennenlernte, die waren natürlich voll in Ordnung. Vor allem Edo Extra, der wichtigste Mensch in meinem Leben!«

SUSANNE »Wieso?«

JUKELNACK »Ach, erzähl ich später mal.«

SUSANNE »Mmmh! Gut. Was haben Sie mit den Jungs denn gespielt?«

JUKELNACK »Ich sagte ja schon, ich kann mich an meinen vierten Geburtstag gut erinnern. What a sensation! Ich bekam einen Wiking-Laster – so hieß die Modellbaufirma – also eine Zugmaschine mit Laderaum, aber, und darüber bin ich immer noch verblüfft, zusätzlich sogar mit einem Anhänger dran. Damit bin ich tagelang, ach was, wochenlang auf unserem Teppich rumgekurvt. Mit einem solchen Gespann war man der King in unserer Straße. Wir Jungs hockten an den Grundstücken, ganz dicht an den trockenen Gräben, wo es eine Zone mit relativ hellem Sand gab. Da haben wir uns mit unseren Miniaturautos getroffen und eigene Straßen gebaut. Ich weiß nicht mehr, ob ich der Kleinste war, aber mit dem Truck plus Trailer war ich der Star.«

SUSANNE »Wollten Sie damals schon ein Star sein?«

JUKELNACK »Pah, wer will das nicht? Vor allem als Kind. So

viel Anerkennung wie möglich! Oder Ansehen. Was ist falsch daran?«

SUSANNE »Gar nichts. Nur – *ich* wollte nie ein Star sein. Ich habe den Hintergrund immer bevorzugt. Vor allem als Kind.

Lassen Sie uns bitte nochmal auf Ihre Ängste zurückkommen. Welche Ängste haben Sie aus Ihrer Kindheit mit ins Erwachsenenleben genommen? Aber bevor Sie antworten, gibt es hier eine Toilette? Ich würde mir gerne mal die Hände waschen. Denken Sie doch solange über meine Frage nach.«

JUKELNACK »Einfach durch die Tür dort, die kleine hinter meinem Schreibtisch. Ist mein Privatbad. Darf sonst niemand rein. Genießen Sie Ihren Ausnahmestatus! Und hinterlassen Sie alles picobello!«

Jukelnack grinst breit, während er seine Zigarette von einem Mundwinkel zum anderen wandern lässt. Susanne Schlafholz steht auf, zieht eine Augenbraue hoch und ätzt: »Ich werde ausnahmsweise im Sitzen pinkeln. Okay?«

Es dauert eine Weile, bis sie zurückkommt. Wieder ist sie im defensiven Angriffsmodus: »So ein Protzbad habe ich ja noch nie gesehen. Braucht man das als Rockstar?«

JUKELNACK »Baby, was soll die Häme? Ich wollte dort ein Bad für mich haben. Genauso habe ich es dem Architekten gesagt. *Er* hat gebaut und *ich* habe bezahlt. Kommt jetzt die deutsche Neiddebatte? Ist es etwa nicht schön?«

SUSANNE »Schön? Ich weiß nicht. Überladener Luxus und Pomp würde ich sagen. Nicht so mein Ding. Aber zurück.«

JUKELNACK »Zurück zu was? Auf deinem Zettel steht fett unterstrichen Vater. Wenn du damit meinen meinst, über den erfahren Sie von mir kein Wort. Über den spreche ich grundsätzlich nicht. Klar?«

SUSANNE »Haben Sie etwa meine Unterlagen durchwühlt?«

JUKELNACK »Listen, äh, hören Sie: Wir können über alles vernünftig reden. Mein Vater war ein Psychopath – sagte ich ja schon. Das muss reichen. Basta.«

SUSANNE »Hoppla, auf Basta stehe ich ja nun gar nicht. Wie wäre es, zu einer offenen Gesprächskultur zurückzukommen? Oder beginnt jetzt die große Tabunummer?«

JUKELNACK »Mädel, bevor ich jetzt sauer werde: Gucken Sie mal auf die Uhr. Ich muss zur Probe. Wir haben morgen eine TV-Aufzeichnung. Da sitzen dann nur vierhundert ausgesuchte Leute im Studio. Sehr exklusiv! Wollen Sie dabei sein? Ich könnte ...«

SUSANNE »Alles gut. Der Verlag hat für mich ein Ticket gebucht. Der Termin war ja hinlänglich bekannt. Mal sehen, vielleicht gehe ich hin. Vielleicht auch nicht. Was ist mit übermorgen Vormittag? Auf dem time sheet stehen zwei Stunden für uns.«

JUKELNACK »Baby, mach mich nicht verrückt. Ich muss morgen eine saubere Show abliefern. Glauben Sie, ich schüttele mir so einen Auftritt aus dem Ärmel? Ich muss mit der Band proben – und zwar so lange wie nötig. Ob ich übermorgen Zeit übrighabe? Weiß ich jetzt noch nicht. We'll see. I'll let you know. Sollen wir Sie zurück zum Hotel ...?«

SUSANNE »Nein. Ich laufe lieber. Wann erfahre ich, ob der Termin steht?«

JUKELNACK »Baby, ich melde mich. Sure! Sie hören von mir! Ha, aber da muss ich lachen. Was ich da gerade gesagt habe: ›Sie hören von mir!‹ Das ist die größte Lüge im Showgeschäft. ›Sie hören von mir‹ – damit hat man mich in Deutschland immer verarscht. Forget it. Äh, Sie wohnen im DOUBLE TREE, right? Zehn Uhr? Mal sehen, vielleicht schaffe ich es und komme auf einen Sprung rein. Ich bringe Sie noch schnell runter.«

SUSANNE »Spielen Sie mal kurz den Mr. Nice Guy?«

Susanne Schlafholz zeigt ein äußerst aufgesetztes Lächeln und folgt dem vor ihr herschlurfenden Rockstar. So direkt hinter ihm riecht sie sein Parfum noch klarer. Es ist irgendein schweres, Motoröl-ähnliches Gebräu. »Zum Kotzen«, denkt sie und ist froh, als sie wieder allein auf dem Main Gate Drive steht.

Am Morgen des 5. März betritt Susanne wie telefonisch verabredet den Frühstücksraum ihres Hotels. Sie hat wenig geschlafen und ist schon seit drei Stunden wach. Das Konzert des Vorabends hat sich in ihren Gedanken verhakt. Absolut sicher glaubt sie, es furchtbar gefunden zu haben. Zwar hat sie erstmalig ein wenig auf die Musik geachtet, auf die Kompositionen und die von allen so gelobten Gitarrenriffs des Rockstars, aber der Auftritt, die Selbstdarstellung des Guitar-Heros – wie er immer genannt wird – wirkt auf sie abstoßend. Sie kommt mit seinen Posen nicht klar, muss sich häufig wegdrehen, weil es sonst unerträglich wird. Wenn sie die Augen schließt, kommen Melodien und Harmoniefolgen mehr zur Geltung. Sie wehrt sich gegen den Angriff eines Ohrwurms. Natürlich vergeblich.

Bevor sie ihr Hotelzimmer verlässt, greift der Spiegel mit unsichtbarer Hand zu ihr hin, hält sie fest und will von ihr Aufmerksamkeit. Seit einem halben Jahr hasst sie die Bilder, welche Spiegel von ihr zeichnen. Vorgeführte Wunden heilen nicht schneller, wenn man in ihnen herumstochert. Regelmäßig beobachtet, fühlen sie sich am Ende noch wohl und bleiben ewig. Susanne fühlte sich zu lange auf ihr Äußeres reduziert. Von einem Mann, der ihr Inneres zu ignorieren schien. Daher: Unauffälligkeit heißt die neue Parole. Sich nicht zurechtmachen. Für wen auch? Sie selbst kommt mit ihrem Look klar. Jedenfalls solange sie ihn nicht hinterfragt, an ihm rumdoktert, ihn optimiert. Anmalen? Sollen Anstreicher machen. Friseure? Sollen ihre Geschichten anderen erzählen! Klamotten? Ihr Schrank ist voll und nichts wandert mehr in die Kleiderkammer, wenn modische Halbwertzeiten überschritten sind.

Trotzdem dreht sie sich nochmal um, geht wie fremdgesteuert ins Bad zurück, sucht ihren Kajalstift, findet ihn und – Überraschung – er ist noch dienstbereit.

Ab neun Uhr dreißig könnte Jukelnack auftauchen. Eine kleine Schale mit unwürdigem Obst, zumeist aus Dosen, reicht ihr. Dazu ein Tee, der durch das grausame amerikanische Chlorwasser wie Chemie schmeckt. Sie sitzt im hintersten Bereich des saalähnlichen Raumes, immer die Tür im Blick. Das Notizheft ist mit Fragen gefüllt, mehr fallen ihr im Moment nicht ein. Am Eingangs-Counter, wo man die Zimmernummern der Gäste checkt, liegen Zeitungen. Jetzt nur noch eine. Der CALIFORNIA EXAMINER. Natürlich mit einer Konzertkritik in Superlativen. »Hat dieser Jukelnack alle in der Hand, am Ende sogar bezahlt?«, fragt sie sich. »Oder war ich auf einem anderen Konzert?« Die Lobhudelei ist für sie peinlich und abstoßend. »Wie blöde muss man sein, um den Kerl gut zu finden?« Susanne Schlafholz steht wieder voll auf Kriegsfuß mit dem Mann, dessen Biografie sie schreiben soll. Zumal er sie warten lässt. Gut, er hat gesagt, »ab neun Uhr dreißig«. Oder sagte er »ab zehn«? Auch, dass es später werden könnte. Aber verflucht, wie spät denn?

Um kurz nach zehn erscheinen die zwei Wanderschränke vor dem Counter, die Christian Auschuh unangenehme Erinnerungen in seine Träume gepflanzt haben. Sie verdecken mit ihren Körpern einen auffällig kleinen Mann, der sich nun von ihnen löst, um lässig durch den Frühstückssaal zu promenieren. Ein paar Gäste sind noch da und bekommen reichlich Tratsch-Futter. Adam Jukelnack erscheint wie immer mit schwarzem Cowboyhut, nietenbeschlagener Lederjacke mit fett auf dem Rücken eingesticktem »A.J.«-Logo und schwarzen, ledernen Hosen, auf die irgendein Promi-Designer bunte Flicken genäht hat. Natürlich mit dickstem Garn in unterschiedlichen Farben. Der auffälligste Flicken ist pink und mit gelbem Garn semiprofessionell aufgeflanscht.

Susanne Schlafholz verdreht die Augen – innerlich. Sie atmet schwer und unterdrückt ein missbilligendes Kopfschütteln.

JUKELNACK »Hi Susan, good to see you. Bist du happy?«

SUSANNE »Ich bin immer besonders glücklich, wenn ich stundenlang warten darf.«

JUKELNACK »Ey, Baby, bleiben Sie mal locker. Ich bin kein dahergelaufener Volksschullehrer, für den die Schulglocke den Tagesablauf regelt. Und vorweg: Ich habe so gut wie keine Zeit. Da ist noch 'n Interview für CNN reingeschoben worden. Die Arschlöcher promoten meine ...«

SUSANNE »Heißt das, Sie lassen mich hier warten, um dann keine Zeit zu haben? Der Vertrag ...«

JUKELNACK »Lady, hören Sie auf mit dem blöden Vertrag. Sonst flippe ich total aus. Ich bin hier und ...«

SUSANNE »... haben keine Zeit. Das schon mal zur Klarstellung: Ich werde diese Begegnung nicht als Interviewzeit anrechnen. Mensch, Herr Jukelnack, ich muss eine Biografie über Sie schreiben, die zu Ihrem fünfzigsten Geburtstag ganz groß auf den Markt kommen soll. Vorher in zig Sprachen übersetzt. Raffen Sie das überhaupt?«

JUKELNACK »Raffen? Hi hi, haben wir früher schon gesagt: ›Ey Alter, du raffst ja gar nix!‹. War einer der meist benutzten Sprüche damals. Anyway – wie fanden Sie das Konzert gestern?«

SUSANNE »Ich war nicht da!«

JUKELNACK »Ach komisch. Ich dachte, ich hätte Sie gesehen?! Hab noch meine Assistentin geschickt, um Sie zur After-Show-Party einzuladen.«

SUSANNE »Da wäre ich schon mal garantiert nicht aufgelaufen!«

JUKELNACK »Baby, was ist eigentlich los mit Dir? Ich rieche eine gewisse Feindseligkeit in der Luft. Kommt die von Ihnen rübergeweht?«

SUSANNE »Mister Jukelnack: Ich werde nicht dafür bezahlt, Sie großartig zu finden. Das war doch bereits zwischen uns geklärt. Ich soll und will ein – ich sage es mal so – Psychogramm von Ihnen entwickeln. Ein Buch, das sich mit dem Phänomen Adam Jukelnack auseinandersetzt. Ihn erklärt. Seinen Weg an die Spitze der Charts oder was weiß der Kuckuck. Sie sind mir als Star völlig wurscht. Ich will den Menschen hinter der Fassade ergründen und ihn erklären. Wäre ich einer Ihrer bemitleidenswerten, oh sorry, sagen wir besser, treuen Fans, würde das nicht gelingen. Und jetzt mal ganz privat: Könnte es nicht auch interessant für Sie sein? Mal rausgerissen zu werden aus der vasallischen Verehrung um Sie herum?«

JUKELNACK »Attitude! Das ist doch das Thema! Wie steht's mit Ihrer Einstellung zu mir? Werde ich von einer Feindin ausgehorcht?«

SUSANNE »Nein. Aber auch nicht von einer Freundin! Und übrigens, dieser Raum ist Nichtraucherbereich.«

JUKELNACK »Oh?! Wäre doch cool, wenn die mich rausschmeißen würden, oder?«

SUSANNE »Ich fände es noch cooler, wenn Sie Ihre Zigaretten woanders rauchen würden.«

JUKELNACK »Pass auf, Baby. Ich kann so nicht arbeiten. Ich brauche Harmonie für kreative Prozesse, und Ihre Stimmung ...«

SUSANNE »... meine Stimmung ist völlig okay. Wenn Sie bei Ihrem Zahnarzt auf dem Stuhl sitzen, verlangen Sie da Harmonie? Wenn Sie zwei Zahnärzte zur Auswahl hätten – eine anerkannte Super-Koryphäe, aber total unsympathisch, oder einen Riesenfan von Ihnen mit einer Hinterhof-Praxis, wen würden Sie ...«

JUKELNACK »Lass stecken, Baby, ich kapiere schon. Sie sind

die Arschlochvariante mit der goldenen Feder. Sie schreiben die Bestseller, Sie sahnen die Pulitzerpreise ab, und wer sich in Ihre Nähe traut, verbrennt sich an Ihrem Quallengift. I got it! Alright, Baby, hören Sie zu, ich muss jetzt los. Aber ich habe ein Appartement in der Stadt. Mittelklasse. Heute Abend könnte ich ab zweiundzwanzig Uhr dort sein. Ich lasse Sie abholen. Sagen wir so kurz vor zehn, ist das okay? Dann quatschen wir open end. Läuft das?«

Susanne stöhnt, verdreht die Augen, schüttelt missbilligend den Kopf, sagt aber: »Na gut. Von mir aus. Wer holt mich ab?«

JUKELNACK »Einer von den Bodyguards da hinten. Mögen Sie Tomatensuppe, vorweg vielleicht etwas Salat?«

SUSANNE »Klingt nicht direkt schlecht.«

JUKELNACK »See you! Bis später. Ich freue mich sogar. A little bit.«

Der Security-Kleiderschrank hat Charme-Wasser getrunken. Vielleicht ist es auch eine Injektion? Er fährt in die Tiefgarage eines Hochhauses, springt aus dem Wagen und geleitet Susanne Schlafholz zum Privatlift des Rockstars.

Um kurz nach zehn öffnet sich die Fahrstuhltür im vierundzwanzigsten Stock. Direkt im Wohnzimmer. Der an drei Seiten verglaste Raum ist höchstens hundertzwanzig Quadratmeter groß. Für Jukelnacks Verhältnisse eher klein. Ein langer Tisch, darauf ein großer Kerzenständer, eine Couch mit einem flachen Beistelltischchen für Jukelnacks Cowboystiefel, ein kleiner brauner Flügel, ein Amp und vielleicht zehn Gitarren in Ständern. Mehr gibt es in dem Raum nicht – sieht man von drei großen Ölgemälden einmal ab. Der Fahrer ist im Lift geblieben und nach einer devoten Verbeugung sofort wieder nach unten gefahren. Kein Mensch weit und breit. Aber auf dem Tisch zwei Gedecke, Wasser- und Weingläser. Susanne stellt sich vor die Bilder, die ihr gut gefallen. Gegenständliches mit breitem Pinsel gemalt, schöne Farben, die Motive verlaufen etwas ins Abstrakte. Sie tritt näher heran, um die Signaturen zu lesen.

JUKELNACK »Rainer Fetting. Deutscher. Habe ich in New York entdeckt.Etwas schrullig und, äh, ich glaube, nicht sehr an Frauen interessiert ...«

SUSANNE »Kommt jetzt ihr Schwulen-Bashing? Wird Ihnen ja nachgesagt.«

JUKELNACK »Yellow-Press-Geschwafel! Zwei Jungs in meiner Band sind andersrum. Noch Fragen?«

SUSANNE »Ja, wo sitzen Sie?«

JUKELNACK »Ihnen gegenüber!«

SUSANNE »Super. Und wo soll ich sitzen?«

JUKELNACK »Wo Sie wollen.«

Eine etwas ältere, sehr elegant und exotisch wirkende Frau kommt herein und grüßt freundlich. Sie trägt ein Tablett mit zwei Salatschüsseln, einer kleinen Pfanne mit gebratenen Scampi und einem Korb mit aufgeschnittenem Baguette. Der Hausherr entkorkt eine Flasche Weißwein. Sauvignon Blanc von Robert Mondavi aus dem Napa Valley.

Jukelnack trägt die gleiche Hose wie am Vormittag. Ein ärmelloses, abgerocktes T-Shirt, edel-löchrig, mit groben, wulstigen Nähten in einer undefinierbaren Farbe aus dem Reich der Grautöne betont seine hochtrainierten Oberarme. Muskelberge, auf denen beidseitig jeweils das Jukelnack-Logo prangt. Ansonsten ist er erstaunlich untätowiert. Natürlich lässt er den Cowboyhut auf, verzichtet aber auf die Sonnenbrille.

JUKELNACK »Kleine Vorspeise. Danach gibt's die versprochene Tomatensuppe. Sheela kocht grandios. She's a great chef. I'm happy to have her! Mein bestes Pferd im Stall! Ich bezahle ihr zu viel, aber sie ist es wert!«

Zur Bestätigung dieses Lobes bekommt die Dame noch einen Klaps auf das ausladende Hinterteil. Sie nimmt es mit einem undurchschaubaren Lächeln hin und verzieht sich wieder in die Küche. Susanne Schlafholz platzt fast der Kragen, aber sie atmet ihre Empörung weg, nimmt ihr Aufnahmegerät zur Hand und sagt: »Es ist Ihnen hoffentlich recht, wenn ich sofort mit dem Mitschnitt beginne. Beim Essen kann ich mir keine Notizen machen, außerdem fallen dann hoffentlich die Kommentare über Ihr Personal etwas sachlicher aus.«

JUKELNACK »Baby, was ist los? Sind Sie denn völlig humorbefreit?«

SUSANNE »Bevor wir unsere unterschiedlichen Vorstellungen von Humor austauschen, lassen Sie uns lieber auf Ihre Kindheit zurückkommen.«·

JUKELNACK »Yeah, great! Also, ich möchte mich zunächst einmal bei Ihnen bedanken. Durch Ihre Fragerei fielen mir die Erlebnisse mit dem Truck und dem Spielen auf den selber gemachten Sandstraßen wieder ein. Sie müssen wissen, der Weg vor unserem Haus, also das, was heute eine Straße ist, war damals nicht gepflastert oder geteert. Es war eine Ansammlung von Schlaglöchern, mit schwarzem, steinigem Sand drum herum. Wir Jungs standen in dem trockenen oder, sagen wir mal, halbtrockenen, manchmal auch matschigen Graben, der so höchstens fünfzig Zentimeter tief war, lehnten auf der Kante, wo immer etwas Gras wuchs, und fuhren unsere Autos herum. Immer eng beieinander und vor uns hin brummend. Wir ahmten die Motorgeräusche nach, achteten auf reibungslosen Begegnungsverkehr und befolgten die Befehle der Straßenmeisterei. So, und wer gab die Befehle? Ich natürlich. Ich hatte am meisten Fantasie. Unfälle, Pannen, Polizeieinsätze oder Bankräuber auf der Flucht – sämtliche Szenarien kamen von mir. Alle Jungs haben mitgemacht. Sogar ältere! Zum Beispiel Edo Extra – nee, der war ja etwas jünger, genau. Übrigens, der war früher schon genauso schweigsam wie heute. Ich war der ungekrönte König des Straßenverkehrs, der Regisseur sozusagen. Leiten Sie daraus ab, was Sie wollen. Aber feststeht: Ich war schon damals der Chef!«

SUSANNE »Toll! Und wie ging es mit Regine weiter? Sie werden ja nicht jahrelang mit ihr Legohäuser gebaut haben, oder?«

JUKELNACK »Ha, worauf wollen Sie hinaus? Doktorspielchen oder so?«

SUSANNE »Gab's denn welche?«

JUKELNACK »Klar. In drei Phasen. Als ich circa sechs war, aber noch nicht zur Schule ging, wollte sie meinen Pillermann sehen. Ich hab mich geziert. Hab rumgedruckst. Da hat sie mir zuerst ihre ... verdammt, ich weiß nicht mehr, welches Wort sie damals benutzt hat ... eben ihre Scham gezeigt. Übrigens völlig schamlos. Auf der Couch im Wohnzimmer. Unsere Mütter waren nebenan in der Küche. Rock hoch, Unterhose runter und Beine in die Luft. Gespreizt. Das Ganze mit reichlich Gekicher. Ich war verklemmt. Vielleicht sogar entsetzt. Auf jeden Fall enttäuscht, denn es gab da nichts zu sehen. Einfach nur eine Fortsetzung des Podex. Grottenlangweilig.«

SUSANNE »Und, haben Sie dann auch geliefert?«

JUKELNACK »Ich glaube nicht. Doch, halt, ja, ich habe gesagt, sie soll mit rauskommen. Ich würde im Garten pinkeln und sie könne zusehen.«

SUSANNE »Hat sie?«

JUKELNACK »Ja. Neben mich gehockt und mit dummen Kommentaren. Total dämlich. Ich fühlte mich hundeelend.«

SUSANNE »Wann kam Phase zwei?«

JUKELNACK »Oh, da waren wir elf oder zwölf. Ich habe bei den Trittbergs übernachtet. Weiß nicht mehr, warum ich da geparkt worden war. In Regines Zimmer wurde eine Matratze auf den Boden gelegt. Nachdem man uns ins Bett gebracht hatte und das Licht aus war, ging die Quatscherei los. Stundenlang. Sie hat mich Feigling genannt, weil ich nicht zur ihr ins Bett kommen wollte. ›Komm du doch‹, habe ich irgendwann gesagt, und sie kam. Wir haben rumgekichert und uns gezwickt. Das Wort ›ficken‹ kannte ich schon, dachte aber, es würde mit den Fingern gemacht. Eben zwicken. Mehr war nicht.«

SUSANNE »Phase drei erspare ich uns heute Abend. Ich denke, da werden Sie deutlich älter gewesen sein, oder? Ein Thema für die Jugend des Adam Jukelnack!«

Susanne Schlafholz lächelt oberlehrerhaft, mit schräg gestellten Mundwinkeln und lustigem Augenzwinkern. Sie schaut in ihre Notizen.

SUSANNE »Wir waren bei Ihren frühkindlichen Erinnerungen. Gab's da noch mehr?«

JUKELNACK »By the way, die Suppe ist doch wohl einmalig, oder?«

SUSANNE »Den Wein finde ich noch besser.«

JUKELNACK »Enjoy! Cheers! Frühkindliches? Ja, Frust, vielleicht neben der Klo-Geschichte der zweite in meinem Leben. Eine Story, die alles erklärt – wie in einer Parabel, einem Gleichnis. Ich war fünf, ja, so um den Dreh. Mein Vater hatte eine Gartenbank gebaut. Für sich und meine Mutter. Und jetzt kommt's: Die Bank war exakt so groß, dass die beiden gerade nebeneinandersitzen konnten. Da war nicht ein Millimeter Platz für mich! Die Bank stand am Ende unseres Grundstücks. Unter einem Kirschbaum, von dem gemunkelt wurde, es hätte sich dort einmal jemand aufgehängt. Also, meine beiden Eltern saßen da dick und breit, und ich musste davorstehen. ›Warum darf ich nicht auf die Bank?‹, habe ich rumgequengelt. Und was sagt meine Mutter darauf auch noch lachend: ›Wir mussten als Kinder immer am Tisch stehen. Bei jeder Mahlzeit. Du hast noch junge

Knochen, du kannst stehen. Oder setz dich ins Gras!‹ Diese Szene ist ein Sinnbild für meine Gefühle, die sich mit der Zeit noch verstärkt haben. Für meinen Vater war ich Luft! Überflüssig. Heute sage ich mir, der war sich gar nicht bewusst, ein Kind zu haben. Der konnte und wollte nichts mit mir anfangen. Mir wurde von ihm nicht der geringste Platz eingeräumt. Nirgendwo. Verstehen Sie? Es gab kein Thema, über das ich mit meinem Alten hätte reden können. Den interessierte nichts von mir. Vielleicht auch nichts von meiner Mutter. Geredet haben die sowieso immer nur über ihren langweiligen Garten.«

SUSANNE »Mmh, wie hat denn Ihre Mutter darauf reagiert?«

JUKELNACK »So, wie eben beschrieben. Sie hat jede Scheiße, die der Alte angerührt hat, verteidigt, erklärt oder weggesteckt.«

SUSANNE »War Ihre Mutter herzlos Ihnen gegenüber?«

JUKELNACK »Um Gottes willen, nein! Nein, sie hat mich gefördert, gefordert und geliebt. Aber im Zusammenhang mit meinem Vater empfand ich sie als hirnamputiert. Heute würde ich sagen: Sie war gehemmt, einfach nicht normal, obwohl sie sonst so mit beiden Beinen im Leben stand. Die muss den geliebt haben. Liebe auf den ersten Blick oder so. Sie hat mir mal erzählt, dass sie ›dem Papi beim ersten Besuch Strümpfe geschenkt hat‹, und fand das auch noch lustig. Grausam, oder?«

SUSANNE »War die Liebe Ihrer Mutter zu Ihrem Vater größer als zu Ihnen?«

Jukelnack wendet sich ab. Er starrt aus dem Fenster, schweigt eine ganze Weile und fährt sich dann mit dem Handrücken über die Augen. Da ist wahrscheinlich zu viel Feuchtigkeit, die er verbergen will. Dann schnappt er sich die Ovation, die er neben seinem Stuhl an einen anderen angelehnt hat, und beginnt zu spielen – den Kopf fast runter vors Schallloch gedrückt, damit man sein Gesicht nicht sehen kann. Die Gitarre und der Blues erden den Mann. Irgendwann spielt er plötzlich ein paar Flamenco-Akkorde, beendet diese abrupt und blickt frech und übermütig zu Susanne hinüber.

JUKELNACK »Dur, Moll, Dur, such is life! Hast du nie den Blues? Machen Sie doch mal die Kiste aus. Hier, Arm ist oben! Lassen Sie uns ein bisschen über was anderes reden. Ich brauche eine Auszeit. Ich will auch mal was von Ihnen wissen. Wer sind Sie eigentlich?«

Susanne Schlafholz drückt die Stopptaste, greift zu ihrem Glas und lehnt sich zurück. Sie denkt: »Ja, wer bin ich eigentlich? Wer bin ich mit drei Gläsern Wein im Kopf und einem vierten in der Hand?« Etwas umständlich sortiert sie ihre Gedanken, während Jukelnack sehr leise Gitarre spielt. Natürlich wird sie diesem Idioten nicht ihre Lebensgeschichte erzählen. Höchstens ein paar Details. Unverfängliches. Und schon mal gar nichts über ihre Familie.

SUSANNE »Ich bin auf dem Land groß geworden. Mit zwei Geschwistern. Ich war die Jüngste. Meine Eltern hatten einen kleinen Bauernhof. Mein Vater war Nebenerwerbslandwirt und arbeitete für die Molkerei in unserem Dorf. Jedenfalls so lange, bis die geschlossen wurde. Vier Jahre Dorfschule, dann Gymnasium. Täglich vierzig Minuten mit dem Bus hin und vierzig zurück. Verplemperte Zeit. Ich war schüchtern, darum haben mich meine Eltern im Turnverein angemeldet. Bei uns im Dorf spielten alle Faustball. Also kam ich mit zwölf in die Mannschaft. Da wurde jede gebraucht. Ab sechzehn – da war unsere Jugendmannschaft relativ gut – habe ich für den GEESTER LANDBOTEN Spielberichte geschrieben. Mein erster Kontakt zur professionellen Schreiberei sozusagen. Außerdem war ich in einer … Ach, erzähl ich Ihnen irgendwann mal. Nach dem Abitur habe ich ein Jahr als Au-pair gearbeitet. Bei zwei Familien. Eine in Frankreich, eine in den USA. Danach ging's zum Studium. Erst Germanistik, dann Journalismus. Nach der Uni verschiedene Zeitungsjobs, zum Schluss beim Stern. Nebenbei schrieb ich zwei Bücher, übrigens jeweils Biografien, die sich gut verkauft haben. Daraufhin habe ich mich selbstständig gemacht. And, here I am!«

Jukelnack »Großartig! Klingt wie von einer Maschine getextet. Glatt und ohne Ecken. Wo sind deine Kanten, Baby? Wen haben Sie geliebt?«

Susanne »Das erzähle ich Ihnen, wenn Sie mir mindestens fünf Stunden etwas über die Beziehung zu Ihrem Vater erzählt haben. Deal?«
Während sie spricht, greift sie ein wenig theatralisch zum Aufnahmegerät, lächelt und schaltet es wieder ein.

Susanne »Ihr Vater war Lehrer?

Jukelnack »Ja, genau. Ein Verbrechen an der Menschheit, wenn Sie mich fragen. Im Dritten Reich konnten ja viele unfähige Klotzköpfe Karriere machen, bis hoch zum Reichskanzler. Aber mein Vater war vorher schon im Schuldienst und war es skandalöserweise nach '45 wieder. Sogar einen stellvertretenden Schulleiter hat man aus ihm gemacht.

Erst 1964, oder war es '68 ...? Egal, irgendwann zu der Zeit hat man ihn endlich aus dem Verkehr gezogen. Ich möchte nicht wissen, wie viele Leichen seinen Weg gepflastert haben. Verkrüppelte Seelen und so.«

Susanne »Wie meinen Sie das?«

Jukelnack »Mein Vater war ein Psychopath – sagte ich doch schon.«

Susanne »Ohne Ihnen zu nahe treten zu wollen – könnte es sein, dass Sie ihn mit einem Soziopathen verwechseln? Nach Ihren Beschreibungen hatte er doch eher ein gestörtes Verhältnis zur Gemeinschaft. Oder irre ich mich?«

Jukelnack »Psycho oder Sozio, ist doch scheißegal. Seine Reaktionsmuster im Umgang mit anderen Menschen waren jedenfalls rein mechanisch. Der war gestört. Und ich kriegte es volle Dröhnung ab. Jedenfalls als Kind. Am schlimmsten war der Begriff ›Lehrerssohn‹! Mann, was hat mich das angekotzt. Eigentlich schon ab der Einschulung. Ich war die ersten vier Jahre auf der Volksschule meines Alten. Gott sei Dank gab's nie Unterricht bei ihm. Halt, stimmt nicht. Ein Mal, eine Vertretungsstunde. Reichte völlig. Schon am ersten Schultag haben sie mit dem Finger auf mich gezeigt: ›Da, kommt der Lehrerssohn!‹ Den ›kleinen Porree‹ haben sie mich genannt. Schrecklich. Ich wusste ja nicht mal, warum, bis ich rausbekam, dass *Porree* der Spitzname meines Vaters war. Bohnenstange wäre auch gegangen. Der war immer dünn wie ein Massai-Krieger. In der dritten Klasse dann die Eskalation mit Tammo Menke. Der war Viertklässler und mindestens einen Kopf größer als ich. In der Pause rannte er immer über den Schulhof und hat andere von hinten geschubst. Vornehmlich Mädchen. Ich habe es mir eine Weile angesehen. Ihn beobachtet. Neben mir stand Bärbel Hoffmann, als der Trottel angerast kam. Buff – kriegte sie einen Schlag ins Kreuz, sodass ihr Pausenbrot in hohem Bogen in die Kieselsteine fiel. Ich hinter ihm her – wie seit Tagen geplant – und hau ihm von hinten in seine Beine. Er stürzt und ich auf ihn drauf, greif in seine Mecki-Frisur und schlag seinen Kopf ein paar Mal auf den Boden – also in den weichen Kies. Nicht weiter schlimm. Nur kleine Wunden, aber ordentlich Blut.

Die Pausenaufsicht hat uns getrennt. Ab dem Zeitpunkt war ich für die Mädels der Hero und für die Jungs ein passabler Held. Aber dann: Mein Vater hat einen Monat lang nicht mit mir geredet, auf nichts geantwortet, mich nicht einmal angesehen. Als ich Mutter fragte, was der Papi hat, sagte sie in etwa: ›Seine Kollegen sagen, er soll dir eine Tracht Prügel verabreichen. Der Papi ist viel zu nett zu dir. Ach, und bei Bäcker Menke kann ich mich auch nicht mehr blicken lassen. Was hast du nur verbrochen?‹ Verbrochen! Das muss man sich mal klarmachen. Ich war in der dritten Klasse der Kleinste – ich war fast überall der Kleinste, bis heute. Anstatt mir eine Medaille zu verleihen, wurde ich von den Erwachsenen gemobbt. Bis ich das gleichgültiger wegstecken konnte, vergingen Jahre. Jahre, in denen ich abstumpfte, ein dickeres Fell bekam und härter wurde. Weil, Baby, im Leben kommen nur die Harten durch, oder?«

Jukelnack grient, will Zustimmung von seiner Zuhörerin. Die bleibt unbeeindruckt und fragt: »Rührt daher Ihr Weltbild?«

JUKELNACK »*They've destroyed my entire view of the world* – ist aus einem Text von mir. Wie ich Sie einschätze, kennen Sie ihn nicht. Macht nichts. Ist kein guter Song. Mein Weltbild? Hat sich so entwickelt wie bei jedem anderen auch. Persönlichkeiten, die man schätzen gelernt hat, zu denen man aufschaut, prägen den Menschen. Prägen sein Bild von der Welt. Ich säße heute nicht hier ohne Hoimar zu Trittberg, Hieronymus Flutter, Grete zu Trittberg – wer fällt mir noch ein – ach ja, Edo Extra und, ja doch, allen voran meine Mutter, auch wenn ihr Eiertanz zwischen mir und meinem Vater einige Dellen in meine Seelenhülle geschlagen hat.«

SUSANNE »Lebt Ihre Mutter noch?«

JUKELNACK »Und wie! Allerdings ist sie fast blind.«

SUSANNE »Fast blind?«

Susanne Schlafholz greift zum Stift und macht sich eine Notiz.

SUSANNE »Wie oft sehen Sie Ihre Mutter?«

JUKELNACK »Mother Else, ich nenne sie ja nur noch Mom, obwohl sie es nicht so mag. Wie oft ich sie sehe? Mmmh, auf jeden Fall zu selten. Sie sieht ja auch nicht mehr viel. Ehrlich gesagt, ich war schon ein paar Jahre nicht mehr in Germany. It's sad, so sad. Ich hasse den Wirbel, wenn ich in der Stadt bin. Die Leute lassen mich ja nicht in Ruhe.«

SUSANNE »Vielleicht sollten Sie es mal ohne Ihren Hut versuchen?! Schlafen Sie eigentlich auch mit dem?«

JUKELNACK »Baby, willst du mich provozieren?«
Jukelnack reißt sich seinen schwarzen, mit Kordeln verzierten Lederhut vom Kopf und reckt sich über den Tisch. Susanne erschrickt. Eine Halbglatze – damit hat sie gerechnet – und eine furchtbare, rotleuchtende Narbe kommen zum Vorschein. Vom Stirnansatz bis zum Hinterkopf schlangenähnliche Linien, wie ein blutiges Flussdelta sieht es aus. Kein Maskenbildner für Horrorfilme hätte es besser hinbekommen.

SUSANNE »Oh je!«

JUKELNACK »Oh je, genau! Und ja, Baby, ich gehe auch mit Hut ins Bett, jedenfalls wenn ich die Matratze mit irgendeinem Vögelchen teile. So, und da wir beide in diesem Leben niemals zusammen unter einer Decke liegen werden, habe ich es Ihnen gezeigt. Wenn Sie darüber auch nur ein Wort schreiben ...«

SUSANNE »Schreibe ich nicht, versprochen. Ihre Zusage, mich nie auf Ihre Matratze einzuladen, ist es wert! Beruhigt mich. Wie kam es zu der Narbe? Muss ja eine riesige Wunde gewesen sein ...«

JUKELNACK »Diskussion mit einem Barkeeper nachts um drei. Schwamm drüber!«

SUSANNE »Äh, Ihre Mutter – Sie haben keinen Kontakt mehr zu ihr?«

JUKELNACK »Bullshit! Natürlich. Wir telefonieren! Und falls es Sie interessiert: fast täglich. Na ja, sagen wir alle zwei, drei Tage. Zwar kurz und knapp, aber es reicht ihr. ›Geht's dir gut, Junge?‹, fragt sie ständig. Wenn ich ›Ja, klar‹ sage, ist sie beruhigt. Ein, zwei Mal im Monat reden wir länger miteinander. Was schreiben Sie denn da schon wieder? Hast du irgendwas gehört, was dich crazy macht?«

SUSANNE »Mir kam die Idee, vielleicht mal Ihre Mutter zu besuchen.«

JUKELNACK »Never, vergiss es, meine Mutter hat noch nie ein einziges Wort über mich in die Öffentlichkeit gebracht. Die haben ihr aufgelauert, deine Kollegenschweine, haben ihr Mikrofone vor die Nase gehalten, auf sie eingequatscht, ihr Geld angeboten, alles versucht! Ergebnis: kein Sterbenswörtchen von ihr über mich! Schon als ich noch in unserem Städtchen Mucke gemacht habe. Verwandte, Freunde, alle haben sie bedrängt, gefragt, was sie von mir weiß oder wie sie zu mir und meiner Musik steht. Die schweigt wie ein ägyptisches Grab unter einer Hunderttausend-Tonnen-Pyramide.«

Jukelnack steht auf, holt eine andere Gitarre, steckt eine neue Zigarette an den Kopf des Steges, eine zweite, schon abgebrannte, steckt in der Ovation. Eine dritte vereinsamt im Aschenbecher. Komischerweise ist die Luft im Raum relativ frisch. Eine fleißige Lüftungsanlage scheint einen guten Job zu machen. Susanne Schlafholz nimmt ihr Glas, steht auf und geht auf die großformatigen Bilder zu.

SUSANNE »Ich glaube, jetzt brauche *ich* mal eine Pause. Noch besser wäre es, wir würden für heute Schluss machen. Mir steigt der Wein zu Kopf. Könnten Sie mir eine Taxe rufen? Ach, und dürfte ich ein Foto von den Bildern machen? Ich mag die wirklich sehr! Das in der Mitte mit dem Andreaskreuz ist magisch. Einfach wunderbar. Das nimmt mich gefangen.«

JUKELNACK »Ja, Fetting ist gut. Aber Nöhre malt noch besser, obwohl er kaum bekannt ist. Die waren mal Kumpel. Der eine ist berühmt geworden, der andere malt in der Diaspora. Wie bei uns Musikern. Von den Jungs, mit denen ich angefangen habe, ist nur noch Edo Extra dabei. Die anderen spielen an ihren fetten Bäuchen rum und haben vergessen, dass sie mal ganz groß rauskommen wollten. Spielen in Coverbands für hundert Dollar und fühlen sich als Stars. Taxe? Meine Leute können Sie doch bringen!«

SUSANNE »Bleiben Sie über Nacht hier?«

JUKELNACK »Yeah, ich schlafe bei Sheela.«

SUSANNE »Bei oder mit?«

JUKELNACK »Wenn ich hier bin, oft und gerne auch mit Sheela. Eifersüchtig?«

SUSANNE »Sie scheint älter zu sein als Sie!?«

JUKELNACK »Allein diese Frage ist doch schon eine Art Diskriminierung, oder? Darf man nicht mit einer älteren Frau ins Bett gehen? Sind deren Orgasmen schlechter? Befriedigt sie mich weniger?«

SUSANNE »Stopp, stopp, stopp, so genau wollte ich es gar nicht wissen. Auf Fotos sieht man Sie immer nur mit sehr jungen, barbiepuppenhaft aufgebrezelten Damen. Könnten alle von Hugh Hefner gecastet worden sein. Außen bunt und innen hohl. Daher mein Sekunden-Erstaunen. Es geht mich nichts an und ich entschuldige mich für die Frage! E n t s c h u l d i g u n g !

Sehen wir uns morgen wie verabredet?«

JUKELNACK »Im Headquarter, sure. Welche Zeit? Ach, ich lasse Sie abholen, dann kommt es nicht so drauf an.«

SUSANNE »Aha, und ich warte geduldig im Hotel?«

JUKELNACK »Was ist falsch an Geduld?«

Jukelnack setzt mit einem Schlüssel den Aufzug in Bewegung und drückt für Susanne Schlafholz den richtigen Knopf, damit sie in der Tiefgarage landet, wo sie bereits erwartet wird. Die Fahrt durchs nächtliche Los Angeles ist kurz und der Lichterreigen überwältigend, wenn man denn die Augen aufhat. Die Frau auf dem Rücksitz versucht, die Augen geschlossen zu halten. Sie ist müde und angetrunken, was sie bereut. Mit aller Kraft hat sie bis zuletzt Haltung gezeigt. Jukelnack, der eher das Doppelte getrunken haben wird, wirkte nahezu nüchtern. Diesen Vorteil haben viele Alkoholiker. Und natürlich geübte Trinker.

Am nächsten Nachmittag: Die freundliche, ältere Empfangsdame telefoniert kurz, dann fordert sie Mrs. Schlafholz auf, ihr zu folgen. Sie will gerade an der Bürotür klopfen, als diese aufgeht und ein großer Mann mit noch größerem »Hallo« in alle Richtungen erscheint. »Besser gelaunt kann man nicht sein«, denkt Susanne Schlafholz und schaut verdattert in das Gesicht des Mannes, der den Raum verlässt.

Er macht eine steife Verbeugung und sagt: »He's waiting for you! Don't disappoint him!«

Dann lacht er schallend, fast schon grölend, und ergreift den Arm der Empfangsdame.

JUKELNACK »Hi, Susan, alles gut bei Ihnen?«

SUSANNE »Äh, wer war das denn eben? Der kam mir irgendwie bekannt vor, oder täusche ich mich?«

JUKELNACK »Bruce Springsteen. Ein paar Leute kennen ihn noch. Wir stricken gerade an einer Art Comeback. Er braucht neue Songs. Ich arbeite gerne mit anderen Musikern zusammen. Zwar lieber mit den Jüngeren, aber die Etablierten verkaufen besser.«

SUSANNE »Puh, Springsteen. Halleluja!«

Leise sagt sie: »Na gut, keine Ablenkungen, Susanne. Konzentrier dich!«

JUKELNACK »Redest du so mit dir?«

SUSANNE »Wenn es der Sache dient, ja, dann reiß ich mich am Riemen und sag es mir auch. Mr. Jukelnack, vielen Dank noch einmal für den netten Abend und die exzellente Bewirtung. Falls Sie mich betrunken machen wollten – es ist Ihnen gelungen! Zurück zu unserem Thema. Ich habe heute Morgen meine Bänder abgehört und dabei hat mich gestört, wie viele Zwischenfragen ich Ihnen gestellt habe. Ich würde Sie lieber in längeren Abschnitten reden lassen, damit Sie in Schwung kommen und tiefer in sich hineingehen. Wollen wir das mal versuchen?«

JUKELNACK »Mich hat bisher nichts gestört, außer den viel zu vielen Erwähnungen meines Alten.«

SUSANNE »Apropos Ihr Vater. Es wird gesagt, Sie hätten mit Eric Clapton den Song *My Father's Eyes* geschrieben. Ist das wahr?«

JUKELNACK »Absoluter Bullshit! Wahr ist, dass wir zusammen gejammt haben und das Thema auf unsere Väter kam. Ich sagte sinngemäß: Wenn ich in die Augen meines Vaters schaue, wird mir übel. So, und was macht der gute Erich – ich nenne ihn immer Erich, aber er versteht den Gag nicht –, er macht 'n Lullaby draus. Eine Schnulze. Terrible. Nur die ersten Töne des Songs sind von mir – das Anfangsriff. Geschenkt.«

SUSANNE »Schöne Geschichte. Mr. Jukelnack, was fällt Ihnen ein, wenn Sie die Zeit von Ihrer Einschulung bis zum Ende der vierten Klasse Revue passieren lassen?«

JUKELNACK »Ich war zunächst ein Versager. Bin wohl zu früh eingeschult worden. Die anderen waren immer schneller fertig, schrieben sauberer, konnten besser rechnen und waren angepasster. Angeblich soll ich ständig den Unterricht gestört haben. In der dritten Klasse gab es auf einmal Flötenunterricht für alle. Bei Fräulein Richter. Sie sah scharf aus! Und war sehr, sehr nett. Ich habe ihr die Sterne vom Himmel geblasen, weil sie oft zu mir kam und mir über den Kopf gestreichelt hat. Kannte ich von zu Hause ja nicht. Die war super! Ich habe ihr erzählt, dass ich auch Ukulele spielen kann, obwohl ich das Teil zu der Zeit schon ewig nicht mehr in den Händen gehabt hatte. ›Bring dein Instrument doch einmal mit in die Schule‹, hat sie gesagt. Da war Holland in Not. Ich bin zu Tante Grete und hab es ihr gebeichtet. Hoimar war auch im Haus, Grete hat es ihm sofort erzählt. Sie müssen wissen, der Hoimar zu Trittberg war ein Riese mit einer Stimme wie Rübezahl. Der nahm mich dann auf seinen Schoß und hat mir die ersten zwei Akkorde gezeigt. Den dritten habe ich sogar selber rausgefunden. Kurz vor meinem neunten Geburtstag war das. Weil ich Fräulein Richter so begehrenswert fand, habe ich ein paar Tage jeden Nachmittag geübt. Endergebnis: mein erster Konzertauftritt! Vor der Klasse. ›Im Frühtau zu Berge wir gehn, fallera ...‹ Ha ha. Applaus, Anerkennung, Bestätigung, gute Gefühle – alles bei uns zu Hause Mangelware. Zum Geburtstag schenkte mir Hoimar die Ukulele unter der Bedingung, jeden Monat eine weitere Harmonie, also einen Griff, zu lernen. Bis zum nächsten Geburtstag. Zu dem versprach er mir eine Gitarre, falls ich seine Auflage erfülle. Und da kam sie: die geilste, die coolste, die unglaublichste Gitarre der Welt. Von Höfner. Gedacht für Wandervögel, aber benutzt, um die Welt des Rock 'n' Roll auf den Kopf zu stellen. Edo Extra nannte das Teil damals ›deine Quelle-Wunder-Bratsche‹, weil ein Schild von Neckermann dranhing. Und schau mal Baby, meine Finger – obwohl ich ja nun das Gegenteil von einem Riesen bin, kein Kerl hat längere Flossen. Und schönere! Mein zehnter Geburtstag – der Start einer Weltkarriere!«

SUSANNE »Und was haben Ihre Eltern dazu gesagt?«

JUKELNACK »Oh Mann, mein Vater fühlte sich aufgerufen, seinerseits auch etwas zu tun. Ergebnis: Er zeigte mir im Garten ein kleines Stück Acker und sagte: ›Für dich. Hier kannst du lernen, wie man sät und erntet.‹ Er gab mir einen viel zu schweren Spaten und ich musste stundenlang umgraben. Heute würde der Kinderschutzbund eingreifen. Zwei, drei Jahre hat er mich getriezt. Immer mit seiner Scheißfreundlichkeit. Auflehnen war zwecklos, weil meine Mutter hinter ihm stand. Wörtlich und im übertragenen Sinne. Soll ich mal verraten, was das Einzige ist, das ich von meinem Alten fürs Leben gelernt habe? Den Unterschied zwischen glatter und krauser Petersilie!

Mehr nicht! Ach, und er hat mich nie geschlagen. Immerhin.

Wenn ihm was nicht passte, sagte er nur: ›Ich musste früher immer gehorchen!‹ Vorgetragen wie ein Leierkasten.

Unterschwelliger Druck – totaler Psychoterror! Übrigens, ich habe meinen Vater nie nackt gesehen. Der war verklemmt bis in die Haarspitzen. Er lief auch nie in Unterhosen durchs Haus, wie meine Mutter zum Beispiel. Bei dem war nichts natürlich, außer seiner Sauferei. Wenigstens hat er mich Gitarre üben lassen. Er war ja die meiste Zeit in seinem Zimmer. Zugesperrt. Durfte niemand rein. Mutter kam oft zu mir, weil ich leiser sein sollte. ›Der Papi braucht seine Ruhe!‹ Der meistgehörte Satz in meinen ersten sechzehn Jahren. Ruhe! Was wollte der immer mit seiner Ruhe? Die hatten ja nicht einmal ein gemeinsames Schlafzimmer! Aber wenn man in solchen Verhältnissen groß wird, findet man es auch noch normal. Psychopathen! Alle beide! Na ja, meine Mutter vielleicht nicht so. Aber meine Großmutter garantiert. Allein wie der Alte über sie gesprochen hat: ›Mutter wollte das nicht!‹ ›Mutter hat immer gesagt ...‹ und so weiter. Der hat pausenlos meine Großmutter zitiert, obwohl sie eine Hexe gewesen sein muss. Hörte ich später von den Kids im Dornbuschweg und die hatten es von ihren Eltern. Ja, die muss die Ur-Psychopathin gewesen sein und hat sich ihren Sohn nach ihrem Macken-Raster geformt. Ich denke gerade, wo ich es ausspreche: Wenn es so war, müsste man meinen Alten ja ein armes Schwein nennen. Stimmt vielleicht sogar. I'll think about it. Obwohl, nee, bloß kein Verständnis wecken. Auch nicht wegen des Krieges. Sowieso, der Krieg – kennen Sie meinen Song *The War Inside*? Ich bin mir sicher, der Krieg, oder besser gesagt, die beiden Weltkriege stecken noch tief in uns. Ich bin zehn Jahre nach dem totalen Zusammenbruch geboren worden. Von Eltern, die die ganze Scheiße in ihrer DNA oder wo auch immer drinstecken hatten. Das haben die doch nicht so einfach rausgeschüttelt. Ihre Reaktionen, ihre Ängste, ihre Versteckspiele, ihre sozialen

Deformationen und weiß der Himmel was noch. Steckt alles tief unter unserer Haut, haben die uns mitgegeben, ohne dass es uns oder ihnen bewusst war. Ach, wie alt sind Sie eigentlich?«

SUSANNE »Puh, schon vierunddreißig. Geschieden, keine Kinder. Haben Sie Kinder?«

JUKELNACK »Liebe Susan, warum siezt du mich immer? Ich bin Musiker! Die duzen sich grundsätzlich. Auch in Deutschland! Aber für dieses Thema ist es perfekt. Sie sind doch so sicher, was den Vertrag zwischen Ihrem Verlag und meinem Management betrifft. Was steht da unter irgendeinem Punkt? Sie werden es ja auswendig wissen, oder?«

SUSANNE »Da steht: ›Jegliche Fragen zum Thema Kinder des Vertragsschließenden zu 1.) Mr. Adam Jukelnack werden kategorisch ausgeschlossen. Sollten Vermutungen darüber Eingang ins Buch finden, ist eine Vertragsstrafe in Höhe von ...‹ Bla, bla, bla. Das Ganze in Englisch und Deutsch.«

JUKELNACK »Frage beantwortet?!«

SUSANNE »Yes! Sie waren angeblich in der Grundschule ...«

JUKELNACK »... Volksschule hieß die damals!«

SUSANNE »Sie waren also in der Volksschule ein schlechter Schüler?«

JUKELNACK »Habe ich das gesagt? Stimmt schon, allerdings nur, bis Fräulein Richter in mein Leben trat. Im Milchkeller, wo es in der großen Pause – sofern man fünfzig Pfennig bezahlt hatte – Kakao oder Milch für uns gab, kam sie zu mir, schaute mich an und fragte: ›Hast du denn auch bezahlt?‹ Hatte ich natürlich nicht, weil meine Eltern dafür kein Geld rausrückten. Ich habe den Kakao sozusagen immer geklaut. Fiel nie auf. Na ja, sie strich mir wieder über den Kopf und sagte: ›Adam, ich möchte, dass du deine Noten verbesserst. Wenn du mir versprichst, ein guter Schüler zu werden, so gut wie im Musikunterricht, dann zahle ich für dich den Kakao. Wollen wir es so machen?‹ Ich weiß noch jedes Wort. So hat sie es gesagt. Da fehlt keine Silbe! Mann, ich war geflasht. Bin nach Hause gekommen und hab meiner Mom gesagt: ›Ab heute werde ich ein guter Schüler!‹ Und was sagt die doofe Kuh? ›Da wird sich der Papi aber freuen!‹ Wäre eigentlich ein Grund gewesen, aus dem Programm wieder auszusteigen. Nur hatte ich zu dem Zeitpunkt noch nicht gecheckt, was für ein Loser mein Alter war. Der hätte mein desinteressierter Stief-Großvater sein können.

Bis zum zehnten oder zwölften Lebensjahr habe ich ihn noch ernst genommen, im Sinne von: mich nicht gegen ihn aufgelehnt. Wobei, ha, auflehnen konnte man sich ja gar nicht gegen ihn. Von dem kam nie eine Ansage, ein Befehl, eine Forderung. Keine Zurechtweisungen, keine Erwartungen. Dem war alles scheißegal. Bestenfalls hörte ich in Watte verpackte Vorschläge: ›Vielleicht könntest du mal …‹ oder so. Aber nicht mit Druck in der Stimme. Am schlimmsten waren Sätze wie ›Meine Mutter hat immer …‹ oder ›Mutter wollte, dass ich …‹ Daraus sollte man dann irgendwas ableiten. Kaum hatte er es ausgespuckt, übernahm schon wieder die Gleichgültigkeit das Regiment. War Mom in der Nähe, wurde es noch schlimmer. Die sagte dann Blödsinn wie ›Der Papi meint, du könntest nun wirklich mal …!‹ ›Mach, was der Papi sagt …‹ ›Der Papi will, dass du …‹ Zum Verrücktwerden, oder?«

SUSANNE »Welche Erinnerungen haben Sie noch an Ihre Mutter zu der Zeit?«

JUKELNACK »Sie hat sich um alles gekümmert, alles organisiert und möglichst wenig dem Zufall überlassen. Sie war die Chefin im Ring und hat meinem Vater das Gefühl gegeben, er sei es. Nein, sie hat allen dieses falsche Gefühl vorgegaukelt. Aber ihre Küche! Wenn ich irgendetwas in meiner Kindheit und Jugend unverändert lassen würde, dann das Essen. Bei uns hat's immer geschmeckt. Sogar sehr lecker. Beim Abendessen – das hieß bei uns Abendbrot – saßen wir meistens zu dritt am Tisch.

Besucher gab es so gut wie nie. Höchstens mal Tante Grete. Meine Mutter hat geredet, war die Talkmasterin. Ab und zu stellte sie mir eine Frage, und, egal was ich geantwortet habe, sie tat so, als sei sie stolz auf mich. Sie guckte zu dem Alten rüber und wollte Bestätigung von ihm, wie süß, wie schlau, wie witzig ich war. Der glotzte nur auf seinen Teller, grinste saublöd und nickte bestenfalls mit dem Kopf. Oder er sagte: ›Ja, ja. Genau!‹ Wenn ein Gespräch in Gang kam und er ganze Sätze von sich gab, ging es nur um den Garten. Oder er sagte: ›Heut ist Stammtisch.‹ Der ist bestimmt drei Mal in der Woche in den GOLDENEN SPATEN. Hat sich die Hucke volllaufen lassen, wie ich später hörte, beziehungsweise mitbekam. Von den Kids in der Straße wurde ich manchmal gefoppt mit so Sprüchen wie: ›Hoffentlich hat dir dein Alter nicht in die Schuhe gekotzt.‹ Hatten sie von ihren Vätern aufgeschnappt. Verflucht – ich bin schon wieder bei diesem Versager. Meine Mutter, yeah, die ging manchmal noch arbeiten. In irgendeinem Hotel, in dem sie mal Küchenchefin gewesen war. Von da brachte sie öfter Desserts mit. Ausgeflippte Sachen, die könnte man mir heute noch vorsetzen. Im Sommer hat sie regelmäßig Eis gemacht – wie auch immer sie das gedeichselt hat. Das waren die einzigen Momente, wo ich andere Jungs mit nach Hause bringen durfte. Dann saßen wir draußen auf unserer Güllegrube, weil die so eine Art Plateau darstellte, und bekamen jeder eine kleine Schüssel Eis. Wahnsinn! Vor allem, wenn noch Erdbeeren dabei waren. Oh, Erdbeeren aus unserem Garten und sogar mit Sahne, paradiesisch. Ich sehe noch meine Mom mit ihrer Schürze vor uns stehen, breit grinsend, und ich glaube, da war sie glücklich. Hab ich von ihrer Brille erzählt? Nein? Ja, sie hatte die fettesten Brillengläser der Stadt. Sie sah immer aus wie eine alte Frau. Mein Alter wie ein Opa – optisch passten die zusammen. Der Alte war immer schlank, Mom eher füllig. Beim Freischwimmer im Strandbad, oh Mann, ich erinnere mich gerade: Meine Mutter lief am Beckenrand rum. Im wollenen, nassen Badeanzug. Unterirdisch! Da fragt mich der Bademeister, wer die Frau sei, die mir zuwinken würde. Spontan habe ich ›meine Oma‹ gesagt, weil es so peinlich war. Meine beiden Eltern waren extrem peinlich. Je älter ich wurde, desto bewusster wurde es mir. Umso öfter bin ich geflohen. Meist zu den Trittbergs, trotz Regine, der alten Ziege. Unberechenbar war die. Hat mich angelacht, nur um mir dann eine zu scheuern. Aber ihre Eltern waren toll. Ohne die – äh, hab ich Ihnen ja schon erzählt.«

SUSANNE »Waren Ihre Eltern arm?«

JUKELNACK »Nein, aber geizig. Ihr Standardspruch zu allem war: ›Das ist zu teuer!‹ Dabei hatten wir zwei abbezahlte Häuser! Das große in der Stadt – viel besser als die Bude im Dornbuschweg – war voll vermietet. Meine Mom hatte es geerbt von irgendeinem alten Großbauern. Ach, Bauern, da fällt mir ein, die Eltern meiner Mom waren auch welche. Angeblich bettelarm und, soweit ich es mitbekommen habe, absolute Holzköpfe. Oma und Opa Bödicker hießen die. Wenn ich sage, dass ich die höchstens zehn Mal in meinem Leben gesehen habe, übertreibe ich nicht. Wir waren da ab und zu auf Besuch. Umständlich mit dem Postbus. Bei denen stank es nach Vieh, Scheiße und Rauch. Da gab's kein so modernes Plumpsklo wie bei uns. Die hatten echt ein hölzernes Scheißhaus hinterm Stall. Mit einer Million Fliegen drin. Als ich dem Opa sagte, dass ich mich vor den Fliegen fürchte, meinte er, ich solle mittags hingehen, dann seien die in der Küche. Ich bin fast gestorben dort. Das tiefe, schwarze Loch noch größer als bei uns. Und nichts zum Festhalten. Schrecklich! Mom gefiel es da auch nicht, konnte man ihr anmerken. Wir hielten uns die ganze Zeit an den Händen. Ich ging keinen Schritt alleine. Oma Bödicker wollte mal ein Küsschen von mir. Da habe ich geschrien, als würde ich geschlachtet. Die Geschwister meiner Mutter waren alle Zombies, soweit ich mich erinnern kann. Von denen wurde man nur die ganze Zeit angestarrt. Ich glaube, wir waren ein paar Mal auf dem Hof in Klein Streeken, wenn der Opa Geburtstag hatte. Natürlich ohne den Alten! Nur der Bruder meiner Mutter schien nicht ganz so verpeilt zu sein. Der hat uns sogar besucht. Zwar selten, aber wenn, bekam ich von ihm Prickel Pit. Sogar zwei Stangen! Verstehen konnte man den aber nicht, weil er immer nur Plattdeutsch geredet hat. Ich wette, der fand meinen Vater voll daneben, weshalb er irgendwann wegblieb. Ich glaube, meine Mutter hat sich noch mit ihm in der Stadt getroffen. Die anderen Geschwister meiner Mom, alles Schwestern übrigens, waren neidisch auf sie, wegen der Erbschaft. Fast alle Möbel, die wir im Haus hatten, waren aus dem Stadthaus. Fette Sessel mit grünem Cord, große Anrichten, ein Edwardian-Glass-Shelf, und das in der kleinen Siedlerhütte. Crazy! Im Wohnzimmer war es total eng. Mom hat sich dauernd gestoßen. Ach, meine Mom, wenn die bloß die Kurve gekriegt und den Alten verlassen hätte. Für ein vernünftiges Leben! Sie muss ihn wirklich geliebt haben – obwohl, ich wüsste keinen triftigen Grund, weshalb. *So called love,* wie ich in meinem Song ... Ach, den kennen Sie ja doch nicht. Baby, what now?«

SUSANNE »Sehr gut, danke, war ja auch recht viel. Und emotional für Sie. Ich denke, wir reden noch kurz über unser Treffen im nächsten Monat. Soll es wirklich in Kanada stattfinden?«

JUKELNACK »Ja, auf der Farm, why not? Ich bin dort ein paar Wochen und habe Zeit. Und du willst doch immer Zeit von mir!?«

SUSANNE »Wie kommen Sie an eine Farm in Kanada?«

JUKELNACK »So called love, wie ich gerade sagte. Als ich noch nicht lange in Amerika war und die erste Tournee bei den Lumberjacks begann, lernte ich in Montreal eine Tourmanagerin kennen. Molly. Molly Molroney. Sie war – das wird Sie wieder interessieren – knapp zehn Jahre älter als ich. Äh, wie alt war ich, als wir uns begegneten? Ich schätze siebenundzwanzig. Molly war eine Traumfrau. Klein, klug, humorvoll, pragmatisch und sehr locker. Wir verliebten uns ineinander und ich besuchte sie regelmäßig in Toronto. Organisatorisch nicht ganz leicht, weil sie verheiratet war. Das lief drei Jahre so, dann stellte sie mir bei einem Essen auf dem CN-Tower ihre Tochter vor. Polly. Polly hatte an dem Tag ihren zwanzigsten Geburtstag und ich sollte ihr Geburtstagsgeschenk sein. War von ihrer Mutter am Ende wohl etwas anders geplant. Die hießen natürlich nicht wirklich Molly und Polly. Mollys echter Name war Ruth – den mochte sie aber nicht. Und Polly hieß Petra. Ihr Vater muss ein deutschstämmiger oder österreichischer Trottel gewesen sein. Something like that. Polly war die zehnfache Steigerung ihrer Mutter. Blitzeinschlag – bei mir und ihr! Wir verliebten uns sofort unsterblich. Eine Zeit lang blieb es ein königliches, kompliziertes Versteckspiel, auch wegen dem Trottel. Erst heimlich mit Molly, dann noch heimlicher mit Polly. Ich wollte Polly in die Staaten holen, aber sie wollte nicht. Molly hat es dann doch irgendwann gecheckt und akzeptiert. ›Solange ich nicht zu kurz komme, ist's mir egal!‹ Hat sie wirklich gesagt und geheimnisvoll gesmiled! Wirklich! Oh Mann, das war alles andere als leicht. Aber vor allem nicht echt. Kurze Zeit später hat sie mir eine Wahnsinnsszene gemacht. Die war filmreif, dafür hätte sie einen Oscar bekommen. Sie hat sich jede Kontaktaufnahme ›für ewig und alle Zeiten‹ verboten. Halleluja, verstehe einer die Frauen.«

Susanne Schlafholz zieht eine Augenbraue hoch, räuspert sich, will etwas sagen, aber Jukelnack fährt fort.

JUKELNACK »Polly war Malerin und wollte ein Atelier auf dem Land kaufen. Eine abgefuckte Farm, für die sie Geld brauchte. Mein Steuerberater kam auf die Idee, wir sollten die Farm gemeinsam kaufen. Er hatte Angst, ich würde mein Geld sonst nicht zurückbekommen. Nachdem wir die Farm gekauft hatten, begann die beste Zeit meines Lebens. Ich bin oft rübergeflogen. Ganz in der Nähe der Farm gab es einen Flugplatz, wo meine damalige Cessna Citation landen konnte. Wir ließen das alte Wohnhaus wie es war, krumm, schief und urgemütlich. Die meisten Möbel waren noch von den Vorgängern – alten Farmern. Das Feeling war einfach grandios. Und überall hingen Pollys Bilder. Keinerlei Störungen von den Nachbarn, kein Aufmarsch von Fans, himmlischer Frieden in Einsamkeit und Harmonie. In der Scheune hat Polly gearbeitet. Daneben ließ ich ein Studio bauen – werden Sie sehen, wenn Sie kommen. Polly hat wunderbar gemalt, kosmische Sonderklasse, aber ich ertrage es heute noch nicht, ihre Bilder wieder anzusehen. Brauche noch Zeit dafür. Time heals ... Polly war die tiefsinnigste Künstlerseele, der ich je begegnet bin. Verrückt, durchgedreht und absolut genial. Wir wollten heiraten, eine Familie gründen. Nur wegen Molly haben wir es rausgezögert. Wir knallten aufeinander wie zwei Hochgeschwindigkeitszüge auf demselben Gleis. Wir haben gekifft, gekokst, gesoffen, geliebt, gelacht, geweint und unsere Kunst vorangebracht. Inspiration total! Kurz nach ihrem siebenundzwanzigsten Geburtstag ... Na ja, die Geschichte werden Sie kennen, oder? Nur dass jedes Wort darüber in den Medien ein zusammengeschusterter Scheißhaufen war. Die Boulevardzecken haben sich dermaßen an der Story geweidet und sie verdreht, gelogen und herumfantasiert, dass es nicht mehr möglich war, überhaupt dagegen vorzugehen. Auf der ganzen Welt! Aber jetzt für Sie, liebe Susan, die Wahrheit ist: Polly wurde nicht ermordet, sie hat sich nicht selber umgebracht, ich hatte sie nicht verlassen, es gab keinen Streit, keinen Krieg und keine Missverständnisse zwischen uns. Wir waren eng wie eine Jungfrau. Totale Hingabe und *You Aren't Only the Love of My Life*, mein größter Hit, geschrieben für und über sie! Dann die Katastrophe, das Erdbeben. Polly war alleine in ihrem Atelier, hatte eine Linie gezogen, sich eine Flasche Wein reingeschüttet und seit Tagen nichts gegessen. Sie arbeitete schon monatelang an einem riesigen Bild, das, wäre es fertig geworden, sie als Malerin in den Olymp katapultiert hätte. Ich kannte ihren Plan, die Skizzen, ihre Gedanken drum herum. Sie hat sich einfach überfordert und verbraucht. Wie oft habe ich in den Wochen davor zu ihr gesagt: ›Mehr als hundert Prozent geht nicht, Baby!‹ Aber sie wollte mindestens das Doppelte. Am 1. Februar 1991 ist sie vor ihrem Bild zusammengebrochen und an ihrer Kotze erstickt. Auch wenn man sie erst einen Tag später fand – ich weiß es! Wir haben noch telefoniert. Kurz vor unserem Konzert in Christchurch, Neuseeland. Sie weinte und wimmerte: ›Adam, ich fühle das Bild *sooo* intensiv. Es tut so weh. Es ist eine Geburt. Es ist eine Fahrt durch die Hölle!‹ Ihre letzten Worte. Danach kam nur noch Schluchzen. Ich sagte: ›Baby, ich muss jetzt zur Halle. Im Orangetheory Stadium warten zwanzigtausend Fans auf mich. Ich rufe zurück, wenn wir fertig sind!‹ Nach der Show kamen die Jungs von CROWDED HOUSE zur Backstageparty. Sie hatten gerade ihr Album *Woodface* fertig.

(Jukelnack singt) *It's only natural, that I should want to be there with you ...*

Ja, und dann war ich eben nicht da. Spät nachts im Hotel war ich zu besoffen, hab aber bei ihr auf Band gesprochen. ›Drunken. Love!‹ Da war sie vermutlich schon tot. Die scheiß Zeitverschiebung! Ich habe es zwei Tage lang immer wieder versucht. Dann rief unser Hausmeister an.«

Etwas glänzt in Jukelnacks Augen und Susanne kann die Feuchtigkeit zuordnen. Als Tränen kaum mehr zu verbergen sind, springt er auf und läuft ins Badezimmer. Susanne Schlafholz geht die Szene nahe. Sie führt Selbstgespräche, fordert sich auf, ruhig und sachlich zu bleiben, und beginnt, an ihren Fingern zu kauen. »Es ist nur eine Story, es ist mein Job! Mein Ziel ist, etwas Persönliches zu erfahren! Mach weiter, Susanne!« Aber dann denkt sie: »Jetzt eine Fluppe!« Sie verbietet es sich aber, aus Jukelnacks auf dem Tisch liegender Packung eine zu nehmen. Dann fällt ihr Blick auf die schmauchende, halb abgebrannte Zigarette am Kopf der Fender Stratocaster. Jukelnack hat den Filter zwischen die Saiten gesteckt. Sie greift hinüber, nimmt einen Zug und steckt den Glimmstängel zurück, um sich nach einer Weile nochmal einen Zug zu gönnen. Es dauert eine Viertelstunde, bis Jukelnack zurückkommt.

JUKELNACK »(singt) *Sorry Suzanne* – war übrigens ein Titel von den Hollies, zwar eine Schnulze, aber gut gesungen. Wenn die nicht immer so seicht abgeliefert hätten, wäre was Großes aus ihnen geworden. Also dann, Schluss für heute. Und in einem Monat: ›Der Tragödie zweiter Teil‹!«
Jukelnack lächelt sie aus geröteten Augen an. Wie von Geisterhand bestellt öffnet sich die Bürotür und seine Assistentin tritt ein. Sie lächelt charmant und ein wenig hintergründig. Susanne Schlafholz wirft den Gurt ihrer Tasche über die Schulter, grüßt mit einer saloppen Handbewegung und verlässt den Raum, um zurück ins Hotel zu laufen. Zwei Nächte sind dort noch gebucht. Sie wird die Zeit in der Stadt verbummeln, etwas schreiben und dann einen Zwischenstopp in Chicago einlegen. Dort war sie vor fünfzehn Jahren, kurz nach dem Abitur, bei Familie Turner als Au-pair, seitdem besteht eine tiefe Verbundenheit und Freundschaft. Einziger Wermutstropfen: Freddy Turner arbeitet bei McDonald's und Susanne hasst die Billigbratanstalt.

Liebe Susanne Schlafholz,
ich bin in Gedanken ständig bei Ihnen. Wie läuft es denn?
Muss ich mir Sorgen machen? Glauben Sie, wir können
die Termine halten? Sollten wir uns nach Ihrer Rückkehr
sofort einmal treffen?
Ich bin sehr gespannt auf Ihren Bericht.

Herzlichst Ihr Reinhold Hecht
Geschäftsführender Verlagsleiter,
Bingui Verlag

10. MÄRZ 2004

Läuft! Gruß S. Schlafholz

Neun Tage nachdem Susanne Schlafholz das Büro von Adam Jukelnack verlassen hat, schließt sie die Tür ihrer Wohnung auf, die sie vor Kurzem bezogen hat. Die Räume sind ihr noch nicht vertraut, alles fühlt sich fremd an und prompt stolpert sie über eine lange Papprolle.

Ihre Mutter hat »die Blumen gegossen«. Es ist lediglich eine mittelgroße Phönix-Palme. Den Briefkasten hat sie ebenfalls nicht aus den Augen gelassen und darin den Zettel von UPS mit der Ankündigung einer Expresslieferung vorgefunden, einen Termin vereinbart und das sperrige Paket angenommen. Susanne ist hundemüde. Der Flug hatte Verspätung, ihrer Autobatterie war der Saft ausgegangen, und als sie endlich auf die Autobahn kam, blinkte die Tankuhr wie die Lichtshow einer Dorfdisco. Und nun auch noch ein undefinierbares Hindernis vor ihrer Schlafzimmertür.

Sie kniet nieder und entziffert als Absender JUMM.Y COM-MUNICATION LLC. In ihr tobt ein Kampf zwischen Neugier und Müdigkeit, den die Neugier knapp gewinnt. Nachdem sie umständlich mit einem Kartoffelschälmesser das elendige Klebeband durchtrennt und den Plastikdeckel der Rolle abgezogen hat, riecht es plötzlich wie in einer Lackierwerkstatt. In der Rolle steckt eine weitere Rolle, die sich fest an den Rand gedrückt hat und nicht hinauswill. Nach einigem vergeblichen Hin und Her gibt die Empfängerin wütend auf. Sie geht duschen und will nur noch ins Bett. Unter der Dusche kommt ihr eine Idee. Mit tropfnassen Haaren, nackt und nur oberflächlich abgetrocknet schnappt sie sich die schwere Rolle, besteigt ihren Küchentisch und versucht nun durch ein die Kräfte überforderndes Rauf-und-Runter-Rütteln den Inhalt aus der Rolle zu locken. Die Aktion gelingt, sieht man von der gut sichtbaren Delle an der Decke ab. Etwa zehn Zentimeter einer Leinwand gucken heraus. Diese lässt sich nun, mit noch mehr Gewalt, aus der Rolle ziehen. Sie schleift die sich aufplusternde Leinwand aus der Küche, um sie im größeren Wohnzimmer zu entrollen. Es folgt ein Schnappatmungsanfall. Vor ihr auf dem edlen Laminat liegt das Andreaskreuz von Fetting aus Jukelnacks Stadtwohnung. Wild und ungestüm, völlig unfachmännisch aus dem Rahmen geschnitten. Eine Messerattacke auf die Kunst, ausgeführt im Vollrausch, im Wahnsinn oder in blinder Wut? Vielleicht auch die Eruption eines Gefühlsvulkans?

Eine Visitenkarte von Adam Jukelnack klebt, mit Tesafilm befestigt, in der Mitte des Kreuzes. Darauf steht:

Ihnen fällt es leichter, einen passenderen Rahmen
zu finden. Sie haben eben Klasse, ich nicht.

Ihr/Dein Adam.

Susanne Schlafholz ist fassungslos. Sie schreibt eine Mail:

Lieber Adam,

ja, ich akzeptiere Ihr Du, und Du wirst ab jetzt Adam
für mich sein. :-) Das ist nun wirklich das
kleinere Problem. Ein viel größeres Problem
wirft Dein Geschenk (ist es wirklich eines?) für mich
auf. Ich bin einfach nur überwältigt und leider
auch sprachlos. Mir fallen keine angemessenen Worte
des Dankes ein (auf solche Fälle wurden wir im
Studium nicht vorbereitet), weshalb ich mich in dieser
Sekunde wohler fühlen würde, wenn ich das Bild
schnellstmöglich wieder zurücksenden könnte. Aber –
ich habe die Leinwand kaum aus der Rolle bekommen,
wie soll ich sie da erst wieder hineinbekommen?!
Ich beruhige meine Irritationen mit dem Gedanken,
Du hättest mir das Andreaskreuz nur geliehen.
Dies scheint mir die beste Lösung zu sein. Es bleibt dein
Eigentum, ich werde nur vorübergehend die stolze
Besitzerin sein. Natürlich wird es mit der gebotenen
»Klasse« gerahmt, nämlich genau so, wie es jetzt
auf meinem Boden liegt: Die wilde Stecherei, mit der
Du dieses Kunstwerk nahezu zerstörerisch aus der
Einfassung gerissen hast, soll allzeit sichtbar bleiben!

Dann wäre da nur noch ein Problem, um das ich mich
in den nächsten Wochen vor meiner Abreise nach
Kanada kümmern muss: Ich brauche Distanz zu Dir.
Du warst/bist für mich vorrangig ein Macho, dessen
Frauenbild ich hasse. Ich mag Dein Gehabe nicht,
Deine ewige Gitarrenklimperei, während man mit Dir

spricht, Deine Kettenraucherei, Deine Großmannssucht,
Deine Musik, Deine Kleidung, die Art, wie Du über
andere Menschen sprichst. Und vieles mehr. Ich reagiere,
wie schon angedeutet, auf Macho-Männer zurzeit
sehr empfindlich. Mir erschien das ein Vorteil zu sein.
Ich habe mir vorgenommen, eine gute, ehrliche und
analytische Biografie über Dich zu schreiben.

Ich will mich nicht gemeinmachen mit Dir. Darum bete
ich um Beistand vom Universum. Mögen mir gute
Gründe zufliegen, um Dich weiterhin unsympathisch
finden zu können. :-)

Herzliche Grüße aus Deiner alten Heimat,
Susanne

So ein Grund wird geliefert!

Susanne Schlafholz ruft ihre Mutter Leni an. Leni Schlafholz
ist die Tochter von Hans Bödicker, dem jüngeren Bruder von
Else Jukelnack. Leni weiß, in welchem Altenheim ihre Tante Else
untergebracht ist, wundert sich aber, was genau ihre Tochter
im Schilde führt. Auch kommt ihr die Antwort der Tochter »Nur
so!« seltsam vor. »Nur so« fragt man nicht nach entfernten Ver-
wandten, mit denen man ansonsten so gut wie nie etwas zu tun
hatte. Als Susannes Opa Hans seinen siebzigsten Geburtstag
unter anderem auch im Kreis seiner noch lebenden Geschwister
feiert, ist Susanne dabei. Trotz aller Anstrengungen kann sie
sich nur an eine etwas unförmige Frau mit dicken Brillengläsern
erinnern. Gesprochen hat sie mit der älteren Schwester ihres
Großvaters nie ein Wort. Umso erstaunter ist diese, als sie nun
Besuch von der Enkelin ihres Bruders bekommt. Nach Gründen
gefragt, erzählt Susanne etwas von der Arbeit an einer Familien-

chronik. Damit glaubt sie, nicht wegen einer groben Lüge vom himmlischen Gericht abgestraft zu werden. Es gelingt der jungen Frau, fast zwei Stunden mit der alten Dame zu sprechen, ohne eine Frage nach ihrem Sohn zu stellen. Wie erhofft, wird es ein netter Nachmittag, an dessen Ende Else Jukelnack die Zauberworte sagt: »Susanne, besuch mich doch mal wieder!« So was lässt man sich nicht zweimal sagen. Eine Woche später ist sie erneut in der Altersresidenz an der Weser. Und die Lostrommel wirft einen Hauptgewinn aus: »Kennst du eigentlich meinen Sohn Adam?«, fragt Tante Else, und Susanne ist *fast* ehrlich erstaunt zu hören, dass dieser Adam jener Jukelnack sein soll, den die ganze Welt zu kennen scheint.

»Ich spreche sonst nie über Adam, aber dir kann ich es ja erzählen«, sagt die Seniorin und findet in Susanne Schlafholz eine aufmerksame Zuhörerin, wobei ihre Kommentare und Zwischenfragen eher beiläufig klingen.

4. April 2004, Rice Lake Farm, Ontario, Kanada

Die Fahrt mit der Taxe von Cobourg zum Rice Lake dauert länger, als Susanne Schlafholz eingeplant hat. Sie wird später als verabredet ankommen, was ihr unangenehm ist. Die Straßen sind sauber geräumt, die Landschaft jedoch ist schneebedeckt. Von Frühling keine Spur. Beim Durchfahren von Bewdley fällt ihr ein Bed and Breakfast auf. Sie macht einen Knoten in ihren Erinnerungsspeicher und nimmt sich vor, auf der Rückfahrt dort nach einem Zimmer zu fragen. Der Chauffeur kennt Jukelnacks Farm und will wissen, ob sie auch im Showgeschäft ist. Er glaubt, sie schon einmal im Fernsehen gesehen zu haben, und ist enttäuscht, als Susanne verneint. Der Weg von der Straße zur Farm ist ungeräumt, schlaglochvermint und teilweise vereist. Obwohl schnurgerade und höchstens dreihundert Meter lang, scheint es im Schritttempo ewig zu dauern. Angekommen auf dem Hof, quert ein großer Mann mit rot eingefärbter Fellmütze den Weg, tippt kurz an die Stirn und verschwindet. Ohne jeden Blickkontakt. Aus dem alten, grauen, fast schon windschiefen Farmhaus kommt Adam Jukelnack. Ein älterer Hund tänzelt um ihn herum, der sich nicht im Geringsten für die Neuankömmlinge zu interessieren scheint. »Ungewöhnlich!«, denkt die Besucherin aus Deutschland und bleibt neben dem Taxi-Van stehen. Ihr tut das Kreuz etwas weh. Die Sitze der hinteren Bank sind durchgesessen und nicht mehr für lange Touren geeignet. Der Taxifahrer wartet auffällig, will einen Blick auf den Star werfen und, da dieser gutgelaunt ist, bekommt er das gewünschte Autogramm.

JUKELNACK »Hi Susan, welcome! Schön, dich wiederzusehen! Wie geht's?«

SUSANNE »Gut. Noch etwas müde. Habe schlecht geschlafen. In dem Hotel in Cobourg ist es sehr laut.«

JUKELNACK »Oh, willst du hier schlafen? Wir haben Gästezimmer. Nicht sehr luxuriös, aber mit eingebauter Ruhegarantie. Musiker fühlen sich bei uns immer sauwohl – aber die sind auch nicht besonders anspruchsvoll.«

SUSANNE »Nein, nein, du weißt ja – ich brauche Distanz. Abstand, um besser über dich schreiben zu können. Aus der Ferne sieht man mehr. Außerdem möchte ich dir ungern nachts auf der Toilette begegnen.«

Darüber können beide lachen. Adam zeigt Susanne die Farm, erklärt mit großer Begeisterung sein Tonstudio und gibt damit an, wer hier schon alles aufgenommen hat. Auf dem Weg zurück zum Haus kommen sie an der alten Scheune vorbei. »Closed!«, sagt Adam nur, während er im Vorbeigehen an die hölzerne Schiebetür klopft. Susanne entdeckt ein eloxiertes Messingschild. PETRA-POLLY-MOLRONEY, ART STUDIO liest sie. Vor der

Tür steckt eine Plastikvase im Schnee, darin ein kleines Sträuß-
chen mit frischen Blumen. Nicht höher als zwanzig Zentimeter.
Susanne ist stehen geblieben. Jukelnack dreht sich um und sagt:
»Die bringe ich ihr immer mit, wenn ich komme. Reingehen kann
ich nicht mehr. Never! Unsere Caretaker halten es in Ordnung.«

Sie stapfen durch den Schnee und, während sie auf das Haus
zusteuern, fragt Susanne: »Wo sprechen wir?«

JUKELNACK »In der Küche. Da, der große Tisch. Daran sind
schon Welthits geschrieben worden. Von CROWDED HOUSE zum
Beispiel. Die waren 1990 in Los Angeles, also Tim und Neil Finn.
Als es bei den Brüdern nicht rundlief, habe ich sie hierher eingeladen. *Weather With You* ist an diesem Tisch entstanden. Gute
Gitarreros, die beiden. Gehen sparsam mit Effekten um, also eher
das Gegenteil von mir. Tee oder Kaffee?«

SUSANNE »Wasser! So, ich drücke die Aufnahmetaste. Hand
hoch oder jedes Wort gilt! Adam, was war los, als du aufs Gymnasium gekommen bist?«

JUKELNACK »Was los war? Wie alt war ich denn da? Moment!
Zehn, zehneinhalb – ja. Rein in die Fünfte und wieder war ich
›der Lehrerssohn‹. Hat aber nichts genutzt. Ich bin sofort hängen geblieben. Und warum? Festhalten! Weil ich Englisch nicht
gerafft habe. Die zweite Fünf gab's in Mathe. In Englisch blieb
ich die ganze Schulzeit ein Knickei. Ab und zu mal eine Vier,
ansonsten immer mangelhaft. Aber englische Songtexte habe
ich schon mit vierzehn geschrieben! Die Lehrer waren einfach
zu blöde! Trotzdem war das Sitzenbleiben perfekt, denn nun
war ich mit Edo Extra in einer Klasse. Ich bin zwar nur ein paar
Monate älter, aber er wurde später eingeschult.«

SUSANNE »Er heißt nicht wirklich Edo Extra, oder?«

JUKELNACK »Nein, eigentlich Eibo Extra. Keine Ahnung, was
seine Eltern sich dabei gedacht haben. Ich kenne ihn nur als Edo.
Schon in der Straße beim Spielen haben ihn alle Edo gerufen.

Jedenfalls sind wir seither zusammen durch dick und dünn gegangen. Ohne Edo wäre ich heute Musiklehrer – ach, nicht mal, wahrscheinlich Roadie oder Kabelträger. Edo trommelt, wo er steht und geht, ich dagegen brauche Saiten und ein Griffbrett zum Festhalten. Du hast dich ja über mein Spielen in so Situationen wie dieser jetzt gerade beschwert. Hör zu, Baby, ich kann einfach nicht frei reden, wenn ich nicht eine Gitarre an meinen Fingern spüre. Das begann genau damals, fünfte Klasse, in der zweiten Runde. Ich musste Hausaufgaben machen und war nicht bei der Sache. Ich saß an dem Tisch in meinem Zimmer und griff immer wieder zur Gitarre. Die Höfner von Hoimar – auch noch mit Nylonsaiten. Eigentlich der Rock 'n' Roll Tod! Aber dann kam die Erleuchtung: Wenn ich die Gitarre auf dem Schoß behielt, während ich mich vorbeugte, um zu lesen, schreiben oder rechnen, dann ging es plötzlich. Verstehst du? Gestütztes Schreiben, wie bei einem Autisten. Da haben wir's: Bin ich eventuell ein Autist? Ha, dein Job, es herauszufinden. Wenn ich eine Gitarre vorm Bauch habe, gibt mir das Sicherheit, da bin ich sozusagen ausgeglichen. Ich kann nur denken und reden, wenn meine linke Hand den Steg berührt und die Finger die Saiten spüren. Intuitiv greifen. Wenn ich ohne Gitarre irgendwo sitzen muss, werde ich fummelig, kann mich irgendwann auf nichts und niemanden mehr konzentrieren. Ist wohl eine Macke. Ich schlafe auch mit Gitarre ein. Linke Hand am Griffbrett, die rechte Hand am … Willst du gar nicht wissen.«

Jukelnack grinst rotzfrech.

JUKELNACK »Zwei Ausnahmen gibt es: Ich kann ohne Gitarre spazieren gehen, wenn jemand neben mir läuft, mit dem ich reden kann und mich wohlfühle. Zweite Ausnahme: wenn meine Finger auf dem Körper einer Frau herumwandern.«

SUSANNE »Dann will ich mal hoffen, dass in den nächsten Tagen immer genug Gitarren in unserer Nähe sind.«

JUKELNACK »Baby, come on, nicht immer so verkniffen! Nimm es einfach hin: Wer ein Star werden und bleiben will, braucht schon einen sehr soliden Dachschaden. Da kann man nicht normal sein.

Spätestens mit dreizehn habe ich gemerkt, dass ich anders bin. Und anders sein wollte! Ein paar Dinge veränderten sich. Meine Mutter begann wieder regelmäßig vormittags und über Mittag in HEITMANNS HOTEL – so hieß der Schuppen – zu arbeiten. Was Besseres konnte mir gar nicht passieren. Das Gymnasium war ja in der Stadtmitte. In der Nähe von Trittbergs Supervilla. Mom hat es so organisiert, dass ich bei denen zu Mittag essen konnte. Täglich, bis auf dienstags. Ihre Begründung dafür war eine perfekte Farce: ›Der Papi braucht seine Ruhe, da störst du nur!‹, sagte sie und machte den Deal mit Grete und Hoimar klar. Die wiederum wollten Gesellschaft für ihre zickige Tochter, und – das war der Oberhammer – ich sollte ihr bei den Hausaufgaben helfen! Ausgerechnet ich! Die war aber auch grottenschlecht – hat es gerade bis zur Zehnten geschafft, zwei Mal Hängenbleiben inklusive. Mittags bei den Trittbergs bedeutete Entertainment pur. Hoimar war ein hochinteressanter Mann. Intellektuell, kommunikativ, voller Humor und Witz, sarkastisch bis zur Schmerzgrenze und gesegnet mit Sendungsbewusstsein. Der wollte mir was mitgeben, habe ich spätestens mit vierzehn kapiert. Wir haben zusammen musiziert, er Klavier, ich Gitarre. Regine konnte wenigstens etwas singen, sie war ja auch später in meiner ersten Band dabei. Bei Hoimar bin ich erwachsen geworden, der hat meinen Horizont erweitert. Vom Tunnelblick zu dreihundertsechzig Grad. Ein Spruch von ihm war: ›Wenn vor dir ein Problem liegt, dann dreh dich um und schau hinter dich! Nur so findest du Erklärungen und Lösungen!‹ Zu jeder menschlichen Frage gab es von ihm ein Zitat aus irgendwelchen Klassikern oder Theaterstücken. Immer donnernd, übertrieben und lustig vorgetragen. Zum Beispiel: ›Hüte dich vor den Guten und Gerechten, sie kreuzigen gern.‹ Dann lachte er und schob ›Also sprach Zarathustra!‹ hinterher. Mann, was waren das für Wegweiser. Ich kenne sein Gesicht nur lachend. Aber wirklich lachend, nicht so ein zerrüttet-befremdliches Gegrinse wie bei meinem Alten. Der reagierte zwar auf kommunikative Reize und seine Antworten standen meist im Zusammenhang mit dem gerade Gehörten, waren aber stets fade. Er blieb passiv – außer beim Thema Petersilie. Hoimar dagegen war echt und aktiv, auch wenn er fast immer Theater gespielt hat. Der Typ hatte es einfach drauf. Am Klavier sitzend erklärte er mir Harmonieschemen, die ich dann auf der Gitarre adaptierte. Das war reinste Grundlagenforschung. Er brachte es sogar fertig, über das komische Verhalten seiner Tochter zu lachen. Er führte sich nicht wie ein Vater auf, sondern eher als Weltenerklärer. Wie ein Wanderführer, der den Weg nicht nur kennt, sondern einem auch sagt, wo's holprig werden könnte. ›Frauen gehen Männern auf die Nerven, wenn nicht, sind sie langweilig!‹ Das war seine Erklärung für Regines Verhalten. Für mich eine Erleuchtung. Also, nicht gerade bei Regine, aber danach schon.«

Susanne Schlafholz räuspert sich, doch Jukelnack bleibt unbeirrt bei seinem Text.

JUKELNACK »Ich habe hunderte seiner Sprüche aufgesogen und immer wieder im Leben benutzt. Echte Augenöffner mit tieferem Sinn. Von Schiller zitierte er: ›Zurück, du rettest den Freund nicht mehr, so rette das eigene Leben.‹ Und dann übersetzte er es in die heutige Zeit mit: ›Lieber fünf Sekunden feige, als lebenslänglich tot.‹ Für uns Kids war das lustig und lehrreich zugleich. Wunderbare Erkenntnisse! Zum Beispiel auch: ›Brenne ein Feuerwerk nicht am helllichten Tage ab!‹ Oder: ›Wenn du zum Weibe gehst, vergiss die Peitsche!‹ Übrigens, so zitiert, bekommt Nietzsches Stammtischclownerie durch die Weglassung eines einzigen Wortes den wahren und, ich glaube sogar, ge-wollten Sinn.«

SUSANNE »Du scheinst Weisheiten dieser Art in deine Songs einzubauen?!«

JUKELNACK »Harrison hat's doch vorgemacht. Bei seinem *Savoy Truffle* raffte ich es zuerst (Adam singt): ›*You know that what you eat you are, but what is sweet now turns so sour.*‹

Was spricht gegen eine Portion tieferer Denkart? Die Dussel unter meinen Fans begreifen es natürlich nicht, aber die anderen erfreuen sich daran. Fühlen sich inspiriert. Angetickt. Es gibt doofe Sprüche und kluge. Früher lachten wir über: ›Scheißt die Möwe waagerecht, ist das Wetter meistens schlecht.‹ So was kann man beim Lagerfeuer oder Herrenabend gebrauchen. Aber: ›Der erste Verlust ist der geringste‹, da steckt schon Philosophie dahinter. Den Spruch kann man als Handlungsanweisung, als Mutmacher in Trennungsphasen oder zum Abbau von Zweifeln einsetzen. Eben Augen zu und durch. Und im kaufmännischen Bereich ist der Spruch Gold wert! Diese Art Lebensweisheiten meine ich, mit denen hat Hoimar mich gefüttert. Der Rest kam später von Hieronymus Flutter in Schottland. Wenn man so in allen Lebenslagen mit Erklärungsmustern ausgestattet ist, For-meln zur Hand hat, die ›das ewig Gleiche‹ aufschlüsseln, wird man nicht zu einem Versager, wie mein Alter zum Beispiel. Und man duckt sich nicht unnötig weg, wie es meine Mom fast im-mer getan hat.«

SUSANNE »Mmh. Du erwähntest in L.A. einmal zwischen-durch, vierzehn sei deine Schallmauer gewesen. Was meintest du damit?«

JUKELNACK »Mit vierzehn änderte sich alles in meinem Le-ben. Ich blickte auf einmal durch, dachte ich zumindest – fühlte mich erwachsen, erkannte Zusammenhänge und stand fest in den eigenen Schuhen. Ich verstand das Leben, jedenfalls eine

Menge davon, und es bildete sich der Plan heraus, nach dem ich heute noch lebe. Von da an war klar: Ich werde Musiker! Mindestens zwanzig Mal lief ich in ein Musikgeschäft, um mir eine E-Gitarre anzusehen. Irgendwann hatte ich die vierhundertfünfundsiebzig Mark zusammen. Gespartes, Geliehenes von meiner Mutter, der ich nur von zweihundertfünfundsiebzig erzählt habe, und zweihundert von Hoimar – habe ich später in seinem Theater abgearbeitet. Es war eine nagelneue Kopie der Gibson SG Standard von Ibanez. Musste ich in unser Dampfradio mit zwei Bananensteckern einstöpseln, um sie als E-Gitarre zum Leben zu erwecken. Das ging immer nur, wenn der Alte Stammtisch hatte.

Aber was für eine Erbauung! Dieses unglaubliche Glücksgefühl! Der Sound! Die Gibson hatte ja einen Solid Body, war also Vollholz, so wie diese Strato hier. Die konnte man eigentlich nur verstärkt richtig hören. Ich habe, auch ohne Radio, mindestens drei Stunden jeden Tag geübt. Eight days a week! Irgendwann war Edo bei mir, der Alte nicht da und Mom interessierte nicht. Ich habe ihm mit voller Lautstärke die Ohren weggeblasen. Dann habe ich gesagt: ›Edo, ich werde Musiker, Rockstar. Wenn du dabei sein willst, fang an zu üben!‹ Er nahm die Gitarre in die Hand, schüttelte den Kopf und meinte: ›Lern ich nie.‹ Und nun kommt's. Ich entgegnete cool, hellseherisch, genial, nenne es, wie du willst: ›Dann wirst du eben Schlagzeuger!‹ Die Sekunde Null unserer Karriere! Genauso war es. Edo hat seither, bis zum heutigen Tag, nichts anderes mehr gemacht als trommeln. Hat sich in die Weltspitze getrommelt!

Von Hoimar kam der erste Gitarrenverstärker. Gar nicht viel später. Ein gebrauchter Fender Concert Amp. Gehörte dem Theater, aber die brauchten ihn gerade nicht. Edo kaufte sich ein Mini-Schlagzeug und fing an zu üben. Ebenfalls stundenlang. Dann unser erstes gemeinsames Jammen. Blues in A, bei Familie Extra in der Garage! Die Kids aus der Straße sind angerannt gekommen und standen mit offenem Mund in der Einfahrt. Dahinter kopfschüttelnde Erwachsene. Edos Eltern hatten Nerven wir Schiffstaue. Sie ließen uns gewähren und verzogen sich ins Haus. Bis wir in Trittbergs Keller umzogen, haben wir dort geübt. Noch heute fangen wir übrigens jedes Einspielen mit dem Blues in A an. That's history!«

SUSANNE »Interessant. Und sehr banal, also normal, meinte ich. Aber wie änderte sich denn das Verhältnis zu deinem Vater?«

JUKELNACK »Ich habe ihn verachtet und es ihn spüren lassen. Mom geriet in eine Zwickmühle. War ich allein mit ihr, habe ich seine Verhaltensmuster gnadenlos bloßgestellt. Zum Beispiel seine ewige Kotzerei, worüber die ganze Siedlung gelacht hat. Darauf kam, in Variationen, immer die gleiche Kacke: ›Seine Dämonen!‹ Und: ›Er war im Krieg – du weißt gar nicht, was das bedeutet!‹ Und: ›Er liebt dich, das kann er nur nicht so zeigen!‹ Und: ›Seine Mutter hat ihn nie geliebt!‹ Und: ›Er ist fast ohne Vater aufgewachsen!‹ Und so weiter. Immer die gleiche Leier. Sie hat ihn verteidigt bis aufs Blut, ohne jemals zu erklären, warum.«

Der Raum, in dem das Interview stattfindet, nimmt das gesamte Erdgeschoss ein. Nur eine kleine Toilette ist davon abgetrennt. Die Küchenzeile läuft übergangslos in den Wohnbereich. Der schöne Dielenboden hat schon bessere Tage erlebt. An den Wänden hängen moderne Ölgemälde verschiedener Künstler. Natürlich Nöhre und Fetting, aber auch Kelly Borsheim und JoEllen Brydon. Susanne traut sich nicht, die Bilder genauer anzuschauen, weil sie denkt: »Eine Rolle reicht!« Der gesamte Raum ist sicherlich mal hell gestrichen gewesen, Nikotin und Rauch haben die Wände jedoch mit einer gelblichen Patina belegt. Da alles sehr sauber und gepflegt wirkt, fühlt sich Susanne sofort wohl.

Eine offene Holztreppe führt in die erste Etage. Genau auf

dieser Treppe kommt plötzlich der Mann mit der roten Fellmütze heruntergestiefelt, in der rechten Hand Trommelstöcke,
die er akrobatisch in Kreisen durch die Finger gleiten lässt. Der
Mann schaut kurz zum Tisch und nickt. Ob freundlich oder unfreundlich, ist nicht zu erkennen. Susanne erschrickt. In ihrem
gesamten Leben hat sie noch nie einen Menschen mit einem so
entstellenden Silberblick gesehen. Der Mann nuschelt im Vorbeilaufen kurz »Hi« und steuert in Richtung Küche. Er füllt einen
Kaffeebecher und geht zur Tür hinaus. Während dieses Auftritts
ist das Gespräch zum Erliegen gekommen. Jukelnack streichelt
den Hund, einen Straßenköter mit einem Touch Münsterländer,
der sich auf dem Stuhl neben ihm zusammengerollt hat.

SUSANNE »Oh, wer war das denn?«

JUKELNACK »Edo natürlich! Erkennst du ihn nicht von unseren Bandfotos? Ach ja, du interessierst dich ja nicht für meine
Musik, die Band und das gesamte Drumherum.«

Susanne erkennt die Ironie nicht, will punkten, bringt ihr Erinne-
rungsvermögen in höchste Alarmbereitschaft und rettet sich mit
der Einlassung: »Du scheinst meine professionelle Vorbereitung
zu unterschätzen. Auf Fotos steht ein Mitglied der Band immer
weit im Hintergrund und schaut auf jedem Bild nach rechts. Verstehe, das ist also der Schlagzeuggott Edo Extra. Darf man ihm
auch mal die Hand geben? Oder beißt er?«

JUKELNACK »Er hält dich für eine Schlange. Präziser: für eine
Würgeschlange. Ist sein Beschützerinstinkt. Gib ihm Zeit.

Ah, hörst du, draußen haben sie meinen Jeep angeschmis-
sen. Schalt dein Überwachungsgerät aus und lass uns was essen
fahren. Ab ins CROSSROADS, das Zentrum der besten Chicken
Wings in ganz Nordamerika. Allerfeinste Truckerqualität!«

Susanne Schlafholz schaltet nicht ab. Sie hat ein modernes Digi-
talgerät, 2004 ein teures Novum. Im Auto schwingt sich Adam

hinters Steuer. Er sitzt auf einem kissenähnlichen Untersatz, um größer zu wirken. Darauf angesprochen, behauptet er, es diene rein der Umsicht und Sicherheit.

Das Autoradio fängt automatisch an, die Fahrgastzelle mit Hits von Jukelnack zu beschallen. Susanne dreht, ohne zu fragen, die Musik leiser, macht das Fenster ein Stückchen auf, um den Qualm seiner Zigaretten von ihren Lungenflügeln fernzuhalten, und forscht weiter: »Wer waren deine Heroes zu der Zeit, als dir klar wurde, dass du Musiker werden wolltest? BEATLES oder STONES?«

JUKELNACK »Weder noch! Die BEATLES haben doch nur Fahrstuhlmucke abgeliefert. Es gibt drei Stücke von ihnen, die ich gelten lasse: *Everybody's Got Something to Hide Except Me and My Monkey, Birthday, Hey Bulldog, While My Guitar Gently Weeps,* und darüber hinaus *Come Together.* Vielleicht noch *Revolution.* Klar, die Riffs von *Here Comes the Sun, Day Tripper, Drive My Car* und *She's a Woman* sind schon auch großartig.«

SUSANNE »Klingt für mich nach mehr als drei Titeln?!«

JUKELNACK »Von den BEATLES habe ich einfach die Schnauze voll. Jeder kniet vor ihnen nieder und man muss, kaum wird der Name erwähnt, sofort in Lobeshymnen ausbrechen. Das kotzt mich an! Hör dir lieber mal die Gitarrenarbeit von Pete Townshend an. Oder die Texte der KINKS. Selbst deren Melodien sind besser. Nur nicht so glattpoliert aufgenommen. RED HOT CHILLI PEPPERS sind auch großartig! Kennst du *Californication*? Genialer Sound! Außerdem sind sie gute Kumpel von mir. Meinetwegen auch noch METALLICA, vor allem aber NIRVANA. Die Riffs der ersten drei Songs auf *Nevermind* plus *Lithium*! Hat man je was Besseres gehört – außer bei uns natürlich! Hörst du überhaupt Musik ? Ich meine bewusst. Hast du dir je eine CD gekauft?«

SUSANNE »Jawohl, Herr Großkotz. Die letzte von CAKE!«

JUKELNACK »Waaas? Das glaube ich nicht. Du kennst CAKE?

Das sind Freunde von uns. Vor allem John McCrea! Ich brech zusammen. Susan, du hast auf einmal einen Heiligenschein! Ich habe mit den Jungs *Short Skirt* geschrieben! Unfassbar. I love you!«

SUSANNE »Oh nein, dann war meine letzte CD doch eher von den WILDECKER HERZBUBEN. Anderes Thema! Wer war dieser Hieronymus Flutter, den du schon öfter erwähnt hast?«

JUKELNACK »Yeah! Mein erster Besuch bei ihm war, Moment, äh, da muss ich fünfzehn gewesen sein. Offiziell, weil ich so schlecht in Englisch war. Flutter war ein Freund meiner Mutter, mit dem sie regelmäßig Briefe ausgetauscht hat. Er war ein Fan von ihr, wie ich immer wieder bemerkt habe. Warum nur? Sie muss vor der Zeit mit meinem Vater klarer bei Verstand gewesen sein. Er verehrte sie geradezu. ›Der Papi spendiert dir eine Reise nach Schottland!‹ – mit dieser blöden Einleitung ging's los. Ich war froh, wegzukommen und Hoimar bestärkte mich. Die Flutters wohnten in der Nähe von Banff, direkt am Deveron, wo wir gebadet haben. Sie lebten in einer Art Gutshaus. Flutter war Jude. Den Namen hatte seine Familie ein oder zwei Generationen vorher schon angenommen. Soweit ich weiß, besaßen sie eine Brauerei in Hamburg und Zigarettenfabriken in England. Darüber wurde jedoch kaum geredet. Er hat mein Weltbild, gerade in politischer Hinsicht, massiv beeinflusst. Der war extrem liberal und belesen, sprach sehr langsam und zu Beginn nur Deutsch, dann nach und nach mehr Englisch. Hat meinem Wortschatz gutgetan. Mein Vokabular wuchs, weil ich danach in allen Sommerferien dort war. Irgendwann hatte ich mehr drauf als die elenden Pauker. Nur konnte ich die Wörter, die ich inzwischen kannte, nicht richtig schreiben. Legasthenie, verstehst du? So manifestierte sich meine Fünf, zugegebenermaßen gefördert durch Arroganz und Überheblichkeit meinerseits, was nicht gewürdigt wurde.«

Jukelnack kichert belustigt: »So, Baby, hier sind wir! Rein ins kulinarische Vergnügen!«

Das CROSSROADS ist eine derbe Farmer- und Truckerstation mit dem Charme eines Luftschutzbunkers. Resopal – wohin das Auge schaut. Dazu auf jedem Tisch ein Festival verschiedenster mit Soßen gefüllter Plastikflaschen. Jukelnack wird sofort erkannt, mit Gejohle begrüßt und dann in Ruhe gelassen.

Der Chef kommt mit schmutziger Schürze aus der Küche geschlurft, begutachtet Susanne Schlafholz und fragt taktlos: »Hast du eine neue Malerin aufgerissen?« Jukelnack ignoriert die Frage mit einem Brummen und geht zur Bestellung über. Vierzehn Wings für ihn, dazu eine Ladung Pommes und ein halber Liter Bier. Seine Tischdame erbettelt einen Greek Salad, den es *eigentlich* erst im Abendmenü gibt. Susanne ist verblüfft über Adams Riesenbestellung. Der wiegelt ab und informiert, zwei Wings würde der Hund bekommen. Immer! Sie ist entsetzt und erklärt, Geflügel sei für Hunde tödlich. Röhrenknochen und so. Jukelnack lacht das Argument weg. Er berichtet, der Hund habe früher oft Hühner gejagt und sich beim Verzehr nie an diese Regel gehalten.

Susanne beschäftigt sich kichernd mit der in Plastikfolie eingezogenen Speisenkarte. Jemand hat ein Huhn darauf gezeichnet mit dem Spruch: You can live without chicken wings, I can't! Ein anderer hat darunter einen Indianerkopf gemalt mit dem Namen Chief Bad Hunter.

Jukelnack stopft Chicken Wings und French Fries in sich hinein und verfeinert alles mit Ketchup und Barbecuesoße. Zur Abrundung genehmigt er sich ein zweites Bier, einen Apple Pie und zwei Becher Kaffee. Förderlich für seine Plauderlaune. Susanne beobachtet die Fressattacke mit Neid. Jukelnack ist gertenschlank und durchtrainiert. Sie würde bei diesen Mengen ihre Waage sprengen.

Auf der Rückfahrt schwadroniert Jukelnack von seinen Erfolgen und überhört den Hinweis, wie froh Susanne Schlafholz über das Kissen unter seinem Hintern sei, weil damit ja die Sicherheit zu ihrem Recht komme. Das Bier scheint die Rücktour um mindestens zehn Minuten zu verkürzen. Susanne Schlafholz ist extrem angespannt und wird sauer.

Zurück in der Farm, nehmen alle wieder ihre gewohnten Plätze ein. Der alte Hund auf dem Stuhl neben dem Star, der seiner deutschen Besucherin gegenübersitzt. Als das Aufnahmegerät wieder auf dem Tisch liegt, bemerkt Jukelnack, dass seine Interviewerin nicht nur gereizt, sondern sogar kurz vorm Platzen ist.

JUKELNACK »Baby, was läuft falsch bei dir? Sitzt deine Spirale schief?«

Damit gibt sich Adam Jukelnack selbst zum Abschuss frei. Aus *sauer* mit einem PH-Wert nahe Null wird bei Susanne Schlafholz kultivierte Aggressivität. Wie die Schlange, die sie ja angeblich ist, zischt sie: »Adam, warum diese aufgesetzte, provokative Primitivität? Und warum lügst du?«

JUKELNACK »Ich lüge nicht! Niemals! Merk dir das!«

SUSANNE »Adam, du hast gesagt, du würdest zwei, drei Mal in der Woche mit deiner Mutter telefonieren. Ab und zu stundenlang, wenn ich mich richtig erinnere. Adam, ich habe deine Mutter besucht. Mehrmals! Sie hat seit genau neun Jahren nichts mehr von dir gehört! Was sie über dich weiß, stammt von Edo Extra, der sich regelmäßig bei ihr meldet. Else Jukelnack, geborene Bödicker, ist inzwischen sechsundachtzig Jahre alt, fast erblindet und vegetiert in einem Altenheim vor sich hin. Sie hat keinen Kontakt zu niemandem. Vor sieben Jahren ist ihre einzige Freundin Grete zu Trittberg gestorben. Ihre noch lebenden Geschwister ignorieren sie, deren Kinder kennen sie nicht einmal. Sie kann keine Zeitung mehr lesen und hockt den ganzen Tag vor einem alten Radio. Die Pflegerinnen sind heillos überfordert, weshalb deine Mutter schon ewig nicht mehr an der frischen Luft war. Diese deine Mutter hat so viel Format, so viel Charakter, dass sie kein einziges schlechtes Wort über ihren ignoranten Sohn verliert, obwohl der feine Herr sich nie bei ihr meldet. Der sie schon seit zwölf Jahren nicht mehr besucht hat. Was für ein menschenverachtendes Riesenarschloch bist du eigentlich?« Susanne hat im Laufe ihrer Rede die Stimme immer weiter angehoben, zum Schluss brüllt sie fast. Jukelnack starrt sie an, dann sackt er zusammen und stützt sich mit seinen Ellenbogen auf die umgedrehte Gitarre, die auf seinem Schoß liegt. Auf einmal beginnt er zu zittern. Sein Puls steigt. Offenbar löst sich Plaque in seinen Herzgefäßen und verschließt die Koronaren. Vielleicht kommen aber auch nur die Herzkranzgefäße mit dem Stress nicht klar und schaffen den Mehrbedarf an Blutzirkulation nicht.

Welche dieser Varianten in Frage kommt, werden am Ende die Ärzte bestimmen. Den vor ihr stattfindenden Herzinfarkt diagnostiziert aber sogar die Laiin, als Adam sich stöhnend an die Brust fast. »Pain! Stechen!!« ist das Einzige, was er sagen kann. Tatenlose Schrecksekunden folgen. Schneller als Susanne reagiert der Hund. Er hat sich aufgesetzt, fiept und berührt mit einer Pfote vorsichtig Jukelnacks Arm. Sein Kopf wackelt fragend hin und her. Er sucht Augenkontakt zu Adam, bekommt den aber nicht, was ihn noch nervöser zu machen scheint. Susanne springt auf, läuft um den Tisch, legt ihre Hand auf Jukelnacks Schulter – dann schreit sie fast hysterisch: »Hilfe! Edo! Edo, komm schnell!« Sie fordert Jukelnack auf, sich hinzulegen, und hilft ihm dabei. Pausenlos stammelt sie »Oh Gott! Oh Gott!« Der Star atmet flach, auf der Stirn bildet sich kalter Schweiß. Hilflos fasst er sich ständig an die Brust.

Edo Extra checkt die Lage, wählt auf seinem Handy 911 und

gibt Adresse und Zustand des Patienten durch. »Wir sollen seine Atmung kontrollieren. Wenn sie aussetzt, sofort beatmen und Hände kräftig auf die Brust drücken.«

Adam Jukelnack ist wohl tatsächlich ein Glückskind. Obwohl die Farm weit weg von der nächsten Rettungsstation liegt, erreicht die Zentrale über Funk einen Wagen, der in der Nähe ist. Sieben Minuten später sind zwei Rettungssanitäter vor Ort. Leider will der alte Hund sie nicht ins Wohnzimmer lassen. Er fletscht die Zähne und gebärdet sich wie ein Rudel Wölfe. Edo muss ihn wegzerren und festhalten. Der Hund erkennt offensichtlich die Männer, die vor dreizehn Jahren Polly von der Farm geholt haben, wenngleich sie da schon tot war.

Die Retter haben ein mobiles EKG-Gerät bei sich. Die *MONAH*-Formel scheint auch in Kanada bekannt zu sein: Morphin, *Oxy*-gen, Nitrat, Aspirin und *Heparin*. Einer der Männer zieht eine Spritze auf, der andere legt einen Zugang auf dem Handrücken. In Kanada machen solche Jobs Para-Medics. Sie haben deutlich mehr medizinische Kompetenzen, als man deutschen Rettungssanitätern zugesteht. Jukelnack stöhnt, der Hund bellt wie verrückt, Edo beschimpft Susanne und die Männer holen eine Bahre. »Los, fahr du mit ins Krankenhaus. Du hast Adam schließlich auf dem Gewissen. Noch einen Verlust überlebt der Hund nicht.«

Susanne Schlafholz hat Angst vor Edo, vor dem Hund und vor der ganzen Situation. Sie schnappt sich ihre Jacke und läuft neben dem getragenen Adam bis zum Fahrzeug, dabei versucht sie beruhigend auf den Patienten einzureden. Selbst ist sie so beunruhigt wie nie zuvor in ihrem Leben. Bevor sich die hinteren Türen schließen, brüllt Edo Extra: »Wenn er stirbt, mach ich dich fertig!« Dafür wird er sich ein paar Tage später entschuldigen.

Jukelnack ist bei Besinnung. Einer der Sanitäter sitzt mit hinten, der andere fährt wie ein angetrunkener Rallyefahrer. Im

Northumberland Hills Hospital wartet bereits ein alarmierter Kardiologe auf die prominente Einlieferung. Während der Fahrt ergreift Susanne – wahrscheinlich ein Reflex aus den tiefsten Regionen ihres Unterbewusstseins – Adams Hand. Sie streichelt seinen Arm und redet sanft auf ihn ein. Es geht nicht um Mut, sondern um Zuversicht. Sie will diesen Mann um alles in der Welt am Leben halten. Er darf nicht sterben! All ihre Pläne würden ansonsten implodieren. Denn sie denkt in dieser Sekunde an Else Jukelnack, geborene Bödicker. Seine Mutter!

Der Arzt führt die üblichen Untersuchungen durch, legt eine Nasensonde, einen Zugang in die Armvene und schiebt einen Katheter von der Leiste in Richtung Herz. Zwei Stents sind fürs Erste die Lösung. Dazu regelmäßig Mundspray mit einer Nitratlösung.

Die Bluttests kommen relativ schnell aus dem Labor. Alles in allem ist es »a happy heart attack«, womit der Herzspezialist Susanne nach zwei endlosen Stunden des Wartens auf einem antiseptisch riechenden Flur beruhigt. Ein glücklicher Herzinfarkt, soll heißen: Hätte schlimmer kommen können.

Edo bringt später die üblichen Utensilien für einen Krankenhausaufenthalt, dabei begegnet er Susanne, ohne sie eines Silberblicks zu würdigen. Der Arzt hingegen mag die Partnerin des Rockstars. Klammheimlich hätte er sie auch gerne an seiner Seite, aber sein Realitätssinn siegt. »Wenn der sie hat, habe ich keine Chance«, denkt er und redet freundlich auf die attraktive deutsche Frau ein. Sie solle sich keine Sorgen machen und in drei Stunden wiederkommen, so lange werde der Patient schlafen. Dann übergibt der Doktor das Handy des Patienten an die sichtlich geschockte junge Frau, klopft ihr auf die Schulter und sagt lachend, Kaffee wäre zwar grundsätzlich nicht gut fürs Herz, aber in diesem Fall genau das Richtige.

Das vom Bingui Verlag gebuchte Hotel ist glücklicherweise nur ein paar Gehminuten vom Hospital entfernt. Auf dem Weg kommt ihr schlechtes Gewissen wieder hoch. Als sie Adam Jukelnack die Vorwürfe wegen seines schäbigen Verhaltens seiner Mutter gegenüber machte, hat sie ein Detail unterschlagen. Oder nur vergessen? Sie hat behauptet, Else Jukelnack würde keinerlei Besuch empfangen. Das war gelogen. Oder zumindest nicht ganz wahr – was ein Unterschied sein könnte.

Die Karussellfahrt in Susannes Kopf soll sich zunächst durch eine heiße Dusche verlangsamen, danach folgt sie dem Therapievorschlag des Kardiologen: Kaffee! Aber in Begleitung ihres Laptops! Auf geht's in einen nahegelegenen Coffeeshop.

Bis das WLAN endlich anspringt, ist die erste Tasse Cafe-Americano leer. Sie überfliegt eingegangene E-Mails, ohne eine einzige zu öffnen. Sie will schreiben, weiß aber nicht, wem. Geschweige denn, was. Sie klappt den Deckel des apfelgeschmückten Laptops zu, um ihn danach wieder aufzuklappen. Das geht einige Male so. Der Barista beobachtet den nervösen Gast aus den Augenwinkeln, bis er sich traut, sie anzusprechen. Sie brauche garantiert etwas Süßes. »Carbohydrates always help!« Man habe hausgemachte Walnuss-Muffins und es gebe keine bessere Medizin gegen Liebeskummer. Endlich, nach langen Stunden, bekommt Susanne mal wieder einen Grund zu lachen. Während sie den Muffin mit den Fingern auseinanderpult, um kleine Stücke davon in den Mund zu schieben, dekliniert sie den Begriff »Liebeskummer«, zerlegt ihn in alle möglichen und unmöglichen Facetten, um ihn danach kategorisch für diesen Fall auszuschließen. Jedenfalls achtundneunzigprozentig. Dann denkt sie länger über die verbleibenden zwei Prozent nach, bis es Zeit ist, zurück ins Krankenhaus zu laufen. Frisch geduscht und nur ein wenig aufgehübscht. Bevor sie geht, schaut sie nochmal auf Jukelnacks Handy, das mehrmals vibriert hat.

Sie liest »Brenda, Secretary«, überlegt kurz, dann drückt sie auf die Rückruftaste. Brenda weiß schon alles von Edo und bietet an, sofort seine persönliche Assistentin in Bewegung zu setzen. Von L.A. nach Kanada zur Farm sei es in vierundzwanzig Stunden gut zu schaffen. »Persönliche Assistentin?«, denkt Susanne Schlafholz ein, zwei Sekunden, dann entschließt sie sich, diesen Job selbst zu übernehmen und die Assistenz fernzuhalten. Sie beruhigt Brenda, gibt an, mit dem Doktor in ständigem Kontakt zu stehen, und übertreibt, als sie sagt, es ginge ihm schon besser und es sei gar nicht so schlimm.

In Wahrheit geht es ihm weder gut noch schlecht. Er dämmert vor sich hin, während Susanne an seinem Bett sitzt. Die örtliche Betäubung, die gerinnungshemmenden Mittel, der Druckverband – alles etwas viel für Adam Jukelnack, den dazu noch der Nikotinentzug quält. Bevor er Feierabend macht, kommt der Arzt nochmal vorbei, schaut nach dem Patienten und bittet Susanne hinaus auf den Flur: »Ihr Mann wird das locker wegstecken!«, sagt er beruhigend und löst damit neue Rotationen in ihrem Kopf aus. Plötzlich wird er aber sehr ernst und sagt: »Sie müssen Ihrem Partner helfen! Sein Lebenswandel ist an allem schuld.« Die Botschaft lautet zusammengefasst: Keine Zigaretten mehr, gesunde Ernährung, viel Bewegung und, wenn überhaupt, nur sehr reduzierter Alkoholgenuss. »Passen Sie auf ihn auf!« Frau Schlafholz wird nun ähnlich blass wie der Patient vorhin. »In drei Tagen können Sie ihn abholen!«, lautet die letzte Überraschung, dann verabschiedet sich der Herzensstecher und geht seiner Wege. Zurück im Zimmer, ist Adam wach. Susanne setzt sich an sein Bett. Seine Hand kommt unter der Decke hervor, um nach ihrer zu greifen. Jukelnack fragt, was los sei, und Susanne antwortet wahrheitsgemäß: »Ich soll auf dich aufpassen!«

Am nächsten Tag ist Adam Jukelnack wieder bedrohlich der Alte.

Aber Susanne ist vorbereitet. Unmissverständlich macht sie ihm klar, dass sie nun – auf ärztliches Anraten hin – für zwei, drei Wochen die Regie übernehmen werde. Und Jukelnack? Fügt sich!

Die luxushotelähnliche Reha-Anlage findet sie im Internet. Der Arzt bestätigt »That's a perfect place!« Dort sei es nicht nur perfekt, sondern auch schön, weshalb sie umgehend eine Suite und ein Zimmer bucht. Nebeneinander. Mit Zwischentür.

Sie vereinbaren, das Buchprojekt weiterzuführen. Mit eingebautem »Filterprogramm«, wie Susanne Schlafholz es vorschlägt. Sie verpflichtet sich glaubhaft, aus den ab jetzt kommenden Informationen kein kompromittierendes Kapital zu schlagen. Der Herzinfarkt soll unerwähnt bleiben.

7. APRIL 2004

Guten Tag Herr Hecht,
ich werde jetzt ein paar Tage, vielleicht sogar
zwei Wochen, abtauchen. Den Grund erzähle ich
Ihnen später. Mein Handy werde ich nur abends,
vor dem Zu-Bett-Gehen, kurz in Betrieb nehmen.
Dann schlafen Sie schon.

Es ist alles gut und läuft (fast) wie geplant.
Machen Sie sich keine Sorgen – ich garantiere
schon heute: Das Buch wird ein Bestseller!

Freundliche Grüße
Ihre Susanne Schlafholz

Auf der Farm zeigt sie dem skeptischen Hund und dem mürrischen Edo Extra Jukelnacks Autoschlüssel, sein Portemonnaie sowie Handy. Sie gibt es als seinen Befehl aus, nun den Jeep, eine Gitarre und Sachen für die Reha abzuholen. In seinem Schlafzimmer findet sie zwei große, unausgepackte Koffer. Ihre Erfahrungen mit dem letzten Macho in ihrem Leben kommen ihr nun zugute. Aus zwei Koffern wird einer, den Edo obermürrisch zum Auto schleppt. Er kann nicht glauben, was da gerade vor seinen Augen abläuft und behindert sie ständig. Wütend hält Susanne ihm irgendwann einen Brief des Arztes vor die Nase, aber so, dass er ihn nicht richtig lesen kann. »*Er* will das – nicht ich!«, zischt sie ihn an.

Kaum ist sie ein paar Meter mit dem Jeep gefahren, rennt Edo ihr wild winkend hinterher. Sie sieht es im Rückspiegel und hält an. »Hier, sein Hut, ohne den macht er keinen Schritt!«, keucht er atemlos. Susanne grinst: »Müssen die Sanitäter wohl nicht gewusst haben.« Dann gibt sie Gas.

Auf halber Strecke nach Cobourg biegt sie in einen Schotterweg ein, der rechts und links von Buschwerk gesäumt ist. Hinter einem der Büsche befreit sie sich vom Druck ihrer Blase, unter einem anderen, dichteren, entsorgt sie den ewigen schwarzen Lederhut von Jukelnack. »Anonymität wird helfen«, denkt sie und beginnt in Gedanken einen Einkaufszettel zu schreiben. Bis zu seiner Entlassung wird sie ein paar unauffällige Jeans, Pullis, ein Baseball-Cap und eine warme Windjacke besorgen. Die Tüte mit Jukelnacks exzentrischem Schmuck von Fingern und Hals, den ihr eine Krankenschwester ausgehändigt hat, wird sie vorerst in ihren Koffer stopfen.

Fast drei Wochen werden sie nun im Viamede Resort am Stoney Lake zusammenbleiben. Täglich vierundzwanzig Stunden. Die Ansage von Susanne könnte man böswillig als Erpressung auslegen: »In drei Wochen bist du frei, gesund, Nichtraucher und fit, also quasi runderneuert. Wenn du aus dem Programm aussteigst, steige ich aus dem Filterprogramm aus. Dann schreibe ich, was für ein abgewracktes Riesenarschloch du bist!« Was soll

Jukelnack dazu sagen? Klingt ja nicht direkt unvernünftig und
ein Herzinfarkt reicht ihm im Moment. Also besser wie ertappt
lächeln und nichts sagen. Susanne genügt das als Antwort.

Täglich morgens um sieben kommt eine Krankenschwester in
seine Suite. Ohne anzuklopfen! Sie hat Fieberthermometer, Blut-
druckmesser, eine Schale mit Medikamenten, Holzstäbchen und
anderes Gedöns dabei, sodass auch keine Hand zum Anklopfen
frei wäre. Die Tür zwischen den Zimmern steht immer offen.
Jukelnack will es so – damit fühlt er sich sicherer. Wenn Susanne
die Stimme der Schwester hört, kommt sie rüber. Barfuß, in
Schlafanzug und Resort-Bademantel. Jeden Mittag hat Jukelnack
einen Termin beim zuständigen Arzt, der sich über die Entwicklung des Patienten freut. Die Physiotherapie nimmt Jukelnack
als Einzelsitzung gegen Aufpreis wahr. Und ernst! Susanne begleitet ihn und macht die Übungen mit. Zwei Mahlzeiten werden
vom Zimmerservice in die Suite gebracht, abends gehen sie
ins Restaurant der Anlage. Das von Susanne gekaufte knallrote
Ferrari-Cap fällt hier nicht auf. Fast jeder Herr trägt so eine
Kopfbedeckung, manche, um die Folgen ihrer Chemotherapie
zu kaschieren. Auf den ausgedehnten Spaziergängen hakt sich
Susanne bei Adam ein. Sein Wesen ist verändert, milder, könnte
man sagen. Er achtet auf seine Wortwahl und vermeidet es, Susanne zu reizen. Der Infarkt zeigt Wirkung. Im Kopf.

Er spricht, angeregt durch sie, viel über die Jahre zwischen
seinem fünfzehnten und einundzwanzigsten Geburtstag. Die
besten Geschichten kommen, wenn sie spazieren gehen. Leider
oft ohne Susannes Aufnahmegerät. Abends muss sie sich Notizen machen, meistens erst sehr spät, weil Jukelnack sie immer
um sich haben möchte. Außenstehende, die dieses wundersam
zusammengefügte Paar beobachten, schätzen sie für seit Jahren miteinander verbunden ein. Genauso benimmt sich Adam

Susanne gegenüber auch. Er fühlt sich bei und mit ihr gut aufgehoben. Fast geborgen. So, wie es der Arzt vermutete, als er von ihrem »Mann« sprach. Susanne Schlafholz hadert nicht mit dieser Rolle. Sie fühlt sich wie eine Schwester, eine Freundin, eine platonische Lebensgefährtin, der es nichts ausmacht, manchmal auch Hand in Hand durch den Park der Anlage zu schlendern.

Will Jukelnack mehr? Er sagt es (noch?) nicht.

Sie will auf jeden Fall (noch?) nicht mehr! Sie kann damit leben, dass sich ihre Vorurteile gegen den Rockstar auf ein kleineres, gut erträgliches Maß reduziert haben. Sie ist – in diesen Tagen – seine engste Vertraute, die auch den Kontakt zu Brenda und Edo aufrecht hält, worüber die sich nicht genug wundern können. »The German connection!«, stöhnt Edo, und Brenda schüttelt nur den Kopf. Wenn Susanne mit ihnen telefoniert, ruft Adam aus dem Hintergrund: »I'm fine! Everything's alright!« Selbst reden will er mit seinen üblichen Vertrauten kurioserweise nicht. Ihm reicht die heilsame Vertrautheit mit Susanne. Offensichtlich ist er inzwischen froh, aus seinem Hamsterrad geflogen zu sein. Außerdem scheut er Fragen, deren Beantwortung ihm im Moment unangenehm wäre.

Die »Spaziergangsthemen« nennt Susanne ihre nächtlichen Aufzeichnungen, die sie aus der Erinnerung notiert. Nicht in wörtlicher Rede, aber inhaltlich so, wie er sie ihr erzählt: Mit knapp siebzehn Jahren steht Adam Jukelnack erstmalig auf der Bühne des Residenztheaters. Besser gesagt: Er sitzt. In einer sehr gewagten Inszenierung des Intendanten Hoimar zu Trittberg von Schillers *Die Räuber* füllt der junge Musiker die Umbaupausen zwischen den einzelnen Szenen und Akten. Während das Licht auf der Bühne ausgeht, erleuchtet ein enger Richtstrahler den am Seitenrand vor dem Vorhang sitzenden Adam Jukelnack. Gitarre in den Händen, lange, wirre schwarze Haare vorm Gesicht und ein schwarzer Lederhut, dazu eine Zigarette im Mund und ein Bein auf dem vor ihm stehenden Verstärker. In dieser Aufmachung spielt er Improvisationen. Zunächst leise, mit jedem Einsatz lauter werdend. Die eingebauten Riffs klingen angeblich schon sehr nach der Musik, die ihn später berühmt machen wird. An dem Amp, fürs Publikum unsichtbar, ist eine kleine rote Lampe angebracht. Wenn sie angeht, muss er innerhalb von zehn Sekunden anfangen zu spielen, geht sie aus, muss er das Mini-Set innerhalb der gleichen Zeit beenden. Ansonsten ist er frei, kann spielen, was er will. Natürlich nimmt Jukelnack den Stoff auf, verstärkt soeben gesehene Dramatik oder unterstreicht in zarteren Moll-Harmonien zum Beispiel den Abgang der nach Liebe schmachtenden Amalia. Jukelnack lernt, Stimmungen in Musik zu verwandeln. Hilfreich für sein kompositorisches Schaffen, wie er betont. Die öffentliche Meinung zu seinen Pausen-Intermezzos ist indes geteilt. Die Lokalzeitung ätzt, es sei ein unerträgliches Geklimpere, Gift für gesunde Ohren, laut und unwürdig. Schiller würde sich im Grab umdrehen, wie der Redakteur glaubt. Anders DIE DEUTSCHE BÜHNE. Das überregionale Theatermagazin will einen Star am Horizont erkannt haben, lobt die sensiblen musikalischen Übergänge und meint, Jukelnacks »Zwischentöne« würden dem Stück einen zeitgeistigen Touch geben und wären Teil des Erfolgs der Aufführung.

Nachdem Susanne Schlafholz mehrfach danach gefragt hat, berichtet er auch von seiner ersten Band, die zunächst eine große Schwäche gehabt haben soll: Jukelnack ist noch nicht der Star. Regine zu Trittberg, Sängerin und sich entsprechend aufführende Diva, nimmt allen Ruhm für sich in Anspruch. Auf Bildern im Regionalteil der Tageszeitung steht sie im Mittelpunkt, bei den damit verbundenen Interviews spricht sie für die gesamte Gruppe, weil die anderen gar nicht zu Wort kommen. Auftritten der Band drückt sie ihren Stempel auf – optisch. Regine spielt die perfekte Selbstdarstellerin, jedenfalls bis zu ihrem Rauswurf. Jukelnack setzt ihr den Stuhl vor die Tür, was die junge Künstlerin glaubt verhindern zu können. Immerhin hatte sie bereits ein erstes, kurzes Verhältnis mit dem Bandleader. Sie nennt ihn lautstark eine Lusche im Bett und brüllt: »Meine Familie hat dich aus der Gosse gezogen!« Nachdem sie diese Aussage ausdrücklich bestätigt, erhält sie von ihrem Vater eine schallende Ohrfeige. Jukelnack schaut zurück und sagt lachend: »Die war mit sich noch nicht im Reinen. Ich übrigens auch nicht! Weder mit ihr noch mit mir.«

Trotzdem schwärmt er plötzlich ein wenig von ihr, lobt die exaltierten Verrücktheiten und ihre Auftritte. »Die war wie Madonna! Die konnte nix – schon gar nicht gut singen, wusste aber, wie Star geht. Bunte Fummel, viel nackte Haut, auffälliges Benehmen. Alles ohne Substanz! Aber die Fans standen und stehen auf so was.« Und dann fällt der Satz: »Ich war später noch mal kurz mit ihr zusammen.«

Euphorisch wird Adam, wenn er über seine Gitarren spricht. Besonders die ersten, die er schmerzhaft vermisst, weil sie nicht mit in die USA ausgewandert sind. Die Gibson Flying für achthundert Mark oder die Gibson ES-335, gebraucht für unfassbare zweitausend Märker. Später dann noch eine Telecaster sowie eine Fender Stratocaster, mit 65er Steg. Jukelnack schwelgt in Erinnerungen.

»Wie ging es weiter, ohne Sängerin?«, will Susanne wissen. Jukelnack muss schmunzeln, weil es aus heutiger Sicht so unvorstellbar erscheint. Die Gruppe spielt ohne Regine einige Zeit nur Instrumentalstücke. Jazz-Rock, Fusion und New Wave. Seine Vorbilder wechseln. Studiomusiker wie Larry Carlton von den CRUSADERS oder Lee Ritenour sind die neuen Helden. Echte Gitarren-Cracks eben.

Aber eine Band, in der niemand singt, wird nicht angehimmelt. »In Schönheit sterben!«, wie Jukelnack es bezeichnet. Er beschreibt die kuriosen Diskussionen, aus denen ein von allen akzeptierter Sänger hervorgehen soll. Edo Extra bringt es auf den Punkt. Völlig unbeteiligt hat er ein paar Wochen die immer gleichen Redeschlachten verfolgt. Dann sagt er: »Warum singst du nicht, Adam?« So einfach es klingt, die Band streitet über den Vorschlag. Erst ein Trick von Jukelnack hilft. Er kündigt an, eine neue Gruppe gründen zu wollen, mit ihm als Sänger. Listig fragt er in die Runde, wer bei ihm mitmachen will. Alle wollen. Ein Star ist geboren? Noch nicht. Aber zumindest der Bandname steht seitdem: Jukelnack.

Zunächst fliegt Adam von der Schule. Den Unterricht einer jungen, attraktiven Lehrerin hat er bereits mehrfach gestört und Scherze gemacht zur Erheiterung des Klassenverbandes. Irgendwann sagt die Dame entnervt und nicht zu Unrecht: »Herr Jukelnack, Ihre Witze sind flach!«

»Flach?«, entgegnet ihr der Flegel daraufhin und bringt das Fass endgültig zum Überlaufen: »Baby, bei Ihnen ist was flach, und zwar alles zwischen Bauchnabel und Hals. Flacher jedenfalls als meine Witze!«

Die Klasse johlt. Die Lehrerin bricht die Stunde ab und der Direktor bricht den Stab über seinen ungeliebten Schüler. Schulverweis. Kurz vorm Abitur.

Danach steht Jukelnack als neunzehnjähriger, wehrdienstunwilliger Mann auf der Straße. Zu der Zeit ist sein Vater schon seit über einem Jahr tot, was dem Klima im Dornbuschweg nicht gutgetan haben soll. Else Jukelnack will trauern, ihr Sohn provozieren. Bei jeder sich bietenden Gelegenheit! Die Mutter ist unglücklich, der Sohn im Grunde auch, aber im Gegensatz zu ihr weiß er nicht warum.

Der nebulöse Unfriede, der in seinem Inneren herrscht, ist nicht beherrschbar. Wie ein von heißem Magma gesteuerter Geysir spuckt der junge Mann in unregelmäßigen Abständen Frechheiten, Boshaftigkeiten, Vorwürfe, Angriffe oder Aggressionen aus, schleudert sie zuerst der Mutter, dann seinem restlichen Umfeld entgegen. Er hat sich nicht unter Kontrolle und lehnt jede Kontrolle von außen ab.

Eine schwere Lungenentzündung hilft bei der Musterung. Er wird mehrmals zurückgestellt bis zu dem Zeitpunkt, an dem er – inzwischen in den USA lebend – bestenfalls noch mit der US-Armee den Vietcong hätte bekämpfen können. Adam Jukelnack ist ein wandelndes Pulverfass. Für niemanden erreichbar. Seine aufgestaute Wut macht ihn zu einer Zeitbombe für sich selbst und andere. Jeder Versuch, diese Wut zu ergründen, ist erfolglos. Einzig Edo Extra bleibt stoisch an seiner Seite. Seine Schweigsamkeit ist zumindest keine Zündkapsel. Er hört zu oder auch nicht, auf jeden Fall ist er immer da und sagt so gut wie nichts.

Jukelnack tritt die Flucht nach vorn an. Arbeit! Eine Arbeit mit Gitarren, Verstärkern, Musik und in Gesellschaft grob geschnitzter Charaktere. Er wird Roadie. Ein PR-Verleih, der sich auf vollumfänglichen Tourservice für Rockbands spezialisiert hat, stellt ihn ein. Vierzehnstündige Arbeitstage sind die Regel. Zu essen gibt es Currywurst mit Pommes – zu jeder Mahlzeit. Also dreimal am Tag. Geschlafen wird im Sitzen, im Lkw oder zwischen Soundcheck und Konzertbeginn hinter den Boxentürmen. Jukelnack ist der Kleinste, Schwächste und Jüngste der Crew. Aber er gibt alles und vor allem nicht auf. Dann der Lichtblick am Horizont: Seine Firma begleitet die Tour der JEFF BECK GROUP. Jeff Beck ist ein Gitarrengott und will während des Konzerts perfekt gestimmte Instrumente angereicht bekommen. Er wechselt während eines Auftritts bis zu zehn Mal seine Gitarren und ist sensibel genug, um zu registrieren, dass sein Spielmaterial von Adam bundrein gestimmt ist. Nach ein paar Gigs übergibt er Jukelnack den Job, für ihn den Soundcheck zu spielen, zu testen, ob alles so klingt, wie es sich der Meister wünscht. Etliche Tage geht das schon so, als Beck unerwartet bei einem Soundcheck seinen eigenen Gitarren zuhört. Gespielt von Adam Jukelnack. Der spielt sich bei diesen Gelegenheiten die Seele aus dem Leib. Vor allem aber: Er spielt seine eigenen Songs! Der Rest ist Geschichte! Jeff Beck redet mit Adam, lädt ihn in seine Garderobe ein, jammt mit ihm, und kurze Zeit später kreieren sie gemeinsam einen Song. Auf der Basis eines Jukelnack-Riffs. Am nächsten Abend darf der Gitarrenstimmer bei einem Auftritt in München diesen Song spielen. Und singen!

Beck ist ein großartiger Förderer, ein Mann, der Freude am gemeinsamen Musizieren hat. Noch fünf Abende bis zum Ende der Tournee. Fünf Auftritte für Adam Jukelnack. Fünf Mal riesiger Erfolg, ein Publikum, das »my German friend!«, wie Beck ihn vorstellt, bejubelt.

Becks amerikanische Plattenfirma, in Konkurrenz stehend zum Columbia Label von Bruce Springsteen, ist auf der Suche nach einem eigenen Bruce, einem Künstler, der sich aber mit gesellschaftskritischen Texten zurückhält, der den Menschen gibt, was sie wollen: biedere Rockmusik, geile Gitarrenarbeit und Melodien zum Mitgrölen. Jeff Beck vermittelt Adam Jukelnack, und der liefert!

Ein Gespräch zwischen Adam und Susanne findet keinen Eingang in die Biografie. Die Autorin verbürgt sich dafür.

SUSANNE »Schade, dass ich dich nicht auf das Thema Kinder, eigene Kinder, ansprechen darf. Aber ich kenne natürlich den Vertrag ...«

JUKELNACK »Warum wohl? Weil ich dann meistens flennen

muss. Den Triumph, mir dabei zuzuschauen, gönne ich keinem aus der Journalistenmeute. Mein erstes Kind wäre heute ... Ach, egal. Regine hatte eine Totgeburt im fünften Monat. Wir waren mal wieder kurz zusammen, bevor ich in die USA ging. Das war's, basta. Mein zweites Kind ist ...«

Jukelnack muss schlucken und stockt kurz. Er sucht angestrengt nach richtigen Worten.

JUKELNACK »Ich habe eine Tochter. Adalet. Ausgerechnet ein türkischer Name! Ohne dass sie einen Tropfen türkisches Blut hat. Bedeutet ›Gerechtigkeit‹ oder so und sollte wohl eine Botschaft an mich sein. Oder ein fetter Nadelstich. Sie ist die Schwester von Polly und damit – nicht schwer zu erraten – das Kind von Molly. Adalet und ich haben und hatten absolut keinen Kontakt miteinander. Ich habe meine Tochter bisher nie gesehen oder getroffen. Das wäre ja noch normal, aber Ruth, die ehedem so coole Molly Molroney, hat das Mädchen tagtäglich gegen mich aufgehetzt. Als Adalet achtzehn wurde, kam ein Brief von ihrem Anwalt. Eine Unterlassungserklärung, irgendwas in der Art. Ich sollte mich für alle Zeiten verpflichten, meine Vaterschaft geheim zu halten. Für den Fall, dass ich Adalet dem Makel aussetze, mich als ihren Vater zu outen, hat sie mit Schadensersatzansprüchen gedroht. Utopische Summen. Forget it! Ich sei das Letzte und hänge wie ein Mühlstein an ihrem Hals. Das Einzige, was ich durfte und darf: zahlen. Und das immer reichlich! Molly, also Ruth, hatte mich vorher schon bedroht. Sollte ich mich öffentlich zu Adalet bekennen, würde sie fässerweise Jauche über mich ausgießen. Und mit Jauche kenne ich mich ja aus, da bin ich nun mal Vaters Sohn und Spezialist!«

Hier schafft es Jukelnack doch, etwas zu grienen. Damit ist das Thema für ihn erledigt. Susanne spürt es und fragt nicht weiter nach.

SUSANNE »Adam, du meintest mal, Edo Extra sei der wichtigste Mensch in deinem Leben. Bisher habe ich nicht verstanden, wieso. Ist jedenfalls schwer nachvollziehbar für mich.«

JUKELNACK »Edos Schweigen wurde meine Richtschnur. Mein Kompass. In seinem scheinbar unbeweglichen Gesicht lernte ich zu lesen, seinen Gedanken zu folgen. Er ist nun mal das absolute Gegenteil von mir. Null Eitelkeit, keine Posen und immer klar bei Verstand. Analytisch wie ein Rechenzentrum. Richtig oder falsch, unwichtig oder bedeutend, gut oder böse, geil oder keine Hitze – ein Blick zu ihm und ich bekomme eine Druckbetankung Selbstsicherheit, kriege eine feste Meinung. Wenn er, was vorkam, leicht mit dem Kopf schüttelte, trat ich voll auf die Bremse. Tempo runter und nach Orientierung suchen. Neuen Weg abchecken und dann – Edo ›lesen‹ und sofort wieder Vollgas. So ist mein Leben mit ihm. Wir reden nie darüber. Er redet ja sowieso nicht viel. Es läuft einfach.«

FREITAG, 25. APRIL 2004

Der letzte Abend im Viamede Resort. Das kleine Schwarze. Warum hat sie das denn überhaupt mitgenommen? Ach ja, wegen: »Man weiß ja nie!« Auch die Ohrringe sind auf kanadischem Boden noch nicht getragen worden. Pumps? Hat sie nicht dabei. Halbhoch muss reichen. Beim Schminken beobachtet Susanne sich genau, schaut sich in die Augen und sagt es dann mit Nachdruck: »Ich werde zu achtundneunzig Prozent *nicht* mit ihm schlafen!«

Kaum gedacht, beginnen ihre Gedanken um jene verbleibenden zwei Prozentpunkte zu kreisen, während sie unbewusst die besondere Wäsche für untendrunter auswählt. Adam ist ihr nicht mehr unangenehm. Sie fühlt sich ihm verbunden, mag seine Nähe inzwischen. Er scheint wandlungsfähig zu sein. Tief im Inneren vielleicht doch kein Macho wie der Letzte? Künstlerseele in rauer Schale. Und nun? Nein, sie hat einen Plan, der steht, den schmeißt sie nicht um. Sie will viel mehr von ihm! Die Zwei-Prozent-Aktion würde das im Moment nur verwässern.

Ein letzter Blick in den Spiegel. Als dieser Siegesgewissheit zeigt, geht sie rüber und fragt, ob er fertig sei.

Jukelnack sitzt vor dem Radio, begleitet irgendeinen daraus dudelnden Song auf seiner Westerngitarre. »*Eine* Gitarre maximal!«, war vor der Anreise ihr Gesetz. Welche, durfte er selber bestimmen. Es ist eine BLUERIDGE, made ausgerechnet in China. »Alltagsgold« nennt Adam sie. Seine Gedanken stecken im Griffbrett dieser Gitarre. Endergebnis: Er will sie! Die vielen guten, tiefgehenden Gespräche! Neue Horizonte erkannt! Ihre Power, ihn zu coachen. Ihre Unbestechlichkeit. Ihre Unterstützung. Die Klarheit ihrer Gedanken. Und sie fasst sich gut an. Aber sieht sie auch gut aus? Sie könnte mehr aus sich machen. Als Frau an seiner Seite wäre sie nicht direkt ein Hingucker. Eher eine unauffällige Schönheit. Aber braucht er denn überhaupt eine optische Aufwertung als Begleitung? Wie auch immer, heute muss es passieren. Ganz und gar. Jeden Quadratzentimeter ihrer Haut wollen seine Hände spüren. Endlich!

Achtundneunzigprozentig wird er sie heute rumkriegen!

»Bist du fertig?« »Mit dir noch nicht«, denkt er, sagt aber nur »I'm coming!«, steht auf, legt die Gitarre sanft wie ein Baby auf den Sessel, überlegt kurz, ob er das Radio ausmachen soll, lässt es dann aber an und geht auf sie zu. Lächelnd. Sie sieht schick aus, stellen seine Augen überrascht fest. Jukelnack selbst kann nur aus der Kleidung wählen, die sie ihm ausgesucht hat. Ihm fehlen seine Ringe, seine Armbänder, seine Ketten, sein Hut. Eigentlich ist er nackt, jedenfalls fühlt er sich unvollständig. »Oh, du siehst toll aus!«, sagt er und denkt: »*So* wäre sie auf jedem roten Teppich kein Ballast.« Macho-Gedanken!

Der Tisch im Restaurant des Resorts ist von Adam gut gewählt. Sie darf in den Raum schauen und hat alles im Blick. Er kann nur zwischen Wand oder Tischdame wählen. Folglich bleibt er an ihren Augen hängen. Die Blumen, die er bestellt hat, sind wunderschön. Jedenfalls sagt sie das und bedauert, sie morgen nicht mit ins Flugzeug nehmen zu können. Adam greift über den Tisch, nimmt ihre Hand. Sein Dank kommt tief aus seinem Herzen, er ist gerührt und rührt damit auch sie. Dann gibt er sich einen Ruck, lächelt, wechselt das Thema und fragt: »Was sollte ich noch alles lesen?«

Susanne lacht. Ihre Gespräche in den letzten Wochen drehten sich auch um die Bücher, die bei ihnen jeweils einen bleibenden Eindruck hinterlassen haben. Jukelnack verspricht, sich mehr um Schopenhauer zu kümmern, den Susanne in- und auswendig zu kennen scheint. Sie wiederum soll sich, zurück in Deutschland, sofort *Stoner* von John Williams besorgen. »Immerhin ein Amerikaner und damit vertrauenswürdig!« Das Essen ist gut, der Rotwein noch besser. Das Glas Champagner vom Beginn des Abends lässt Susanne halb ausgetrunken stehen. Je später der Abend, desto mehr drehen sich die Gespräche um ihrer beider Träume. Erwartungen ans Leben – eingewickelt in kluge Worte, die den Bezug zum Gegenüber möglichst kaschieren sollen. Die gegenseitige Sympathie ist kein Geheimnis, muss gar nicht ausgesprochen werden. Jukelnack tut es trotzdem, Susanne nimmt es lächelnd hin. Er denkt: »Sie ist eine großartige Partie.« Sie denkt: »Er ist ein interessanter Mann.« Sie mag seine Energie. Er mag ihre Silhouette, die Verpackung ihres wunderbaren Inhalts.

Als die zweite Flasche Rotwein halb leer ist, gibt sie dem Kellner den Auftrag abzuservieren. »Den Wein trinken wir nicht mehr«, sagt sie bestimmend, woraus Jukelnack schließt, dass es nun so weit ist. »Sie ist eine schöne Frau!«, geht ihm durch den Kopf. »Den Rest des Abends bekomme ich auch noch hin«, denkt sie dagegen, als sie lächelnd sagt: »Lass uns gehen.«

In der Suite läuft nach wie vor das Radio, als sie eintreten. Es muss Musik aus den Zwanzigern des letzten Jahrhunderts sein. Eine süßliche Männerstimme singt: »I'm gonna sit right down and write myself a letter.« Jukelnack steigt ein, singt laut: »And make believe it came from youuuuu!« Dabei fasst er Susannes rechte Hand und beginnt mit ihr zu tanzen. Klammerblues. Beide Körper eng aneinandergeschmiegt. Ihre Nasen jeweils in den Haaren des anderen. Adam findet ihren Geruch betörend, Susanne seinen nicht unangenehm. Sie tanzen und tanzen, spüren, genießen beziehungsweise erkunden den Körper des anderen und hängen ihren Gedanken nach. Als Jukelnack die Schritte in Richtung seines Schlafzimmers führt, stoppt Susanne ihn.

Kein Problem für Jukelnack. Er hat noch ein Ass im Ärmel, zieht sie zur Sitzgruppe, schaltet das Radio aus, nimmt seine Gitarre und räuspert sich. »Ich habe einen Song für dich geschrieben!«

Seine Augen suchen auf dem Teppich nach dem Text, während er eine kleine Melodie anspielt. Als die Konzentration ausreicht, beginnt er zu singen. Der Text ist einfühlsam, lyrisch, ein verstecktes Liebeslied womöglich. Susanne kann gar nicht anders, als die Verse auf sich zu beziehen. Jetzt kommt sie dem Zwei-Prozent-Bereich emotional gefährlich nahe. Jukelnack lässt den letzten Ton lange ausklingen, dann schaut er sie an. Leuchtende Augen – aber ein starker Wille, der sie nicht verlässt.

»Adam, ich werde heute nicht mit dir schlafen. Nicht hier!« Als er daraufhin wissen will, was an diesem Ort falsch sei, ist das Stichwort gefallen. »Nicht auf diesem Kontinent. Ich möchte, dass du mich in Deutschland besuchst. Ich lade dich ein, bei mir zu wohnen. Wir können deinen Besuch so organisieren, dass dich niemand erkennt. Ich will Zeit mit dir in deiner Heimatstadt verbringen!« Jukelnack schaltet schnell. Die Gespräche der letzten Wochen lassen ihn ahnen, was der wahre Grund der Reise ist. »Willst du, dass ich meine Mutter besuche?«, fragt er und Susanne nimmt sich ein Herz und sagt nach einem sehr bewussten Atemzug: »Genau! Ich habe es ihr versprochen! Und ich halte mein Wort! Wir werden gemeinsam zu ihr gehen. Du wirst es genauso wie diese Reha schaffen. Rehabilitation! Adam, ich helfe dir auch dort, dich zu rehabilitieren. Wenn ich mich irgendwann auf dich einlasse, dann höchstens, nachdem du mir diesen Wunsch erfüllt hast.«

Jukelnack greift nach seinem Altagsgold. Seine stille Geliebte, die nie widerspricht. Er fällt in den Sessel zurück. Nachdenklich und leise spielt er vor sich hin. Abrupt beendet er sein Spiel und nickt zustimmend. »Ich werde kommen!« Susanne fällt ihm um den Hals. Sie küssen sich, weil sie meint, ihre Achtundneunzig-Prozent-Hürde damit nicht zu reißen.

12. MAI 2004

Hallo Du Verrückter,
Deine letzten beiden Mails habe ich sehr genossen.
Und viel gelacht. Wolltest Du auch so, oder?
Ich soll sagen, wie sehr ich Dich vermisse? Das muss
ich mit meinem Manager besprechen. Ich werde
es Dir noch vor Deiner Anreise mitteilen.
Wie schon erwähnt, bereite ich Deinen Besuch vor.
Ich gebe mir alle Mühe, Dich zu überraschen.
Eines kann ich aber nicht für mich behalten: Heute fuhr
ich mit dem Fahrrad durch den Dornbuschweg.
Rate mal, was ich dort entdeckt habe? Nein, Quatsch,
Du musst nicht raten, ich sage es Dir: Euer Haus –
es war doch die Nummer 19, oder? – steht zum Verkauf.

Ich habe in dem Maklerbüro angerufen und gefragt,
was es kosten soll. 144.000 Euro!
Du weißt, wir haben jetzt den Euro als Währung.
Die schöne D-Mark ist leider Vergangenheit.
Ich wette, man bekommt es für 120.000 Euro. Wie wäre es,
wenn Du es kaufst und wieder dort einziehst?
Ich verspreche, ich komme dich besuchen. Mit selbst-
gebackenem Kuchen. Und ich bringe Dir neue
Strümpfe mit. Überleg es Dir!
Scherz beiseite. Ich habe Deine Fragen mit dem Verlag
geklärt und kann Dich beruhigen, sie werden ...

Soweit die Neuigkeiten von hier. Oh, mein Manager
schickt mir gerade eine SMS. Ich soll Dir sagen,
ich vermisse Dich ein kleines bisschen. Reicht das?

Liebe Grüße Deine Susanne

12. Mai 2004

Kauf das Haus! Gib mir Deine Kontonummer, dann lasse
ich Dir 200.000 Dollar überweisen. Wenn es nicht reicht,
ruf mich an!
Ja, ruf mich gefälligst öfter an. Ich will Dich hören, Baby!
And keep the vibes high!

Dein Adam

13. Mai 2004

Adam,
es sollte ein Scherz sein! Was willst Du denn mit
dem Haus? Das ist doch Blödsinn. Oh nein,

ich verfluche mich. Und geh gefälligst ran, wenn ich
Dich anrufe! Habe es schon x-mal probiert.

Susanne

13. MAI 2004

Hi Susan,
Adam is recording. He'll call you tonight.
He said you should buy the house in any case!
So I need your bank account.

Peace!
Brenda

Vier Wochen nach Susannes Abflug aus Toronto landet Adam Jukelnack in Amsterdam. Wie im Resort ist er – für seine Verhältnisse – mit einem normalen Outfit maskiert. Lediglich die mitgeführte Gitarre als einziges Handgepäck weist auf einen Musikanten hin, den aber niemand zu erkennen scheint. Er reist mit drei Koffern. »Für den siebentägigen Aufenthalt müsste er damit für jedes Wetter die richtige Kleidung dabeihaben«, denkt Susanne, die ihn vom Airport in den Niederlanden abholt. Sie hat ihm ein BMW Coupé versprochen, aber nicht dazu gesagt, dass es ein 15 Jahre altes 3er-Modell ist. Kleiner geht's nicht.

Aber Jukelnack ist mit allem zufrieden, solange sie in seiner Nähe ist. Viele schlaflose Nächte liegen hinter ihm. Die anstehende Begegnung mit seiner Mutter, vor allem aber sein schlechtes Gewissen nagt an seiner Selbstsicherheit. Auf der Fahrt ist er aufgeregt, nimmt die vorbeiziehenden Landschaften bewusst und kommentierend wahr und bekämpft damit seinen Jetlag. Die Störung seines biologischen Rhythmus' ringt in Wirklichkeit mit der Störung, nein Irritation seines seelischen Gleichgewichts.

Auf der Fahrt braucht er einfach Susannes Hand. Erst kurz vor ihrer Wohnung traut er sich zu fragen: »Wann müssen wir zu Mom?« Die Antwort bringt etwas Entspannung. Am nächsten Nachmittag soll gemeinsam Kaffee getrunken werden.

Susanne war in den letzten Wochen ausschließlich für dieses Projekt tätig. Sie hat Orte gefunden, an denen sie Fotos mit Jukelnack machen will, und hat den Fotografen genau instruiert. Die erste Serie soll mit Teleobjektiv laufen. Sie hat eine Schiffermütze besorgt, ein Fischerhemd und eine knallgelbe Regenjacke, die Edelausführung eines Ostfriesennerzes. Sie wird ihm diese Utensilien als Schutzschild verkaufen, damit er unerkannt bleiben kann. Ihre Vorbereitungen, Planungen und Überraschungen sind wohlüberlegt. Sie hat Karten für ein Stück im Residenztheater reserviert, ein Klassentreffen organisiert, hat mit Edo Extras Hilfe Namen von »Jungs« aus der alten Straßengemeinschaft zur Hand, einen Tisch in HEITMANNS HOTEL gebucht, und in ein paar Tagen spielt eine Newcomer-Band aus der Stadt im BLUES CORNER, dem Ort seiner ersten Auftritte mit der Band. Und das ist noch nicht alles. Sie weiß, auf welchem Friedhof Grete und Hoimar zu Trittberg liegen und hat das Grab bereits besucht. Das Grab von Karl-Friedrich Jukelnack gibt es – zum Glück? – nicht mehr.

Dennoch wird Susanne Schlafholz von ohrwurmartigen Gedanken geplagt. Sie ist nicht direkt nervös, nicht gespannt, kaum aufgeregt – einfach nur von einer schwer zu erklärenden, unterschwelligen Unruhe heimgesucht. Sie weiß nicht, was geschehen wird. Vor allem, was sie geschehen lassen will. Oder soll? Oder sollte? Sie freut sich auf ihn. Vielleicht auch nur, weil sie ihr Programm verwirklichen will. Dieses perfekt geplante Programm hat dennoch ein paar weiße Flecken. Wie ernst wird Adam ihr »Nicht hier! Nicht auf diesem Kontinent.« nehmen? Wie ernst will *sie* es nehmen? Gedankenschleifen durchkreisen ihren Kopf.

Kein Manager, keine Freundin, kein mit dem Stein der Weisen im Koffer herumlaufender Mensch klopft an die Tür und erklärt ihr das Leben. *Ihr* Leben!

Am Ankunftstag müssen sie kurz zum Notar. Susanne ist widerstrebend als vollmachtlose Vertreterin aufgetreten, um den Kauf des Hauses im Dornbuschweg abzuwickeln. Nun muss Jukelnack ihre Unterschrift durch seine bestätigen. Die versprochenen fünf Minuten werden es dann doch nicht, weil der Notar »alle Aufnahmen!« von Jukelnack sein Eigen nennt und sich nach der Beurkundung als nerviger Fan herausstellt. Als tröstenden Ausgleich übergibt er die Schlüssel vom Haus, obwohl die Umschreibung noch lange nicht erfolgt ist. Er hat sie den Vorbesitzern abgeschwatzt und sich für die korrekte Vertragsabwicklung verbürgt. Allerdings nur mündlich.

Im Dornbuschweg angekommen, bleibt Jukelnack in dem Miniaturflur stehen, lehnt sich an die gekalkte Wand, schließt die Augen und atmet so bewusst wie möglich. Dann nickt er Susanne zu und sagt: »Allein für diesen Geruch hat sich der Kauf schon gelohnt. Unbelievable!« Langsam löst er sich von der Wand und durchschreitet das komplette, leere Haus. Zu jedem Raum hat er die einstige Möblierung im Kopf, redet immer aufgeregter und will alles wieder so haben, wie es war. Susanne soll das managen. Alte Fotos müsse seine Mutter haben, so hofft er, und wiederholt ständig: »Geld spielt keine Rolle!« Mehrfach fragt Susanne ihn, was er denn überhaupt mit dem Haus wolle. Jedes Mal bekommt sie eine andere Erklärung.

Dann stehen sie draußen. Adam springt, wie beim Sackhüpfen, mit beiden Füßen zugleich auf die Abdeckplatte der alten, stillgelegten Jauchegrube, wundert sich, wie klein die ist, und erzählt erneut von den schrecklichen Plumpsklozeiten, von den Leerungsaktionen, die sein Vater Gott sei Dank immer allein bewerkstelligt habe. Er muss lachen und beschreibt, wie er als Zehnjähriger helfen wollte, weil er hoffte, dann auch eine Zigarette rauchen zu dürfen. Aber der Alte habe ihn nur weggescheucht. Sie durchlaufen den Garten und Adam ist enttäuscht. »Das war alles ganz anders früher! Mehr Gemüse und so.« Wenigstens der alte Kirschbaum steht noch und Adam erzählt nochmal heiter, wie man ihm als Kind weismachen wollte, dass sich hier ein Junge das Leben genommen habe. »Alle Märchen und Geschichten waren nur dazu da, um uns Kinder einzuschüchtern. Kleinzuhalten. Gefügig zu machen.«

Nach einer kleinen Weile des Schweigens sagt er plötzlich, er wisse nun, warum er dieses Haus, dieses Grundstück wieder in Besitz nehmen musste. »Hier sind meine Wurzeln – sie stecken in diesem moorigen Boden. Ich habe noch so viele Fragen, wenn nicht hier, wo dann werde ich die Antworten freilegen? Ich suche schon ewig nach meinem inneren Frieden. Den kann ich nur erlangen, wenn ich mir die Gründe für meinen Unfrieden erklären kann.« Dann bedankt er sich plötzlich stürmisch bei Susanne, umarmt und küsst sie und gibt ihr Recht, dass die Biografie über seine frühen Jahre ihre absolute Daseinsberechtigung habe. »Für mich ist die Biografie Aufklärung in eigener Sache. Ich will ergründen, warum ich so ein schräger Vogel bin!«

Danach machen sie einen Spaziergang, laufen durch den Burggarten-Park und kommen an dem Haus vorbei, das Else Bödicker von Heinrich Poggenpohl geerbt hat. Adam erzählt die Geschichte, soweit er sie kennt, und nimmt sich vor, seine Mutter morgen nochmal danach zu fragen. Er wundert sich, heute mehr denn je, wieso ein alter Mann, ohne jede verwandtschaftliche Beziehung, ein so wertvolles Haus an ein junges Mädchen vererbt hat. Hatten die was miteinander? In Adams Welt wäre das eine naheliegende Erklärung. Noch naheliegender ist ihm plötzlich die finanzielle Situation seiner Mutter. Er wettet, sie sitze auf einem großen Sack Geld und würde keinen Cent für sich selbst ausgeben. »Die armen reichen Alten. Auf Sparsamkeit dressiert und nicht fähig, sich etwas zu gönnen!«

Darauf steigt Susanne ein, bezichtigt sich fröhlich und augenzwinkernd, ebenfalls von so einer Sparsamkeit getrieben worden zu sein, denn sie habe für den heutigen Abend eingekauft und wolle mit ihm zu Hause bleiben. In ihrer neuen Wohnung, in die sie vor sieben Monaten eingezogen sei. Nach einer tränenreichen Flucht aus einer Macho-Höhle. Höhle? Hölle!

Sie kocht. Er spielt Gitarre und stöhnt, dass seine Finger völlig eingerostet seien, weil er schon fast zwei Tage lang kein Instrument mehr in den Händen hatte. Der Rotwein, den sie besorgt hat, sei der beste in der Stadt, sagt sie, und ist am Ende fast so gut wie jener im Resort-Restaurant. Sie reden, sie lachen, sie erzählen. Die Kerzen im Raum flackern, einige brennen schon ihrem Ende entgegen. Das Käsebrett auf dem Couchtisch ist fast leer, die dritte Flasche Wein schafft es, die Gläser noch einmal zu füllen. Dann holt Adam eine CD aus seinem Koffer. Er hat den Song, den er für Susanne geschrieben hat, im Studio aufgenommen. Mit seiner Band und einigem Aufwand. Streichorchester neben knarzenden Gitarren. Beide kommen zur Geltung. Ein akustischer Slalom, zusammengehalten von Adam Jukelnacks magischer Stimme. Es ist eher ein Sprechgesang, der dieser Ballade die dramatische Stimmung verleiht. Den letzten Vers – und das hat es in Jukelnacks Karriere noch nie gegeben – singt er auf Deutsch:

Wirst du an meinem Grabe weinen?
Blumen auf meine steinerne Decke legen?
Wirst du dich einst mit mir vereinen,
bei unserem Treffen auf himmlischen Wegen?

Susanne ist emotional getroffen, berührt, gerät ins Schwanken. Sie weiß sich nicht anders zu helfen als ihn zu bitten, das Stück noch einmal laufen zu lassen. Adam ist ein Teufel. Er dreht die Lautstärke höher und blickt sie während dieser so intensiven Minuten unverwandt an. Ein Blick wie eine Ankerkette. Fünf vor zwölf? Ja, fünf Sekunden vor zwölf! Susanne steht ruckartig auf, gibt dem auf dem Teppich vor der Couch sitzenden Adam einen Kuss auf die Stirn und läuft ins Bad. Äußerlich braucht ihr Augen-Make-up eine Renovierung. Innerlich geht es eher um eine Rekonstruktion. Eine Aufstellung? Ach was, es geht um einen zu steckenden Kurs. Vor der Fahrt müssen die Taue gelöst werden. Susanne benötigt eine lange Zeit, weil sie mit dem Gesicht in ihrem Spiegel nichts anfangen kann. Trotz guter Menschenkenntnis kann sie aus ihrer eigenen Physiognomie nichts herauslesen. Da sind keine Absichten erkennbar. »Also wird es eine Fahrt im Nebel«, denkt sie und öffnet leise und langsam die Badezimmertür.

Jukelnack ist eingeschlafen. Er liegt auf ihrer Couch, hält mit einer Hand die auf dem Boden stehende Gitarre fest und atmet ruhig und gleichmäßig. Susanne betrachtet ihn eine Weile, dann holt sie auf Zehenspitzen eine Decke aus ihrem Schlafzimmer und legt sie sanft über den schlafenden Mann, der seinen Schlaf bis in die Mittagsstunden genießen wird. Nachts hört Susanne noch, wie die Gitarre umfällt, und wartet mit gespitzten Ohren, ob weitere Reaktionen folgen. Ihr eigener Schlaf ist kurz, traumlos und deshalb erholsam. In der Früh schleicht sie ins Wohnzimmer, vergewissert sich, dass Adam ruhig schläft, um dann leise ihre Morgentoilette zu erledigen. Adam ist immer noch nicht wach. Also Zeit, zum Bäcker zu laufen und frische Brötchen zu holen. Sie bereitet ein Frühstück vor, stellt alles auf ein Tablett und nimmt sich Zeit, ihre Mails zu lesen. Dann, es ist kurz vor elf, geht sie mit dem Tablett zu Adam ins Zimmer, stellt es ab und nimmt sich seine Gitarre. Was kann sie noch spielen? Was waren noch die ersten Songs, die sie damals gelernt hat, bevor sie Bassistin in einer Mädchenband wurde? War es *House of the Rising Sun*? Ach, und wie hieß noch der Song von BANANARAMA? *Venus*, genau!

War es der B7sus4-Akkord? Wie ging der noch? Wow, funktioniert. Schön heftig anschlagen. Dann runter auf e-Moll und A ... Mehr fällt ihr zunächst nicht ein. Mehr ist auch gar nicht nötig. Adam erwacht und schaut wie ein Dreijähriger, der zum ersten Mal in seinem Leben einen Zirkusclown sieht. Susanne grinst, drückt ihr Kreuz durch und spielt ganz kurz das Riff von *Smoke on the Water* an, bevor sie aufspringt und ihren Übernachtungsgast mit einem gehauchten Wangenkuss aufmuntert: »Los, ab ins Bad. Frühstück ist fertig!«

Um vierzehn Uhr dreißig müssen sie in der Altersresidenz sein. Susanne hat hier gründliche Vorarbeit geleistet. Else Jukelnack ist umgezogen und bewohnt nun ein Zimmer mit Balkon. Am Vormittag kommt ein Friseur zu der Seniorin, macht sie hübsch und hilft, das neue Kleid anzuziehen. Es ist blau mit großen weißen Punkten – genau so, wie Else es schwärmerisch beschrieben hat, als Susanne danach fragte.

Alle drei wissen schon vorher um die Belastung der Tränenkanäle, mit der sie es zu tun bekommen werden. Wie erwartet ist daher das Wiedersehen extrem feucht, aber dank Susannes Hilfe auch zunehmend fröhlich. Else Jukelnack sagt kein falsches Wort, stellt keine einzige, die Vergangenheit betreffende Frage, die ihren Sohn bloßstellen könnte. Sie ist einfach nur eine glückliche alte Dame, die die Hand ihres Sohnes so lange festhält, bis sie gedrängt wird, den Apfelkuchen zu probieren. »Ach, dän Koken häb ik jo faker, aber nich min Söhn!«, fällt sie ins Plattdeutsche, um es schnell selbst zu übersetzen: »Ik meen, den Kuchen habe ich ja öfter, aber nicht meinen Sohn.« Susanne schmunzelt und sagt: »Tante Else, wir haben es auch auf Platt verstanden, stimmt's Adam?« Adam nickt. Es fällt ihm schwer, vernünftige, zusammenhängende Sätze zu bilden. Er ist von dem Anblick seiner Mutter nahezu paralysiert. Er findet, sie sieht gut aus, ist hellwach und ja, er muss es sich eingestehen: Sie ist seine Mutter, der er mit seinem Verhalten unrecht getan, sie sicherlich gequält hat. Seine Mutter, deren Erziehung es ihm ermöglichte, seine Energie in geordnete Ströme zu leiten. Sich zu verwirklichen. Und jetzt sitzt er hier, und sie macht ihm nicht die geringsten Vorwürfe. Damit kommt er nur schwer klar.

Susanne ist eine exzellente Moderatorin. Sie erzählt vom Kauf des Hauses im Dornbuschweg, fragt nach alten Fotos und bringt Tante Else damit in eine weitere, unerwartete Region der Hochstimmung. Adam fängt sich langsam, steuert kleine Häppchen seiner Pläne mit dem Haus bei und verspricht, die Mutter, wenn alles fertig sei, dorthin mitzunehmen. Dann punktet er sogar mit einer Erzählung aus der Kindheit, die Else erfreut. Er bittet sie nämlich, dort in dem Haus, »in unserer alten Küche« noch einmal das »sensationelle« Eis zu machen, welches er und seine Freunde so geliebt haben. »Mom, ich war auf der ganzen Welt und nirgends gab es besseres Eis als bei dir!«

Else kommen wieder ein paar Tränen und sie verspricht es unter der Bedingung, dass Susanne ihr helfen müsse.

Um siebzehn Uhr drängt Susanne zum Aufbruch, nicht, ohne einen weiteren Besuch für den nächsten Nachmittag zu versprechen.

Als sie sich von Adams Mutter verabschiedet haben und zum Auto zurücklaufen, fragt er endlich, was ihm schon die ganze Zeit unter den Nägeln brennt: »Warum die Eile? Und wieso nennst du sie Tante Else?«

»Weil wir noch einen Termin haben!«, zieht sich Susanne

aus der Affäre und ringt sich dann nach kurzer Fahrt doch dazu durch, dem staunenden, nur kopfschüttelnden Adam die verwandtschaftlichen Beziehungen zwischen ihnen zu erklären. »Mein Opa Hans ist der Bruder deiner Mutter! Sie ist sozusagen meine Großtante!«, beendet sie ihren Vortrag.

Ihr Beifahrer schweigt lange, bevor er fragt, ob sie deshalb die Biografie über ihn schreibe. Susanne lacht auf und versichert glaubwürdig, dass sie es genau deshalb nicht wollte, mehrfach abgelehnt habe und erst mit einer Lkw-Ladung Geld zu diesem Projekt überredet worden sei. Nach einer Weile kommt Jukelnack aus seinen Gedanken zurück in die Unterhaltung und fragt grinsend: »Ach, dann wäre es wohl Blutschande zwischen uns?«

Auch Susanne grinst und antwortet: »So ist es, mein Lieber, und darum machen wir es auch nicht!«

Adam fällt zurück in seine Gedanken, um dann erstaunt festzustellen: »Verwandt sind wir?! Unfassbar!! Unbelievable! *Dein* Großvater Hans war *mein* Onkel Hans? Der mit dem Prickel Pit! Einer der wenigen Lichtblicke in meiner Kindheit. Oh man, we are relatives!«

»Ja, aber nur um zig Ecken! In der Verwandtschaft wurde übrigens schon darüber geredet, dass Tante Elses Sohn Musik macht und erfolgreich ist. Aber echt nur so nebenbei! Schnöder Familientratsch. Du warst für uns nicht wichtig!« Susanne lächelt und schielt zu ihrem Beifahrer, der den Satz offensichtlich überhört hat.

Plötzlich will Adam wissen, wo die Reise hingehe. Susanne druckst herum, erzählt lediglich von einem spannenden Atelier, das sie entdeckt habe, in dem es Bilder zu sehen gebe, die ihm sicherlich gefallen werden. »Fahren wir etwa zu Nöhre?«, will Adam mit aufkommender Vorfreude wissen. Worauf Susanne abwiegelnd erklärt, der Besuch sei für die nächsten Tage geplant, heute wäre ein unbekannterer Künstler das Ziel.

Das Atelier befindet sich auf einem alten Resthof in der Wesermarsch. Ein windschiefes Haus, dessen Erbauer nicht das Geld hatten, um einen geschnitzten Balken mit der Jahreszahl über dem Eingang anzubringen. Wahrscheinlich achtzehnhundertirgendwas. Auf der großen Diele stehen hell erleuchtet großformatige Ölbilder. Jukelnack ist sofort elektrisiert. Aber blitzartige Stromschläge erfassen ihn, als die Malerin in einem ehemals weißen, nun mit Farbklecksen verzierten Overall auftaucht. Sie stehen voreinander und können es nicht fassen. »Regine«, stammelt er, woraufhin sie ihm um den Hals fällt. Und ja, zum leichten Entsetzen von Susanne Schlafholz küssen sich beide so innig, dass diese Szene in jedem Fünfziger-Jahre-Film herausgeschnitten worden wäre.

In dieser Sekunde werden die Uhren umgestellt, wird die Geschichte des Adam Jukelnack neu geschrieben, seine Spielfigur zurück auf Los gesetzt.

Susanne beobachtet zwei Menschen, die glaubten, sich für immer verloren zu haben. Beide vom Leben so geformt, dass sie nun endlich zueinander passen.

Regine zu Trittberg ist unverheiratet, hat zehn Jahre dem Versuch geopfert, als Schauspielerin Karriere zu machen, ist danach mit dem Erbe ihrer Eltern unstet durch die Welt vagabundiert, um endlich in Florida ihre eigentliche Leidenschaft und Begabung zu entdecken. Sie kann malen, ohne es je zuvor in Betracht gezogen zu haben. Ohne es auch nur gewusst zu haben. Einzig ihr Vater hatte auf dem Sterbebett geflüstert: »Du bist eine Künstlernatur!« Aber welche Kunst die ihre sein könnte, blieb sein Geheimnis. Bis zu dem zufälligen Malkurs in Boca Raton an der Atlantic-University.

Susanne hat erst von Tante Else erfahren, wo Regine lebt, und daraufhin beiläufig das Atelier besucht. Else hatte berichtet, Regine sei die Einzige, die regelmäßig zu Besuch komme. Und dann war das Stichwort gefallen: »Sie ist wohl Malerin oder so was Ähnliches. Genauer weiß ich es nicht, man vergisst ja auch so viel. Aber sie ist so nett und fröhlich wie ihre Mutter, meine Freundin Grete, es war.« Dann kichert sie ein wenig und sagt verschmitzt: »Fröher wor sej ja jümmers een beten överkandidelt, aber nu is sej ne richtig feine Deern.« {Früher war sie ja immer ein bisschen überkandidelt, aber heute ist sie ein nettes Mädchen.}

Für diesen Abend hat Susanne vorsorglich drei Plätze in einer historischen Gaststätte reserviert. Regine muss sich daher von ihrem Overall trennen, was Adam bedauert. Als Susanne den Termin gemacht und angedeutet hatte, sie würde mit einem Interessenten kommen, der gerne Kunst von zeitgenössischen Malern kaufe, war Regine in den Verkaufsmodus gegangen. Nach der Weisheit von Wilhelm Busch:

> Oft trifft man wen, der Bilder malt,
> viel seltner wen, der sie bezahlt.

Für den vermeintlich gut zahlenden Kunstliebhaber hatte sie ihre Haare wild und offen gelassen. Bei Susannes erstem Besuch waren sie noch zum Pferdeschwanz gebunden. Schwarz gemalte Lippen, dunkle Lidschatten und ein Overall mit nix drunter. Adam hatte es ganz offensichtlich gefallen, besonders der Blick von der Seite.

Der Abend wird für Susanne ziemlich spröde. Sie registriert, wie Adams Hand immer wieder die Hand von Regine sucht, wie er sie anschmachtet und wie die Malerin – ist es anbiedernd? – zurückschwärmt.

Die beiden haben sich so viel zu erzählen, Geschichten, in die man Susanne beim besten Willen nicht einbinden kann. So fällt ihre Entscheidung, nicht weiter drittes Rad am einachsigen Wagen sein zu wollen. Gegen einundzwanzig Uhr steht sie auf, um sich frisch zu machen. Es wird eine Frische im Maxiformat. Sie verlässt das Lokal, fährt zu ihrer Wohnung und ist glücklich über das halbe Glas Rotwein, das sich noch vom Vorabend in einer der Flaschen versteckt hatte. Ist es jetzt nicht eigentlich genau die Situation, die sie gewollt hat? Ja, zu achtundneunzig Prozent! Wieder bleibt sie an den zwei Prozent hängen, denkt viel länger über jene nach und merkt überrascht, dass diese zwei Prozent nur im Verhältnis von eins zu neunundvierzig stehen. Was bedeutet das denn nun schon wieder? Mehrfach fragt sie sich, was sie eigentlich will? Zu ihren Lebensmottos – sie spricht natürlich von Motti – gehört der Satz: »Es ist gut so, wie es ist.« Ja, es ist vielleicht gut so, aber doch nicht so! Sie fühlt sich abgeschoben. Nur, *abgeschoben* ist in diesem Fall einzig und alleine sie. Sie ist gegangen! Vor ihr liegt ihr Handy. Sie rechnet mit einem Anruf von Adam und wird dann spontan entscheiden, was sie tun will. Klar, sie wird ihn abholen, wenn er darum bittet.

In dieser Nacht schläft Susanne Schlafholz auf ihrer Couch ein. Am frühen Morgen wird sie wach. Ihr ist kalt. Ein Blick auf das Handy sagt alles: Nichts! Kein Anruf. Damit ist es klar. Sie hat etwas verloren, was ihr nie gehörte. Was sie zu achtundneunzig Prozent nicht haben wollte. Mit anderen Worten: Sie hat so gut wie nichts verloren. Es ist gut so, wie es ist! Trotzdem sind da irgendwelche Phantomschmerzen, die sich nicht sofort abschütteln lassen.

Jukelnack überschüttet Susanne in den nächsten Wochen mit Dankbarkeit. In seiner Welt geht so was am schnellsten, einfachsten und – wie er hofft – eindrucksvollsten mit Geld. Daher empfiehlt der Sparkassenberater von Frau Schlafholz schon bald, die Schleusen ihres Kontos in seine Richtung zu öffnen. Er ist ein beredter Vermögens-weg-Verwalter und macht Vorschläge, die ihr ein Leben im Schlaraffenland prophezeien. Wenn alles gut geht und sie nicht vor ihrem fünfundneunzigsten Lebensjahr verstirbt.

Susanne findet mühsam, aber stetig ihren Weg durch die neuen Abschnitte ihres Lebensdschungels. Männer, die angeblich ohne Macho-Allüren daherkommen, verlieben sich neuerdings alle elf Minuten im Internet. Man muss sich ihnen nur vor die Füße legen. Wenn man Zeit dafür hat. Susanne arbeitet aber mit voller Energie an der zweiten Fassung ihrer Jukelnack-Biografie. Diese Version ist gefühlt um einiges besser und gibt ihr die Kraft, vielleicht noch eine weitere zu beginnen. Nebenbei leitet sie die Rekonstruktionsarbeiten im Dornbuschweg. Es ist gar nicht so leicht, Möbel aus den dreißiger, vierziger, fünfziger und sechziger Jahren aufzutreiben, die denen auf den Fotos von Tante Else entsprechen. Zusätzlich beschreibt Jukelnack in endlosen Mails jede Kissenkordel, jeden Cordstoff, jedes Wachsdeckenmotiv und jeden Holzton. Alles ein Diktat seiner Erinnerung. Er will ein Jukelnack-Museum. Zu allererst für sich, danach gerne für seine Fans.

Mit dieser Detailverliebtheit kommt Susanne problemlos klar. Die andere Verliebtheit, jene zu Regine, die Adam ebenfalls in epischer Breite auswalzt, muss sie häufig wegatmen. Adam möchte, sie solle sich gefälligst über sein Glück freuen, für das er einzig ihr die Schuld, nein das Verdienst zuschreibt. Sie sei sein seelisches Fundament, weshalb er sie seine beste Freundin nennt. Regine hat derweil die Rolle der Königin seines Herzens übernommen. Und sie ist die Regentin seiner Sexualität. Jukelnack hat zwei Frauen für sein uneingeschränktes Lebensglück. Glaubt er.

Vielleicht brauchen wir alle mehr als einen Menschen für die Vervollkommnung unseres Glücks?

Susanne verspricht, wenngleich genervt, zu einer anstehenden Hochzeit in die Staaten zu kommen. »Wenn die Zeit dafür reif ist, meinetwegen. Überstürze nichts!«, kann sie sich nicht verkneifen, ihm mit auf den Weg zu geben. Aber Jukelnack ist nicht empfänglich für Zwischentöne. Seine Karriere »läuft gerade mit Nachbrenner!« Und »Regine arbeitet tagein, tagaus in Pollys Atelier am Rice Lake.«

»Wie interessant«, sagt sie nur und denkt: »Erzähl das deiner Zahnbürste.«

14. Oktober 2004

Hi Adam,
es gibt einen Zwischenfall. Bevor ich Dir lang und
breit erzähle, was passiert ist, füge ich die Zeitungsmeldung
aus der heutigen NZW als Anhang bei. Im Moment
weiß ich auch nur, was in der Zeitung steht. Ich habe versucht,
den Architekten zu erreichen – leider erfolglos. Ich kann
mir keinen Reim darauf machen. Lies selber:

Mysteriöser Frauenleichen-Fund
in Dornbuscher Bahnsiedlung

Beim Ausheben einer alten Jauchegrube fanden Arbeiter das Skelett einer unbekannten Person. Die Kriminalpolizei geht aufgrund von Kleidungsresten, einer Halskette sowie eines Eherings davon aus, dass es sich dabei um eine Frau handelt.

»Ob ein Gewaltverbrechen vorliegt, werden einge-
leitete Untersuchungen ergeben. In diesem Zuge
werden auch ungeklärte Vermisstenfälle aus der
Vergangenheit aufgerollt«, so ein Polizeisprecher.
Wie Recherchen unseres Blattes ergaben, soll das
Haus dem international bekannten Rock-Star Adam
Jukelnack gehören.

MONATE SPÄTER

Susanne Schlafholz' Ex-Macho schreibt ihr eine Mail, an die ein
Foto angehängt ist, auf dem man unschwer einen Sack Kreide
erkennen kann. Wahrscheinlich Photoshop. Er bittet sie, zurückzukommen, und verspricht den Verzehr eines weiteren Gebindes
dieser Größe, sofern es der Versöhnung und Rückeroberung
dienlich wäre.

»Ich bin eine begehrenswerte Frau!«, sagt sie, sich selbst auf
den Arm nehmend. Dabei wedelt sie vor ihrer Nase mit einer
Postkarte herum, die sie soeben aus dem Briefkasten geholt hat.

Liebe Susanne,
wir haben den perfekten Mann für Dich gefunden!
Er ist groß, wohlhabend, erfolgreich, absolut Macho-befreit,
fürsorglich, lieb, sehr ruhig und kunstbegeistert. Er spielt
keine Gitarre und ist Nichtraucher!

Du musst nur zuschlagen. Er findet Dich übrigens
»sehr angenehm«.

Grüße von den Verliebten
Regine & Adam

PS: An seinen Silberblick und die Trommelei wirst Du
Dich schon gewöhnen!

***

Kann man sich an den Silberblick eines Menschen gewöhnen?
Man kann! Es dauert gar nicht lange. Wenn man dann noch in
eine emotionale Grenzsituation gerät, wendet sich jeder schnell
den wirklich wichtigen Dingen zu.

Zunächst auf jeden Fall.

Manche Ereignisse tangieren eben – auch wenn uns die Orte
oder Personen grundsätzlich nicht einmal interessieren. Zumindest nimmt man sie wahr. Und speichert sie ab.

Warum? Es sind die Umstände dieser Ereignisse, gepaart mit
dem Überraschungsmoment. Und eine doppelte Portion Tragik
oder Drama gehört unbedingt dazu.

Als die Flugzeuge in die Türme flogen, musste man kein
Amerikafreund sein, um geschockt zu sein.

Man musste auch kein Fan von Adam Jukelnack sein, um
seine Tragödie zu registrieren!

Natürlich erinnern sich alle an den 13. Januar 2006! Ähnlich wie an den Unfalltod von Lady Di oder die Ermordung der
Kennedys.

Der 13. Januar 2006. Zwei Tage zuvor stirbt Else Jukelnack, geborene Bödicker im Alter von achtundachtzig Jahren. Bis in die
letzten Minuten ihres Lebens geistig fit, aber körperlich angeschlagen. Dann, von einer Sekunde auf die andere, macht ihr
Herz nicht mehr mit.

Susanne Schlafholz eilt an ihr Totenbett und nimmt in stiller Zwiesprache Abschied von der Frau, die ihr in den letzten Monaten eine enge Vertraute geworden ist. Eine großmütterliche Freundin!

So, wie es damals Else Bödicker mit Heinrich Poggenpohl erging, wird auch sie erst eine Weile nach dem Tod der Großtante von ihrer Erbschaft erfahren. Das Haus am Burggarten soll, in Absprache mit Sohn Adam, eine neue Eigentümerin bekommen.

Am 25. Januar treffen sich Edo Extra und Susanne Schlafholz im Dornbuschweg 19. Susanne ist schon länger vor Ort, als Edo wie früher als Kind und Jugendlicher durch die hintere, zum Garten führende Tür eintritt. Kaum treffen sie aufeinander, beginnen beide zu weinen und umarmen sich. Sie bleiben gefühlt ewig umschlungen stehen, bis sie sich langsam beruhigen können.

Dann lockert Edo die Umarmung und beginnt zu erzählen: »Die Scheiße begann mit deinem Anruf. Kurz vor dem Auftritt. Konntest du ja nicht wissen. Als Adam von Elses Tod hörte, fing er an zu zittern, lachte hysterisch und schnappte sich eine Flasche Crown Royal. Die war kurz darauf leer. Dann brüllte er uns an: ›Los auf die Bühne, ihr Arschlöcher! Die Masse da draußen interessiert es einen Dreck, ob meine Mutter gestorben ist oder nicht!‹ Er schrie in deutscher Sprache. Hatte er noch nie zuvor gemacht. Alle waren verblüfft. Ich war der Einzige, der es verstanden hat. Trotzdem, alle haben die Lage gecheckt. Wir haben uns die Seele aus dem Leib gespielt. Adams Show war wilder und extremer als je zuvor. Dann, Vorspiel von *You Aren't Only the Love of My Life*. Normalerweise steigt die Band erst nach und nach ein. Zuerst sein Solo. Was spielt der Verrückte? *Eine kleine Nachtmusik*! Elendig lange, immer lauter, immer schneller, immer verzerrter. Stoppt plötzlich, brüllt ins Mikro: ›This was for Mom. My Mom! Meine Mama!‹, dreht sich zu uns, und wir müssen einsteigen. Alle zusammen. In einem Tempo, wie wir es noch nie gespielt haben. Da, die Blasen habe ich von der Nummer. Blutig gespielt. Wenigstens wusste *ich,* für wen.

Nach der Show lief alles anders als sonst. Regine und er sind sofort mit den beiden Piloten zum Airport. Ohne uns. Ohne mich! Dort mussten sie dann warten, weil der Flug nicht rechtzeitig angemeldet worden war. Er hat sich volllaufen lassen und garantiert alle animiert mitzutrinken. Du kennst ihn – wenn er was will, hält ihn niemand auf. Die Piloten müssen besoffen gewesen sein. *Anfängerfehler* hieß es ja schon kurz nach dem Absturz. Aber Nic und Derek waren keine Anfänger! Ich wette, die waren sternhagelvoll. Von ihm verführt. Behalt es für dich! Ist nur meine Meinung. Aber jedenfalls stürzt man nicht beim Anflug auf Reykjavik mit einer Embraer mal so eben ins Meer. Die Maschine soll viel zu langsam gewesen sein. Warum wohl?«

Susanne steht traurig vor Edo. Zwei orientierungslose Seelen. Beide schweigen. Aber sie umarmen sich nicht mehr, obwohl es sich beide heimlich wünschen. Plötzlich hört Susanne Adams Stimme. Er singt in ihrem Inneren. Ganz leise:

Wirst du an meinem Grabe weinen?
Blumen auf meine steinerne Decke legen?
...

ENDE

267

Alleine geht's nicht! Dank an:

Marianne Wachholz, Vivien Altenau, Candis Burdekat und
Michael Lenkeit für die gewetzten Messer beim Lektorieren.

Dank an meine Testleser:

Werner Bohl, Reinke Haar, Hasko Neumann, Michael Exner,
Florian Filsinger und Christiane Pfaff.

Fachlich aufs Pferd geholfen haben mir:

Dr. Dr. B. Grundmann, medizinisch
Jürgen Kumlehn, gitarrenmäßig
Rita Kropp, plattsnackerisch

Dank an:

Konny Rippe	für das Dach über'm schreibenden Kopf
Marion Schröbel	»Äh, kannst du's mir mal formatieren?!«
Nicolina Unland	»Reichen dir die Cover-Entwürfe?«
Bernd Nöhre	»Dein Andreaskreuz!«

Den Namen »Jukelnack« hatte ich als Sechsjähriger zuerst aus
den Erzählungen meines Bruders Peter Burdekat († 2023) gehört.

Irmin Burdekat

»Wer was wird, wird Wirt – wer das verpasst, bleibt Gast.« Auf diese Binsenweisheit muss Irmin Burdekat reingefallen sein. Anstatt »etwas Ordentliches« zu machen, verschlug es ihn in die Gastronomie. Als Gastwirt ist man gut beraten, ein Geschichtenerzähler zu sein, denn Gäste erwarten mehr als Bier und Buletten. Auch Burdekats fünf Kinder reagierten positiv auf die an den Haaren herbeigezogenen Phantasien – natürlich nur bis zur Pubertät.

2006 wurden dann erstmalig aus den erzählten Geschichten richtige Bücher, mit denen sich Leser zunehmend gut unterhalten fühlen. Rasante Sprache und ein Mix aus Humor und Spannung müssen der Grund dafür sein. Irmin Burdekat lebt mit seiner kanadischen Frau in Norddeutschland, schreibt aber ausschließlich in einer primitiven Blockhütte am Georgian Bay, Ontario.

IRMIN BURDEKAT

JUKELNACK®

ROMAN

*WER EIN STAR WERDEN UND BLEIBEN WILL
BRAUCHT SCHON EINEN SOLIDEN DACHSCHADEN

Jukelnack

von Irmin Burdekat

Auch als eBook erhältlich:
ISBN 978-3-910490-01-7
Als Download in den
gängigen eBook-Portalen!

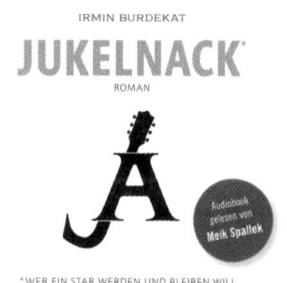

IRMIN BURDEKAT

JUKELNACK®

ROMAN

Audiobook
gelesen von
Meik Spallek

*WER EIN STAR WERDEN UND BLEIBEN WILL,
BRAUCHT SCHON EINEN SOLIDEN DACHSCHADEN.

Auch als Hörbuch erhältlich:
»Jukelnack«
gelesen von Meik Spallek

ISBN 978-3-910490-02-4
Als Download in den
gängigen Portalen!

www.tpk-verlag.de

Die Lange Stille

von Irmin Burdekat

Hardcover, 264 Seiten
erschienen beim tpk-Verlag
ISBN 978-3-936359-87-9

Auch als eBook erhältlich:
ISBN 978-3-936359-88-6
Als Download in den
gängigen eBook-Portalen!

Auch als Hörbuch erhältlich:
»Die Lange Stille«
gelesen von Meik Spallek

559 Minuten
ISBN 978-3-936359-89-3
Als Download in den
gängigen Portalen!

Der katholische Bahnhof

von Irmin Burdekat

Hardcover, 256 Seiten
erschienen bei Berg & Feierabend,
Vertrieb über den tpk-Verlag
ISBN 978-3-936359-91-6

Auch als eBook erhältlich:
ISBN 978-3-936359-92-3
Als Download in den
gängigen eBook-Portalen!

Auch als Hörbuch erhältlich:
»Der katholische Bahnhof«
gelesen von Meik Spallek

441 Minuten
ISBN 978-3-936359-86-2
Als Download in den
gängigen Portalen!

Irmin Burdekat

Tisch 17 is'n Arsch!

Geständnisse eines Gastwirts

von Irmin Burdekat

Taschenbuch, 288 Seiten
erschienen beim tpk-Verlag
ISBN 978-3-936359-68-8

Auch als eBook erhältlich:
ISBN 978-3-936359-59-6
Als Download in den
gängigen eBook-Portalen!

Auch als Hörbuch erhältlich:
»Tisch 17 is'n Arsch!«
vom Autor selbst gelesen.
Mit einem exklusiven Song
von Gunter Gabriel!

515 Minuten
ISBN 978-3-936359-60-2
Als Download in den
gängigen Portalen!

Hast du mal die Kanuschlüssel?

Zwei Outdoor-Amateure
in Kanadas Wildnis

von Irmin Burdekat
und Christian Pfaff

Hardcover, 212 Seiten
erschienen beim Isensee-Verlag
ISBN 978-3-89995-693-1

Hast du mal die Kanuschlüssel?

Zwei Outdoor-Amateure
in Kanadas Wildnis

von Irmin Burdekat
und Christian Pfaff

Taschenbuch, 272 Seiten
erschienen bei Malik /
National Geographic
ISBN 978-3-492-40425-9